LEONHARD HIERONYMI

IN ZWANGLOSER GESELLSCHAFT

ROMAN

HOFFMANN UND CAMPE

1. Auflage 2020
Copyright © 2020 Hoffmann und Campe Verlag, Hamburg
www.hoffmann-und-campe.de
Umschlaggestaltung: © Hannah Kolling, Kuzin & Kolling,
Büro für Gestaltung, Hamburg
Umschlagabbildung: © rawpixel
Satz: Dörlemann Satz, Lemförde
Gesetzt aus der Dante und der Avenir
Druck und Bindung: GGP Media GmbH, Pößneck
Printed in Germany
ISBN 978-3-455-00955-2

Ein Unternehmen der
GANSKE VERLAGSGRUPPE

Für O. L.

Das kann doch einfach nicht wahr sein.
Ich finde das blöde Grab von Thomas Mann nicht.
CHRISTIAN KRACHT

Let's say the extremely smooth grass in cemeteries is fake grass, and there is no one and nothing underneath it.
DENNIS COOPER

INHALT

1 Rom, Kallistus-Katakombe **11**

2 Frankfurt am Main, Hauptfriedhof **17**

3 Stechlin, Dagower Friedhof **28**

4 Hamburg, Friedhof Ohlsdorf **36**

5 Berlin, Dorotheenstädtischer Friedhof **48**

6 Friedrichsdorf, Dillinger Friedhof **57**

7 Berlin, Friedhof III der Jerusalems- und
Neuen Kirchengemeinde **67**

8 Hamburg, Nienstedtener Friedhof **77**

9 Oltenien, Mănăstirea Maglavit **87**

10 Bukarest, Cimitirul Şerban Vodă **99**

11 Berlin, Friedhof Heerstraße **110**

12 Stormarn, Friedhof Bad Oldesloe **117**

13 Constanţa, Ruinen von Tomi **128**

14 Wien, Jüdischer Friedhof Rossau, Sankt Marxer
Friedhof, Grinzinger Friedhof, Zentralfriedhof **143**

15 München, Ostfriedhof, Bogenhausener Friedhof **157**

16 Mainz, Hauptfriedhof **167**

17 Prag & Duchcov, Alter Jüdischer Friedhof,
Neuer Jüdischer Friedhof, Kaple Svaté Barbory **178**

18 Weißenfels & Weimar, Kirche in Röcken,
Alter Friedhof, Fürstengruft **194**

19 Bargfeld, Unter den Eichen **205**

20 Rom, Campo Verano, Campo Santo Teutonico,
Protestantischer Friedhof **216**

21 Rom, Via Appia Antica **229**

1
ROM, KALLISTUS-KATAKOMBE

ICH WOLLTE INS REICH DER TOTEN hinabsteigen, um mich zu entschuldigen. Vor zehn Jahren hatte ich, in Begleitung meiner zwei Cousins und meines Bruders, während einer Führung durch die Katakombe des heiligen Kallistus einen mir bis heute unbegreiflichen Lachanfall bekommen und alle anderen damit angesteckt. Selbst in den Grabkammern der Päpste konnten wir uns im Moder der Jahrhunderte nicht beherrschen, und das Krächzen meines Bruders, das in Weinkrämpfe überging, ließ mich, trotz der wütenden Ermahnungen des Katakombenführers, vor Bauchschmerzen und Atemnot immer wieder gegen die Steinsärge schlagen. Wir hielten uns aneinander fest wie Besoffene und torkelten durch die Krypten. Der kollektive Anfall war so stark, dass uns der Fremdenführer mit allen möglichen Mitteln zu trennen versuchte – ohne Erfolg. Selbst als uns Totenschädel und mumifizierte Hüftknochen im Vorbeigehen streiften, konnten wir uns nicht zusammenreißen. Wir versuchten uns an die traurigsten Sachen zu erinnern, die jemals passiert waren, nicht nur uns, sondern der Welt und Europa – dem ganzen großen Weltfriedhof Europa! –, aber es war zwecklos.

Sowohl die Touristen als auch der Führer der Gruppe hassten uns dafür. Sie ließen uns, weil wir uns nur noch gekrümmt fortbewegen konnten, irgendwann hinter der Krypta der heiligen Caecilia stehen, und dann kauerten wir alleine im Dämmerlicht, und das Lachen wurde leiser. Dass wir zurückgelassen wurden, bremste ein wenig unsere Ekstase, obwohl es kaum Abzweigungen gab und man sich nicht großartig verlaufen konnte. Wir hörten die immer schneller werdenden Trippelschritte der Italiener, Chinesen, Japaner, Russen und Franzosen, wir hörten leise Stimmen und Gekicher. Wollten sie uns in einen Hinterhalt locken?

Irgendwann verstummten die Geräusche der großen Gruppe im Nichts, und wir waren uns sicher, dass man uns hier unten alleine und in der Dunkelheit verschwinden lassen würde. Wir hörten auf zu kichern, mein Bruder wischte sich eine letzte Träne aus den Augenwinkeln, und dann bekamen wir Gänsehaut im Nacken. Keiner von uns traute sich, nach hinten zu schauen, in die Richtung, aus der wir gekommen waren, denn dort lagen nicht nur über eine halbe Million Tote, sondern auch sechzehn Päpste. (Und wir waren in unseren bisherigen Leben alles andere als fromm gewesen – aber alle vier katholisch.)

Nach einiger Zeit erreichten wir den Fuß der Treppe, die aus der Unterwelt führte. Als mein Cousin Gianni die erste Stufe betrat, ging im gesamten Tunnel- und Katakombensystem des ersten Hauptfriedhofs der christlich-römischen Gemeinde das Licht aus. Dunkelheit umgab uns, wir konnten den Ausgang von hier unten nicht erkennen, draußen dämmerte es bereits. Es war kurz nach Weihnachten.

Da aber schoss die Luft wieder durch die Lungen, und der nächste, diesmal leicht panische Lachanfall überkam uns, während wir uns an den Wänden der Katakombe nach oben tasteten.

Anders als Aeneas, der Held der griechisch-römischen Mythologie, waren wir an diesem Abend vor über zehn Jahren nicht geläutert und weinend aus dem Totenreich zurück zu den Lebenden gekehrt, sondern so schlau wie vorher.

Dann aber, am selben Abend, fragten wir uns doch, ob nicht die Angst vorm Sterben und Verschwinden dieses Lachen ausgelöst hatte.

Als uns der Hobby-Archäologe, der uns durch die Katakombe geführt hatte, an der Erdoberfläche wiedersah und ihm klar wurde, dass er mit dem Ausschalten des Lichts niemandem hatte Angst einjagen können, blitzte es in seinem Gesicht in der Dämmerung noch einmal vor Wut weiß auf, dann drehte er sich um und schritt ächzend über den Sandboden in Richtung Via Ardeatina davon, wo er zwischen zwei Zypressen in der Dunkelheit verschwand.

Heute, zehn Jahre später, wohnte Gianni noch immer in der Nähe der Kallistus-Katakombe, in einer Villa an der Via Appia Antica, direkt neben Sophia Loren. Ich war zu Besuch in Rom, und er stand mit seinem Land Rover auf einem Parkplatz in der Nähe und wartete völlig verständnislos darauf, dass ich mich für etwas entschuldigte, das so lange zurücklag und an das er sich selbst kaum noch erinnern konnte. Aber er wusste nicht, wie neurotisch ich war. Für ihn waren Religion, Tod und Kampf gleichbedeutend mit Macht – sie waren bei ihm der Weg zu etwas Höherem, bei mir lösten diese Dinge aber nur Furcht aus.

Ich ging zu dem Häuschen, an dem man Eintrittskarten für die Katakombe kaufen konnte, aber zwischen zwölf und vierzehn Uhr war Mittagspause.

Ich setzte mich in den Schatten davor und schaute in den Himmel. Ich befand mich am Ende einer einjährigen Reise zu den Gräbern europäischer Schriftstellerinnen und Schriftsteller, bei denen ich davon ausgegangen war, dass man sie früher oder später vergessen würde – die also im Begriff waren, für immer zu verschwinden.

Die Katakomben waren die vorletzte Etappe meiner Reise, in ein paar Stunden würde ich den Zug vom Hauptbahnhof Termini nach Rapallo an die ligurische Bucht nehmen, um dort nach der bei jungen deutschen Autorinnen und Autoren so beliebten Qualle *Turritopsis dohrnii* zu schnorcheln, die Forschern anscheinend Hinweise darauf gab, wie der Mensch zur Unsterblichkeit gelangen konnte.

Nachdem ich mit meinen Verwandten, die nun mal unweigerlich Teil von mir waren, so furchtbar die Totenruhe gestört hatte, musste ich zwar nicht über den Tod, aber häufig über die Gegensätze von Verschwinden und Unsterblichkeit nachdenken.

Damals, als wir die Katakombe verlassen hatten, lagen die Weihnachtsfeiertage gerade hinter uns, und die Worte der Nachrichtensprecherin an Heiligabend lagen mir noch in den Ohren, denn immer an Heiligabend, an *dem* Tag im Jahr, an dem die Sonne im warmen Regen untergeht, wurden im Radio die offiziellen Vermisstenzahlen durchgesagt. Ich dachte an weißrussische Oppositionspolitiker, die sich im Säurebad auflösen; ich dachte an den verschollenen Bergsteiger Joe Tukser, der wahrscheinlich ins Kangshung-Tal abgestürzt war; den ertrunkenen und erfrorenen Daniel Küblböck und den britischen Musiker R. J. Edwards, dessen Auto am Ausgangspunkt der knapp fünfzig Meter hohen und bei Selbstmördern beliebten Severn-Brücke zwischen England und Wales gefunden wurde. Ich las Reportagen über das Verschwinden des Malers Alfred Partikel, der nicht mehr vom Pilzesammeln in Ahrenshoop zurückgekehrt war, oder Zeitungsberichte über den Deutschen Lars Mittank, der nach erlittenem Trommelfellriss und einer durch Mangelernährung ausgelösten Panikattacke über den Zaun des Flughafens im bulgarischen Warna gesprungen, in einem Sonnenblumenfeld verschwunden und seitdem nicht wieder aufgetaucht war.

Ausgehend von all diesen Fällen und Entwicklungen und dem Gedanken, dass das endgültige Verschwinden vielleicht eher ein Glück als ein Unglück ist und außerdem einen quasi unerreichbaren Luxus darstellt, beschloss ich, eine Reise zu sowohl den Unsterblichen als auch den Vergessenen und den beinahe Verschwundenen zu unternehmen.

Ich wollte ihre Gräber finden. Ich wollte wissen, wie nahe man dem Verschwinden wirklich kommen konnte – im Gegenzug wollte ich aber auch die Gräber der seit zweitausend Jahren Unsterblichen besuchen, wie die der römischen Dichter und Philosophen Seneca und Ovid.

Während ich damals noch überlegte, ob eine solche »Wunderreise« – wie ich sie nennen wollte – wirklich die letzte mögliche Abenteuerreise in der vom Spätkapitalismus errichteten Welt aus künstlich hergestellten Nahtodzuständen, Wagnissen und Gefahren war, rief ich auch schon meinen Bruder an und schlug ihm kurzerhand vor, mich in Frankfurt zu treffen, um dort auf dem Hauptfriedhof zwischen den Grabreihen herumzuschleichen.

»Ich weiß nicht«, sagte mein Bruder.

»Überleg es dir, das Angebot bleibt bestehen«, sagte ich. »Du kannst Fotos mit deiner neuen Kamera machen.«

Ich legte auf, aber noch am selben Abend rief er mich zurück.

»Ich komme mit. Auch wenn du da ja nicht mehr viel finden wirst außer einem Stein. Und darunter vielleicht ein paar übriggebliebene Proteinverbindungen.«

Dann lachten wir beide. Und es klang nicht anders als vor zehn Jahren.

2
FRANKFURT AM MAIN

ES WAR WARM, UND VON ALLEN Stadträndern Frankfurts schoben sich schwere Regenwolken in unsere Richtung. Wir saßen im Auto meines Bruders und hörten das zweite Album der neuseeländischen Band *Die! Die! Die!*, was ich während der Fahrt zu einem Friedhof als etwas Unangenehmes empfand, aber man bekam die CD nicht mehr aus dem Schlitz der Anlage heraus.

Wir parkten am südlichen Eingang des Friedhofs zwischen einem Blumengeschäft und einer Pizzeria und gingen zügig in nördliche Richtung, wo wir begannen, nach dem Grab von Robert Gernhardt zu suchen, dem zweitgrößten Dichter Frankfurts.

Unter anderem waren hier die Schriftstellerinnen Dorothea Schlegel und Ricarda Huch, der Verleger Siegfried Unseld, die Frauenrechtlerin Meta Quarck-Hammerschlag und der Mundartdichter Friedrich Stoltze neben Adorno, Reich-Ranicki und Schopenhauer bestattet worden, aber Gernhardt war mir der Wichtigste. Beziehungsweise um ihn machte ich mir die meisten Sorgen. Denn während er vor zwanzig oder dreißig Jahren noch große Leserschaften erreichte, musste man ihn ein paar Jahre später schon immer wieder auffrischen und seine Gedichte zitieren, um die nächste Generation an ihn zu erinnern. Vielleicht ist es der ewige Fluch derjenigen Literatur, die Ernst und Spaß miteinander verbinden will, die Gernhardt vom großen Weltruhm bis heute fernhält. In diesem Land scheitert diese Literatur ja immer. Warum, das konnte nicht mal Gernhardt selbst sagen, aber er ärgerte sich: »All die Jahre hatte mich weniger der Unverstand der Kritiker bekümmert, als ihr Unwille oder ihr Unvermögen, sich zu den komischen Produkten zu äußern.«

Gernhardt starb im Sommer 2006, während des Sommermärchens, am Tag des Viertelfinalspiels Deutschland gegen Argentinien. Wahrscheinlich bei Sonnenschein oder im Lärm der Abenddämmerung, begleitet vom Hupen Hunderter Autos im Autokorso.

Die Grabnummer, die ich mir in mein Notizbuch geschrieben hatte, stimmte zwar, erwies sich aber als vollkommen nutzlos. Die einzelnen Abschnitte des Friedhofs hießen »Gewann«, aber sie folgten keiner Struktur. Wie wild durcheinandergewürfelt lagen mehrere hundert Tote auf diesen mit Gehwegen voneinander abgegrenzten Abschnitten, und da brachte einem die teilweise vierstellige Nummer wenig. Einige der Nummern waren an unscheinbaren Stellen auf die Grabsteine selbst graviert, aber meist wurden sie von Erde und Pflanzen verdeckt.

Ich beschrieb meinem Bruder detailliert die Stationen meiner geplanten Reise bis hin zur Rückkehr in die Kallistus-Katakombe, dort würde sich ein Kreis schließen.

Er konnte sich an unseren Lachanfall erinnern, er erkannte die Obsession in der Unternehmung und betrachtete wenigstens das (nicht die Suche an sich) als etwas Natürliches und Nützliches – und, genauso wie ich, überhaupt jedes künstliche Schaffen einer »Aufgabe« für eigentlich alle Personen dieser Erde als etwas Überlebenswichtiges.

Trotzdem machte meine Suche für ihn keinen Sinn.

Noch während wir im Gewann A nach dem Grab Nummer 1103 suchten, begann es in Strömen zu regnen. Ich stellte mich unter einen Lindenbaum und berührte dabei seinen Stamm nicht, während mein Bruder weiter die Reihen entlangging.

In Bratislava hatte ich vor einigen Jahren in der Nähe des unter Denkmalschutz stehenden Gaistor-Friedhofs einmal mehrere Topvar-Biere in der Abenddämmerung getrunken und war dann über den dunklen Friedhof gelaufen. Die Grabsteine hingen dort windschief zwischen den Tannen, man konnte die Inschriften nicht mehr erkennen, und obwohl der Friedhof unter Denkmalschutz stand, befand er sich in einem geisterhaften Auflösungszustand. Plötzlich fühlte ich mich seltsam erschöpft, es war einer der ersten warmen Frühlingstage gewesen, also nahm ich unter einer Tanne Platz und lehnte mich an ihren Stamm. Irgendeine Seele wollte den Friedhof aber verlassen und schien mich als Portal benutzen zu wollen. Über meinen Rücken zog sich ein eisiger Schauer. Sofort schoss ich in einem Anflug von Aberglaube und Pathetik auf und rannte über den Friedhof zum Ausgang und in die Stadt zurück.

Das seltsame Gefühl hielt aber an. Ich beschloss, fast panisch, Bratislava und die Slowakei noch an diesem Abend zu verlassen, und setzte mich in meinen Ford, um nach Wien zu fahren. Als ich den ersten Gang einlegen wollte, tat sich nichts. Irgendetwas schien zu klemmen. Ich schlug auf das Armaturenbrett ein, es gab einen gewaltigen Schlag, und ich fuhr los. Ich war mir sicher, dass der Geist direkt vom Baum in meinen Körper und von dort aus über die Gangschaltung ins Auto gerast war. Und erst auf der Autobahn und kurz hinter der slowakisch-niederösterreichischen Grenze verflüchtigte sich das seltsame Gefühl, weil ich annahm – und überhaupt allgemein angenommen wird –, dass Seelen nicht mit mehr als fünfzig Stundenkilometer reisen können.

Seitdem weiß ich: Friedhofsbäume sind keine normalen Bäume. Man sollte es vermeiden, sie zu berühren.

Ich blickte mich um, mein Bruder war verschwunden.

Ganz in der Nähe stand eine Frau an einem Familiengrab, das am Rande einer Mauer lag – gegenüber von Familie Neckermann. Es war eine echte Frankfurter Bürgerin. Sie trug eine seltsame Baumwollpopeline-Tunika und ein Foulard aus Seidentwill. Unsere Blicke trafen sich, und sie fragte, ob ich jemanden Bestimmten suchen würde.

Ich trat ein wenig unter der Linde hervor.

»Ja, Robert Gernhardt.«

»Ach, Gernhardt.« Sie überlegte und sagte dann: »Nein, weiß ich leider nicht. Sehen Sie, ich habe so lange gebraucht, um *dieses* Grab nach der Beerdigung wiederzufinden.« Sie zeigte auf einen großen Stein. »Ich habe mir dann den Weg beim dritten Mal aufgezeichnet. Inzwischen brauche ich meine Wegbeschreibung nicht mehr, aber es ist schon kompliziert, nicht?!«

»Irgendwie schon.«

»Na ja, vielleicht geh ich dann das nächste Mal auch noch kurz zum Gernhardt. Auf Wiedersehen.«

In Frankfurt hatte es um die Gründer der Satiremagazine *pardon* und *Titanic* und der daraus entstandenen *Neuen Frankfurter Schule*, der Gernhardt angehörte, eine jahrzehntelange und gut funktionierende »Verbrüderung zwischen Künstlern und Bürgertum« gegeben. FAZ-Redakteur Platthaus schwärmt in einem kurz nach der Trauerfeier veröffentlichten Text vom vergangenen Beieinander- und Zusammensein, dem gemeinsamen Tennisspielen und Tischtennisspielen, den Gartenpartys und Urlauben und Besuchen und Dinners und den endlosen Nächten in den Kneipen, in denen man heimlich von Gernhardt in ein Schulheft von Brunnen gezeichnet wurde.

Ich stellte mich zurück unter die Linde. Es regnete immer noch. Die Friedhofsgärtner hatten ihre Arbeit eingestellt und standen mit ihren Wagen unter kleinen Hütten. Ich rief meinen Bruder an, aber er konnte natürlich nur schwer erklären, wo er war, also legte ich wieder auf. Als ich ihn von weitem sah, traute ich mich aus Pietätsgründen nicht zu schreien, ich traute mich auch nicht, zu ihm zu rennen. Ich beobachtete seine Laufwege und beschloss, ihm den Weg abzuschneiden. Ich ging nach rechts an einer Reihe Urnensteinen vorbei und dann nach links, wo ich auf einmal ungeschützt im Regen und am Grab von Arthur Schopenhauer stand. Unweigerlich musste ich an eine seltsame Geschichte denken, die ich zuvor im Internet gelesen hatte: Vor mehr als dreißig Jahren hatte man nämlich das Grab von Schopenhauer geöffnet und, ohne mit der Wimper zu zucken, den (zu diesem Zeitpunkt bereits *ehemaligen*) Präsidenten der Schopenhauer-Gesellschaft, Arthur Hübscher, einfach mit zu Schopenhauer ins Grab gelegt. »Der Tod hat sie endlich vereint«, hieß es in einer Grabrede, dabei kannten sich die beiden überhaupt nicht. Einen Interpreten zusammen mit dem Verfasser der zu interpretierenden Objekte zu begraben, das kommt schon einer Grabschändung gleich. Gerade Schopenhauer sollte man lieber in Ruhe lassen, schließlich handelt es sich bei ihm um den Mann, der gesagt hat, dass die sogenannten Menschen »fast durchgängig nichts anderes sind als Wassersuppen mit etwas Arsenik«. Schopenhauer hätte es allerdings wie Shakespeare machen sollen, auf dessen Grabplatte ein Fluch graviert ist: »Gesegnet sei der Mann, der schonet diese Steine, und jeder sei verflucht, der stört meine Gebeine.« Bis heute hat sich niemand an die Innereien seines Grabes getraut.

Zum Glück hielt Schopenhauer die Lehre von der Seelenwanderung nur für eine populäre Form der Lehre des Willens zum Leben – und deshalb auch selbst nichts von Unsterblichkeit. Also konnte es ihm im Grunde genommen egal sein, mit wem er dort nun begraben liegt.

Aber es ist fraglich, wem das Grab Schopenhauers gehört. Wenn damals die Familie schon verschwunden war und sich die Stadt Frankfurt mit der Schopenhauer-Gesellschaft zusammentat, wer könnte dann die mit Hunderten kulturbürokratischen Verträgen abgesicherte (und dadurch als selbstverständlich betrachtete) Grabschändung noch zurücknehmen?

Ich drehte mich um und zuckte zusammen, mein Bruder stand wie ein Geist neben mir. Auch er hatte Gernhardt noch nicht gefunden.

Wir stellten uns in einer kleinen Holzhütte unter, wo ein junger Gärtner mit Hörgerät auf seinem Bewässerungswagen saß. Von Gernhardt hatte dieser noch nie etwas gehört.

Wir sagten ihm die Nummer, da runzelte er kurz mit der Stirn.

»Das ist da hinten, hinter den Schwestern.«

»Hinter den Schwestern?«

»Ja genau.«

»Okay …«

Wir wussten natürlich nicht, wer die Schwestern waren, konnten es uns aber denken.

»Regnet es eigentlich stark?«, fragte er.

»Es geht. Nein, eigentlich nicht mehr …«

Wir gingen in die Richtung, die er uns angezeigt hatte, aber auch da, »hinter den Schwestern«, konnten wir den Grabstein nicht finden. Wir gingen weiter ziellos umher und schritten die Reihen ab. Es hörte langsam auf zu regnen, die Schwüle kam zurück. Mein Bruder schaute immer wieder auf die Uhr, weil irgendein Treffen mit irgendeiner Frau näher rückte. Ich machte mir schon ein schlechtes Gewissen, aber da sahen wir es plötzlich.

Es bestand aus einer kleinen nach oben hin abbrechenden und von Efeu umschlungenen Säule toskanischer Ordnung. Auf der Säule standen nur sein Name, das Geburts- und Todesdatum, der Name seiner ersten Frau Almut und die Namen Chia und Bella, den Haustieren.

»Wie war das damals, auf Gernhardts Beerdigung?«, wollte ich später in einer E-Mail vom ehemaligen Chefredakteur und heutigen Herausgeber des von Gernhardt mitgegründeten *Titanic*-Magazins, Hans Zippert, wissen. »Gab es irgendwelche Erscheinungen? Irgendwelche Seltsamkeiten?«

Er antwortete prompt.

»Ich kann mich nicht erinnern, ich war nämlich nicht dabei. Nur als Chlodwig Poth zu Grabe getragen wurde, hörte ich schon von weitem jemanden heftig schluchzen, und irgendwann saß da schließlich auf einer Bank der von heftigen Weinkrämpfen geschüttelte Wilhelm Genazino, der entweder aufgrund seiner Beleibtheit nicht in der Lage war, sich an einen dezenteren Ort zurückzuziehen, oder aber seine lautstarke Trauer öffentlich ausstellen wollte. Es war bizarr und anrührend zugleich.«

Alle waren kurz hintereinander gestorben. Erst Bernd Pfarr, zwei Tage später Chlodwig Poth, ein Jahr nach ihnen F. K. Waechter, dann Gernhardt. Mit einem Rundumschlag hatte die Frankfurter Satirikerszene Mitte der Nullerjahre einen Großteil ihrer Mitglieder an den Totengott Mors verloren.

Tot also waren diejenigen Autoren und Zeichner, deren ernstgemeinte Aufgabe es war, irgendwann und trotz der bei der Kritik verpönten komischen Literatur als Klassiker zu gelten – und die diese Aufgabe unweigerlich durch ihre relativ frühen Tode auch erfüllt hatten.

Vor seinem Tod bekam Gernhardt viel Krankenbesuch. Eckhard Henscheid wollte sich von seinem langjährigen Freund verabschieden, sie unterhielten sich, und Gernhardt erklärte Henscheid, er habe ein »schönes Leben geführt und keinen Grund zur Klage«, was Eckhard Henscheid wunderte, »angesichts der richtig bösartig fatalitätsmäßigen Abfolge von Gattinnenkrankheit und -tod, Schlaflosigkeit, Verlegermalaisen mit erheblichen Geldverlusten, Herzinfarkt und schließlich Krebs«. Für Henscheid eine »eindrückliche«, eine wie ihm schien »sehr gottgefällige Gesinnung«.

Oliver Maria Schmitt, aus der zweiten Generation der *Neuen Frankfurter Schule*, fragt sich in seinem fünf Jahre vor

Gernhardts Tod erschienenen Buch *Die schärfsten Kritiker der Elche*, »warum aber ausgerechnet dieser so ganz unschöpferisch und unhypertonisch, vielmehr gelassen und cool wirkende Herr, der nie ein aggressiver oder polemisch-schimpfender Satiriker war, eher ein spottender und selbstbewußt Verlachender, nie ein vom Furor Getriebener, immer ein Betreibender – warum ausgerechnet der vom fiesen kleinen Herzkasperle heimgesucht wurde.« Ihm ist dann aber auch klar, dass »dies ew'ge Rätsel« sich in allen fortregt und dass außer Gernhardt wohl aus diesem Leid kaum jemand so viel gemacht hätte.

Wenige Tage vor Henscheid war schon Benjamin von Stuckrad-Barre bei Gernhardt. Barre wohnte zu dem Zeitpunkt gerade bei seinem Bruder in Frankfurt, um seine Kokainsucht zu bekämpfen – und er fuhr mit dem Fahrrad zu Gernhardt nach Hause, um diese letzte Begegnung für den *Spiegel* aufzuschreiben.

Sie sprachen bei Cappuccino und Kuchen über mögliche Grabsteininschriften, und Barre schlug als Vorlage die von Karl Kraus auf dem Wiener Zentralfriedhof vor – ein Grab, auf dem nichts steht außer *Karl Kraus*. Sei eine gute Idee, meinte Gerhardt dann, besser, als wenn da ein Hesse-Spruch draufkäme. Dann betrachteten sie Gernhardts knapp zweihundert Skizzen- und Notizhefte von Brunnen, die in einem Magazinschrank lagen und die er selbst als die Summe seines Werks bezeichnete. Er hat sie dem Literaturarchiv in Marbach verkauft, mit den Worten: »So was bekommt ihr nicht mehr wieder, dieses Doppeltalent.«

Zweieinhalb Wochen nach Barres Besuch, während des Lärms, der Autokorsos, während alle hupten und feierten, starb Robert Gernhardt. Und Barre, der an jenem Abend noch einmal mit dem Fahrrad an Gernhardts Haus vorbeifuhr, dachte: Vielleicht hupen sie ja nicht nur für den Fußball, sondern auch für ihn!

Mir gegenüber stand mein Bruder, er fotografierte mich. Ich trug ein Hawaiihemd und ließ die Schultern hängen. Ich war kein Grabräuber und kein Spiritist und gab mich an diesem Ort auch keinen äußerlich sichtbaren Ritualen hin – ich legte keine Blumen auf das Grab, beschwor keine Geister und zitierte auch keine Gedichte. Als ich an die Seele des menschlichen Körpers dachte, an Ektoplasma und Energie, da wurde mir schnell klar, dass Robert Gernhardt sicherlich schon lange nicht mehr hier gewesen war, an einem Ort, der für ihn schließlich das Ende der Welt bedeuten musste.

Unsterblich war er ja jetzt. Obwohl er auch gesagt hat: »Was nützen mir Buch / und Unsterblichkeitsscheiß / Wenn Marina nichts davon weiß?«

Marina war seine Friseurin.

Trotzdem wird Gernhardt nie verschwinden. Höchstens werden die Anekdoten baden gehen, zum Beispiel die, wie Gernhardt mal in feuerroten Hosen vom Dreimeterbrett im Schwimmbad von Nottula gesprungen ist.

Obwohl, gerade *die* nicht, die hat sein Freund F. K. Waechter in einer Bildergeschichte verewigt. Und Geschriebenes – Geschichten sind immerhin beständiger als das Wirkliche.

Mein Telefon vibrierte, ich hob ab:
»Wer ist da?«
»Ich bin's, Maria. Was machst du?«
»Ich bin doch in Frankfurt, auf der Suche nach Gräbern.«
»Klingt aufregend«, sagte sie, ohne zu versuchen, dabei

überzeugend zu klingen. »Ich muss dich um etwas bitten. Kannst du nächste Woche mit mir an die Oberhavel fahren? Ich glaube, meine Mutter braucht unsere Hilfe.«

»Was ist denn passiert?«, fragte ich.

»Es ist nichts Schlimmes, es ist gar nichts. Ich muss sie einfach mal wieder besuchen. Und es wäre schön, wenn du mitkommst.«

»Aber ich bin gerade erst losgefahren zu den Friedhöfen. Ich muss noch nach Mainz zu Ida Hahn-Hahn und zu Kathinka Zitz-Halein und nach Friedrichsdorf ans Grab von Karl-Herbert Scheer.«

»Zu wem?«

»Alle vergessen, alle tot.«

Kurz herrschte Stille, weil ich es ihr nicht erklären konnte.

»Gut, ist nicht so wild. Ruf mich an, wenn du es dir anders überlegst«, sagte sie.

»Moment!«, rief ich.

Ich überlegte. Einerseits konnte ich meine Reise doch nicht schon am Anfang unterbrechen, andererseits: Sicherlich würde ich auch dort, im Nordosten, Gräber finden, Friedhöfe sehen und Stimmungen einfangen können.

Ich betrachtete meinen Bruder, er scharrte mit den Füßen am Boden. Er wollte los, er wollte jetzt endlich zu diesem Treffen.

»Maria?«

Sie war noch dran.

»Ich hab's mir anders überlegt.«

3
STECHLIN

WENIGE TAGE SPÄTER FUHREN WIR AN die Oberhavel.

Es hatte in Brandenburg seit Wochen nicht geregnet, und das ganze Land glich einem neumexikanischen Wüstengrab. Von den abgeernteten und ausgedörrten Rapsfeldern stiegen meterhohe Staubwolken auf, die den Horizont verschleierten.

Auf der Autobahn hatte Maria ihre Schuhe in einem Wurmloch verloren. Sie war in Hamburg noch mit ihren Badeschlappen ins Auto gestiegen, als sie aber an der Raststätte Prignitz hinauskletterte, waren sie nicht mehr aufzufinden, und weil erhöhte Waldbrandgefahr herrschte, musste ich mit meinen Segelschuhen die Zigaretten austreten, die sie am Rand glutheißer Teerbeläge rauchte. Segelschuhe sind zwar die bequemsten Schuhe, die man im Sommer tragen kann, aber meine langen und schmalen Füße sahen darin aus wie weich gekochte Rigatoni in einem Kindersarg.

Wir erreichten Neuglobsow am frühen Abend, legten unser Gepäck im Ferienhaus von Marias Mutter ab und gingen gleich hinunter zum Großen Stechlinsee. Die nassen Köpfe der Badenden glitzerten im Licht wie Wasserspinnen, und der See war ruhig und wartete auf die wasserfärbende Wirkung der noch immer hochstehenden vergilbten Staubsonne. Der See, er war ähnlich wie Fontane ihn in seinem Buch *Wanderungen durch die Mark Brandenburg* beschrieben hat: »Da lag er vor uns, geheimnisvoll, einem Stummen gleich, den es zu sprechen drängt. Aber die ungelöste Zunge weigert ihm den Dienst, und was er sagen will, bleibt ungesagt.«

Irgendetwas will dieser tiefe See tatsächlich sagen, aber weniger dringend und direkt, als Fontane meint, eher schickt er seine Botschaften durch starke naturbedingte Stimmungsschwankungen an seine Umgebung heraus, er wirkt unberechenbar, unheimlich, tief und finster.

Ich schlug mein Notizbuch auf, in das ich mir mehrere Namen geschrieben hatte: Armin T. Wegner, Lola Landau, Hanns Krause, Lori Ludwig und Theodor Fontane. Alle waren hier Gast gewesen oder hatten in Neuglobsow gelebt, aber Fontane liegt in Berlin-Mitte begraben, Wegner starb in Rom, Landau in Jerusalem und Ludwig in Fürstenberg. Einzig Hanns Krause, ein DDR-Kinderbuchautor, war auch in Neuglobsow gestorben, ihn würde ich in den nächsten zwei Tagen suchen.

Wir befanden uns in einem Ortsteil der Gemeinde Stechlin, kurz vor der mecklenburg-vorpommerschen Grenze. Ein sowohl im Winter als auch im Sommer märchenhafter und bizarrer Ort. Umgeben von Wald hing der See wie ein Kalmar am Rande des aus Ferienhäusern, giftgrün gestrichenen Bungalows und einem alten verfallenden Hotel bestehenden Dorfs. Am anderen Ende des tiefen Sees stachen aus dem Wald heraus stumm die Antennen eines ehemaligen Atomkraftwerks hervor.

Auf der rechten Seite des Ortes wiederum, durch den

nur eine lange Straße führte und dessen Wochenendvillen sich an kleinen, wahrscheinlich erst seit kurzem asphaltierten Straßen wie dünne Adern einen Hang hinauf im Wald verloren, lag eine evangelische Kirche – dort wollte ich am nächsten Tag Ausgrabungen betreiben, um Hanns Krause zu finden. Allerdings hatte ich über Krauses Grab keinerlei Informationen und dachte, dass auch seine Bücher in westdeutschen Bibliotheken wohl nicht mehr aufzutreiben waren. Wahrscheinlich lagern und verfaulen sie in Truhen, auf Dachböden, in Pappkisten oder Kellern, dachte ich.

Ob Neuglobsow überhaupt einen Friedhof hatte, wusste ich zu dem Zeitpunkt auch noch nicht, aber die Titel der Kinderbücher Hanns Krauses gefielen mir so gut, dass ich ihn unbedingt finden wollte, um zu schauen, in welchem Zustand sich sein Grab befand: *Löwenspuren in Knullhausen / Holzdiebe im Jagen 45 / Alibaba und die Hühnerfee / Bärenjagd in Tulpenau / Kein Bett, kein Geld und große Ferien.*

Am späten Abend verließen wir die Ufer des Sees und setzten uns in den Garten des Ferienhäuschens am Ortseingang. Aus dem Wald, der am anderen Ende des Gartens begann, tönte ein Käuzchen, und mit der spät einsetzenden Dämmerung kamen scharenweise die Kriebelmücken, als hätte man mit einer Glocke zum Abendbrot geläutet. Die Kriebelmücken stachen uns nicht, sie zerrissen uns die Haut mit Beißzangen, wo sich am nächsten Tag große Blutergüsse bildeten. Zum ersten Mal seit langem rauchte ich wie wild Zigaretten, um sie abzuwehren, dazu trank ich Dosenbier.

Und mit der Nacht kamen auch die Froschkaskaden. Es war ein wildes, durchdringendes und bei der Vorstellung des massenhaften Fortpflanzens fast ekelhaftes Tönen.

Den ganzen nächsten Tag lagen wir am See, aber natürlich ging ich nicht ins Wasser. Ich betrachtete die glatte Oberfläche und die wenigen Badenden. Angeblich waren während des im Herbst 1755 stattgefundenen Erdbebens von Lissabon hier staubende Wasserhosen zwischen den Ufern aufgetaucht, auch hatte das Senkblei bei frühen und ungenauen Messungen den Grund des Sees nicht gefunden. Marias Mutter war ebenfalls mit der Theorie vertraut, die man auch in Fontanes Roman *Der Stechlin* nachlesen kann: Angeblich ist der See durch unterirdische Kapillare mit einem Vulkan auf einer pazifischen Insel verbunden. Sollte es auf der Pazifikseite einmal zu Ausbrüchen oder Seebeben kommen (wobei man seltsamerweise jedes verheerende Beben mit dem Stechlinsee in Verbindung bringt), lösen sich vom Grund des Sees rote Algen, die an die Oberfläche schwimmen und dem Wasser einen rötlich schimmernden Glanz verpassen, fast so, als würde der See brennen. Dieses Phänomen ist in der dreihundert Einwohner umfassenden Idylle Neuglobsow nur unter dem Namen »der rote Feuerhahn« bekannt.

Zweimal in der Stunde – immer mit Blick auf den See, weil ich Angst hatte, es könnte etwas aus ihm hinaussteigen, während ich ihm den Rücken zuwandte – lief ich zu einem Kiosk in der Nähe und kaufte dort Eis und Bier. In einem Fischrestaurant, das dreihundert Meter durch den Wald am Seeufer lag, aß ich in den Nachmittagsstunden eine nach Fontane getaufte und nur im Stechlinsee beheimatete Stechlin-Maräne *(Coregonus fontanae)*.

Maria lag während meiner Wanderungen durch einen kleinen Teil der Mark Brandenburg stundenlang mit einem knallroten Badebrett im Wasser, also entschuldigte ich mich bei ihr und ging gegen Nachmittag den Ort hinauf zur Kirche. Ich konnte schon von weitem erkennen, dass sie abgeschlossen war, trotzdem ging ich um das Gebäude herum, um es zu untersuchen. Es machte einen leicht maroden Eindruck, an den Fenstern hingen hellgrau und in dicken Schichten Spinnweben, und trotzdem fanden hier anscheinend Gottesdienste statt. Rechts und links vom Kirchenschiff gab es kleine Seitenflügel, die mehr wie Abstellkammern wirkten. Ich schlug mich ein paar Meter hinter ihnen ins Gestrüpp, aber natürlich war da kein Fried- oder Kirchhof.

Ich erinnerte mich an Stephen Kings Roman *Friedhof der Kuscheltiere*, den mein Vater früher in der Nähe seines Privatklos im Regal stehen hatte. Er hatte dort neben Hunderten ausgelesenen und aufgeweichten Drachenfliegerzeitschriften und Westernromanen gelegen, ein schwarzes Buch ohne Umschlag.

Gleich nachdem ich lesen gelernt hatte, nahm ich es aus dem Regal, weil ich wusste, dass sich mein Vater vor ihm fürchtete und es nicht zu Ende lesen konnte. Ich wollte unbedingt herausfinden, was diesen sonst so furchtlosen Erfinder der Überlaufgarnitur an ein paar Beschreibungen von alten Friedhöfen aus der Ruhe bringen konnte. Er gab mir gegenüber zum ersten Mal in seinem Leben zu, vor etwas Angst zu haben – und dann war es ausgerechnet die Literatur. (Später, als wir alt genug waren für wahren Horror, schilderte er mir und meinem Bruder seine größte Angst: den Voodoo und die lebenden Toten.)

In Kings Roman zieht eine Familie in die tiefen Wälder Neuenglands; Wälder, in denen noch immer Dämonen leben. In der Nähe ihres Hauses liegt ein Tierfriedhof, dahinter versteckt eine alte Begräbnisstätte des indianischen Volks der Mi'kmaq. Dort begräbt der Familienvater nacheinander die überfahrene Katze, den verstorbenen Sohn und die ermordete Frau. Alle kehren zurück ins Leben, nach Erde riechend und mit teuflischem Benehmen.

Der Roman behandelt, wenn man es so will, die Theorie der Ewigen Wiederkehr von Nietzsche. In der *Fröhlichen Wissenschaft* heißt es:

»Dieses Leben, wie du es jetzt lebst und gelebt hast, wirst du noch einmal und noch unzählige Male leben müssen; und es wird nichts Neues daran sein, sondern jeder Schmerz und jede Lust und jeder Gedanke und Seufzer und alles unsäglich Kleine und Grosse deines Lebens muss dir wiederkommen, und Alles in derselben Reihe und Folge – und ebenso diese Spinne und dieses Mondlicht zwischen den Bäumen, und ebenso dieser Augenblick und ich selber. Die ewige Sanduhr des Daseins wird immer wieder umgedreht – und du mit ihr, Stäubchen vom Staube!«

Ähnliche Gedanken über kreisförmige Labyrinthe und die zyklische Zeit finden sich auch schon bei den Pythagoreern oder David Hume. Und als die Punkband *Ramones* den Schriftsteller King in den achtziger Jahren in seinem Haus besuchte, damit sie sich gegenseitig die Ehre erweisen konnten, schrieb Dee Dee Ramone innerhalb weniger Minuten den Song »Pet Sematary« mit den Lyrics: »I don't wanna be buried in a pet cemetery, I don't want to live my life again.« Dafür, dass dieser Song dann für die Goldene Himbeere als schlechtester Filmsong des Jahres 1989 nominiert wurde, enthält er eine zutiefst traurige Nachricht. Denn die (egal zu welchem Zeitpunkt eines Lebens) gezogene Bilanz, das bisher gelebte Leben nicht noch einmal leben zu wollen – und das nicht mal als Punkrocker –, bedeutet nur, dass mehr als fünfzig Prozent eines Lebens entweder aus

Langeweile, Banalitäten und grauen, traurigen Augenblicken voller Scham, Gemeinheit und Elend besteht oder spätestens beim zweiten Mal dann nur noch aus womöglich schmerzender Langeweile bestehen würde. Und wer würde das ganz ernsthaft wollen? Es ist der weiseste Song, den es gibt.

Als ich hinter der Kirche durch das Gestrüpp streifte, schüttelte es mich trotz der Hitze. Hier lag kein Kirchhof, sondern der große Garten des von Fontane beschriebenen Herrenhauses Schloss Stechlin, »ein gelb getünchter Bau mit hohem Dach und zwei Blitzableitern«, der auf den Trümmern eines schon längst verschwundenen, wirklichen Backsteinschlosses, mit Rundtürmen und Schlossgraben, erbaut worden war.

Im Garten lagen dort zwei angebräunte Rentner auf weißen Liegestühlen und sonnten sich. Bevor sie mich sehen konnten, drehte ich mich um und lief zurück zum See.

Nach meiner ergebnislosen Exkursion holte ich Maria ab. Wir gingen durch den Ort und irgendwann zurück ins Ferienhaus.

Später, als draußen die ersten Blitze quer durch den Himmel schossen und ein schweres Hitzegewitter in der Luft lag, legten wir uns schlafen. Drei oder vier übereinanderliegende Unwetterfronten hingen bei vollkommener Windstille stundenlang über dem See. Es regnete nicht, es stürmte nicht, es donnerte nur ununterbrochen, während die Vögel im anbrechenden Morgengrauen gegen das Gewitter anschrien. Dann, nach drei Stunden, begann es langsam zu regnen, und wir schliefen endlich ein.

Am nächsten Morgen lief ich alleine los, um in der Nähe der Bushaltestelle eine kleine Ortsübersicht zu studieren. Der nächste Friedhof lag in Dagow, einem zu Stechlin gehörenden Ortsteil, der nur ein kleines Stück weit den Wald hinunter lag. Nur dort konnte Hanns Krause noch liegen.

Danach weckte ich Maria, und wir gingen los.

Der Friedhof lag abschüssig in einem Hain. Wir öffneten ein Eisengatter und betrachteten die historische Hinweistafel, auf der ich aber Informationen über Hanns Krause nicht ausmachen konnte. Stattdessen gab es wieder nur den Verweis auf Theodor Fontane und seine Beschreibung desselben Friedhofs in den *Wanderungen*.

Nach hundert Metern durchs Dickicht hielt mich Maria schon erschrocken am Arm fest. Ich schaute in ihre graugrünblauen Augen – sie zeigte auf mein rechtes Schienbein, dort saßen, in aller Seelenruhe und inbrünstig an mir saugend, mehrere Zuckmücken. Ich schlug wie wild auf sie ein und erwischte dabei die langsamste. Ein großer schwarzer Fleck bildete sich sofort da, wo sie mich gestochen hatte.

»Lass uns hier abhauen!«, rief Maria.

Über eine weitere Eingangstür verließen wir fluchtartig den mückenverseuchten Friedhof und wenig später die Ortsgrenze von Dagow.

Am Nachmittag fuhren wir zurück nach Hamburg. Die Mücken hatten auf unseren Armen und Beinen Dutzende dunkelrote Blutergüsse hinterlassen. Über der ganzen Stadt lagen Gewitter. Ich fand nach stundenlanger Recherche heraus, dass Krause mit seiner Frau auf dem Friedhof in Fürstenberg begraben lag, ganz in der Nähe von Neuglobsow.

Ich lehnte mich zurück. Man muss das Scheitern genießen.

4
HAMBURG-OHLSDORF

DIE VESPA SPRANG NACH FÜNF MINUTEN endlich an, ich hatte sie seit vergangenem Oktober nicht mehr bewegt. Ich nahm von Süden kommend die ewig lange Fuhlsbüttler Straße und stellte das Moped vor einer Tischtennisplatte des Gartenvereins Klein Borstel ab, wo sich alle paar Minuten die U1 nach Norderstedt schob.

Ich hatte nichts dabei, keine Zigaretten, nichts zu trinken, keine Pfefferminzbonbons. Der Eingang »Kleine Horst«, der direkt von den Schrebergärten auf den Friedhof Ohlsdorf führt, war unscheinbar und schmal, ein Schild wies mahnend darauf hin, das Radrennen zu unterlassen, um Trauernde und die Totenruhe nicht zu stören.

Ich öffnete die App *Friedhof Ohlsdorf*, die ich mir am Tag zuvor für 2,99 Euro heruntergeladen hatte, und suchte nach Roger Willemsens Grab, es musste ganz in der Nähe sein. Die Existenz der App ist bezeichnend für die Dimensionen dieses Friedhofs: Es ist der größte Parkfriedhof der Welt. Er ist so groß, dass verschiedene Buslinien ihn durchqueren, Radfahrer ihn als Abkürzung durch die Stadt benutzen und es allerlei geheime Winkel gibt, in denen sich Menschen verschiedensten Ritualen hingeben. Jedes Jahr wird hier mindestens ein neues Mausoleum im sechsstelligen Bereich in Auftrag gegeben. Es gibt einen Friedhof für chinesische Seeleute, eine Abteilung für islamische Bestattungen, ein Bombenopfer-Sammelgrab und eins für die Sturmflutopfer von 1962, es gibt britische Soldatengräber, Wassertürme, vorgeschichtliche Gräber, Rosengärten, Mahnmale und einen Gedenkplatz für nicht beerdigte Kinder. Auf fast vierhundert Hektar befinden sich über zweihunderttausend Grabstätten, auf dem gesamten Gelände wurden seit der Gründung des Friedhofs über 1,4 Millionen Menschen beerdigt, täglich kommen ein Dutzend hinzu – aber ich sah keinen einzigen Trauerzug.

Zwischen den Gräbern und im Unterholz der Gruften und Laubtunnel war es schattig, und nur die ausufernden Straßen und Alleen, auf denen die Autos und Busse fuhren, lagen im Licht. An diesem Mittwochnachmittag sah ich anfangs, bis auf die Radfahrer, nur wenige Besucher. Man muss sich an den Friedhof in Ohlsdorf genauso gewöhnen wie an das Betreten einer lichtdurchfluteten Straße nach stundenlangem Stubengehocke. Erst nach und nach fielen mir verdächtige Statuen und Sprüche auf, erst da sah ich auch aus der Erde gerissene Holzkreuze mit Abdrücken von Lippenstift, entdeckte versteckte Champagnerflaschen und verlorene Einkaufszettel. Anfangs jedoch war ich geblendet von der Gewaltigkeit und dem Platz zwischen den Grabsteinen – und lief auch fast an dem von Willemsen vorbei, der eigentlich nicht zu übersehen war.

Der beliebte Schriftsteller war mir ziemlich fremd, allerdings konnte ich mir an seinem Grab sicher sein, dass dort das Verschwinden noch nicht so weit fortgeschritten war. Er war der Antipol zu den beinahe (oder schon gänzlich) verschwundenen Körpern, Gräbern und Erinnerungen anderer verstorbener Schriftstellerinnen und Schriftsteller, die ich im Laufe der Reise noch besuchen wollte.

Der Grabstein war erst knapp ein Jahr alt, daneben eine vom arabischen Frauenverein gestiftete Bank. Ich dachte an Willemsens Tod, der ihn im Alter von sechzig ereilte, und daran, dass man eigentlich sterben konnte, wann man wollte, es war egal, denn laut Medien ging man *immer* »zu früh«, man konnte die achtzig überschreiten, aber auch das war heute »zu früh«. Und eigentlich war das nur ein Verehrung heuchelnder Vorwurf an die Toten: »Zu früh! Viel zu früh!« – als hätte man eine Wahl.

In Mandalay, in Burma, im Schatten einer Buddhafigur erklärte ein Wahrsager Willemsen mal: »Älter als achtzig werden? Nein, das ist leider unmöglich für Sie.« Und Willemsen dachte: »Leider. Zum ersten Mal in meinem Leben möchte ich einundachtzig Jahre alt werden. Doch während ich noch mit meiner Lebenserwartung hadere, tunkt der Erleuchtete eine bittere erdbeerförmige Frucht in Salz, und seine Augen sagen: *Heul doch!*«

Etwa ein halbes Jahr später würde mir mein Freund Joshua, der einen Monat in der Villa Willemsen in Reinbek zu Gast war, vom Sterbezimmer des Autors berichten:

»Da war nichts, das Zimmer wurde quasi entkernt. Irgendwie will man nicht, dass da ein Kult entsteht.«

Mit dem Gedanken spielend, es selbst zu besichtigen und irgendwelche parapsychologischen Verbindungslinien zwischen Todesort und letzter Ruhestätte zu ziehen, erinnerte ich mich an das Haus meiner Großeltern, das meine Mutter und ihre Schwestern nach deren Tod an eine fünfköpfige Familie vermietet hatten.

Irgendwann, in einem Frühling, überkam die drei Frauen

eine verständliche Sehnsucht nach ihrem alten Zuhause, also riefen sie die neue Mieterin an, die gegen einen Rundgang durch das renovierte Haus nichts einzuwenden hatte – und weil auch ich mich gut an den ursprünglichen Zustand des Hauses erinnern konnte, begleitete ich sie.

Als wir später zusammen im früheren Büro meines Großvaters standen, das irgendwann zum Schlaf- und Sterbezimmer umfunktioniert worden war, überrollte meine Mutter die Mieterin gedankenlos mit den Worten: »*Das* ist jetzt das Schlafzimmer?! Hier sind unsere Eltern gestorben!«

Meine Mutter, bis heute diesen Umständen ignorierend gegenüberstehend, würde niemals die blauen Flecken vergessen, die ihre Schwestern und ich (aus Mangel an anderen sie zum Schweigen bringenden Möglichkeiten) danach auf ihrer Schulter hinterließen und die dadurch, dass meine Mutter von Natur aus wenige Thrombozyten besitzt, auch sofort anfingen, dunkelblau zu leuchten.

Dabei hatte meine Mutter recht, es ist doch beinahe unmöglich, in einer Großstadt in eine alte Wohnung oder ein altes Haus zu ziehen, in dem noch niemand ums Leben gekommen ist. So normal wie die lebendige Mieterin selbst (deren Blick ich niemals vergessen werde). Und Verbindungslinien ins Jenseits suchte man auch im Haus meiner Großeltern, so wie in dem Willemsens, vergeblich.

Wenig später – ich stand in Schmetterlingsblüten und wischte mir den Schweiß von der Stirn – sah ich einen kleinen Grabstein, von dem ich zuerst glaubte, es sei der des Schriftstellers und Kritikers Alfred Kerr, zumindest lag er in ähnlicher Position im Quadranten Z21, aber er war es nicht, es war der Grabstein einer Frau namens Waldtraut Pukall-White – »*Schriftstellerin*«.

Steine mit Berufsbezeichnungen waren nicht selten. Pukall-White lag dort alleine, wie Willemsen, und wann sie gestorben war, wollte man dem Besucher verheimlichen. Und später, als ich ihren Namen im Internet nachschlug, ergab er keinen einzigen Treffer, also war sie auch dort nicht mehr lebendig und für immer vergessen.

Ich ging weiter, immer weiter, durch Schatten und Licht und die Mischung aus Schatten und Licht. Aus dem Eingang einer von Bäumen überdachten Familiengruft schaute mir ein Feldhase entgegen. Ich kam endlich am Grab von Alfred Kerr vorbei, der gesagt hatte: »Man stirbt einen Tod und weiß nicht welchen, vielleicht ein schmuckes Schlaganfällchen.« Ich fragte mich, ob nicht *das* eigentlich der perfekte Spruch für einen Grabstein war.

Zum Ausruhen setzte ich mich an die Bushaltestelle »Nordteich«, auf meiner Liste hatten sich verschiedene prominente oder halbprominente, aber immer schreibende Hamburgerinnen und Hamburger versammelt: Hertha Borchert und ihr Sohn Wolfgang, die Schriftstellerin Marie Hirsch, der Schlagertexte schreibende Boxpromoter Walter Rothenburg und die Prinzessin Salme von Oman und Sansibar.

Gegenüber der Haltestelle bog ich nach der Hitzepause in einen von Tannennadeln bis an die Ränder gefüllten Weg ab, der neben einem düsteren Tümpel lag, wo ich den unter dem Namen »Seeteufel« bekannten Graf Luckner suchen wollte. Aber auch nach kleinlicher Untersuchung des Quadranten konnte ich ihn nicht finden. Wahrscheinlich war er dem Vergessen anheimgegeben worden, schließlich hatte er, neben seinen Seeabenteuern, die er unter den Titeln *Seeteufel erobert Amerika* oder *Seeteufels Weltfahrt* veröffentlichte, auch minderjährige Frauen missbraucht, darunter seine eigene Tochter.

Und obwohl die Sonne schien und ich von dem Dickicht, in dem der Seeteufel hätte liegen müssen, auf die große Norderstraße abgebogen war, bekam ich eine Gänsehaut bei dem Gedanken an die Verbrechen, die alle anderthalb Millionen Toten auf diesem Friedhof zusammengerechnet ausgeführt haben mussten.

Beinahe ohne Absicht entdeckte ich nur kurze Zeit später den Grabstein Harry Rowohlts. Am oberen Ende eines Hangs lag ganz alleine ein dicker weißer Ballon, aus dem über Nacht die Luft entwichen war. Hinter dem Stein, außerhalb des Friedhofsgeländes, fuhr die U1 ihre Runden, ein unruhiges Plätzchen.

Auf dem Stein befanden sich als Inschrift nur Geburts- und Todesjahr und die in ihn hineingekratzte Unterschrift Rowohlts. Zuerst las ich Henry Burgum, dann Iturk Norsklav, bis ich mich anhand der Jahreszahlen daran erinnerte, dass Harry Rowohlt genau siebzig Jahre alt geworden und damit leider auch »viel zu früh« von uns gegangen war. Er selbst dachte allerdings: »Immerhin bin ich siebzig geworden, mehr kann man nicht verlangen.«

Die Unterschrift auf dem eigenen Grabstein machte mich erst ein wenig stutzig, dann beinahe rasend. Bedeutete das, dass man den eigenen Tod quasi als letzten zu unterzeichnenden Vertrag selbst unterschrieben hatte? Eher deutete mir viel darauf hin, dass es sich bei diesem Stein um einen letzten Akt perfider deutscher Kulturbürokratie handelte.

Als ich direkt vor dem Stein stand, sah ich rechts hinter ihm etwas liegen, es war eine kleine Plastikflasche »Johnny

Walker Red Label«-Whiskey. Ich drehte sie mit meinem Fuß um, sie war leer. Ich schaute noch tiefer ins Gestrüpp hinter dem Grabstein, aber da lag nichts mehr, nur diese Whiskeyflasche.

Wieder, wie nach meinem Besuch des Grabs von Gernhardt, fragte ich später Hans Zippert nach ungewöhnlichen Erscheinungen während der Beerdigung Rowohlts. Er antwortete auf Anhieb in einer langen E-Mail:

»Rowohlts Beisetzung habe ich nicht erlebt, nur die öffentliche Trauerfeier in der *Fabrik* in Altona. Auf Wunsch der Witwe war Oliver Maria Schmitt als Moderator engagiert worden, aber ihm schlug von der ersten Sekunde eine vollkommen unverständliche Abneigung entgegen, so als habe er sich da reingedrängt und als Nichthamburger schon gar kein Recht, sich einzumischen. Ein sehr schwerer Abend für ihn. Für mich war es ein Triumph, weil ich mit Vacoped-Schuh, nach gerade überstandenem Achillessehnenriss, auf die Bühne kam und sagte, es sei jetzt lange genug über Harry geredet worden und viel zu wenig über mich. Das gefiel den Leuten und hatte etwas Marktwainhaftes, ich glaube, Harry hätte es auch gemocht.«

Ob es Rowohlt mit der Ewigen Wiederkehr und dem endlosen Gehen im Kreis hielt oder ob er annahm, dass man für immer verschwand, das konnte man wohl nicht so genau sagen. In einem Brief an Karl-Otto Saur jedenfalls befindet sich dann doch ein kleiner Hinweis: »Nichts geht verloren, fast jeder Kreis schließt sich.« Als Beweis nennt er die *Sonne von Mexico*:

»Sogar in der Sonne von Mexico links hinter dem Frankfurter Hauptbahnhof haben wir gesoffen, einer Kneipe für den gehobenen Pennerbedarf, die eines Tages verschwunden war und, wie im ›Fliegenden Wirtshaus‹ von Chesterton, an anderer Stelle wieder auftauchte, im Sandweg, aufs Haar genauso, nur mit einem Hühnerdraht um den Bollerofen, weil es da in der kalten Jahreszeit immer zu häßlichen Verbrennungen gekommen war.«

Die Unsterblichkeit, wenn nicht des Körpers, dann doch wenigstens der Kneipe.

Ich drehte mich um, da hinten lag Hellmuth Karasek, oje. Eilig ging ich davon, die Whiskeyflasche ließ ich liegen.

Am Ende der Teichstraße lag zwischen Douglasien und Ahornbäumen eine Kapelle, dahinter irgendwo der Ohlsdorfer Wasserturm. Auch hier war der Friedhof ausladend, mit viel Platz zwischen den Gräbern. Vereinzelt schlenderten Herren mit grauen Bärten und Profikameras um den Hals durch die Reihen und blickten unschlüssig mal auf ein Eichhörnchen, dann auf eine dicke Hummel, die auf einer seltenen Pflanze saß, und schließlich fotografierten sie doch einen Grabstein aus der Zeit des Nationalsozialismus – die gekreuzten Schwerter vor dem Stahlhelm, das Eichenlaub auf deutschem Marmor.

Hinter dem an der Südallee stehenden Wasserturm ging ich nach links und folgte einem Schild zum »Garten der Frauen«. Auf dem Weg dorthin entdeckte ich das Grab von Fiete und Lissa Claussen, einem Paar, beide 1900 geboren, beide einhundert Jahre später, im Jahr 2000, gestorben. Kurz dachte ich, über etwas gestolpert zu sein, die Jahreszahlen auf dem Grabstein lösten bei mir ein Gefühl der Irritation aus, aber als ich mich am Boden umblickte, war da nichts.

Der Garten der Frauen ist ein über 1600 Quadratmeter

großes und vom Rest des Friedhofs durch hüft- bis kopfhohe Hecken abgegrenztes Areal, auf dem an bekannte und wichtige Hamburger Frauen erinnert wird. Ich wurde schnell zu dem Kernstück geführt, der Erinnerungsspirale – einem leicht stilwidrig wirkenden Beton-Zengarten, in dem unterschiedlich geformte Steinklötze einen Kreis bilden. Dort wird an diejenigen Frauen erinnert (wenn sie nicht sogar anonym bestattet wurden), deren Grabsteine bereits vom Friedhof entfernt und zerstört worden sind. Eine Spirale also, die das Verschwinden weiter verschieben soll. Man erinnert sich hier an als Hexen beschuldigte und verbrannte Frauen, an Widerstandskämpferinnen, an die Opfer häuslicher Gewalt, aber auch an die Prinzessin Salme von Oman und Sansibar, die 1866 nach Hamburg floh und dort den Kaufmann Heinrich Ruete heiratete. Ihr eigentliches und in Granit gefasstes Grab lag in der Nähe – und auch sie war Autorin gewesen *(Leben im Sultanspalast)*. Aber »in der Nähe« bedeutete hier nicht »um die Ecke«, also musste ich diesen Besuch verschieben.

Überall im Garten standen alte und vor dem Verschwinden bewahrte Grabsteine bekannter Frauen, aber es gab auch neue Gräber, eins davon war das der Sexarbeiterin Domenica Niehoff: St. Paulis großes Herz, Streetworkerin, Besitzerin der Kneipe *Fick* (1998–2000) und Autorin von *Domenicas Kopfkissenbuch* – eine Frau, über die Wolf Wondratschek mal gesagt hat: »Wenn sie mit dem Hintern wackelt, fließen die Flüsse bergauf.«

Wie kann man so was sagen, dachte ich, und warf dem Grabstein der durch die Poesie Wondratscheks missbrauchten Frau einen letzten Blick zu.

Ich drehte mich um, an der Glasscheibe eines kleinen

Pavillons wurde auf die baldige Enthüllung einer Gedenktafel für die Maskentänzerin Lavinia Schulz hingewiesen, die, zusammen mit ihrem Mann Walter Holdt, kein Geld für ihre Aufführungen verlangt hatte und deshalb Anfang der zwanziger Jahre beinahe den Hungertod gestorben wäre, hätte sie nicht vorher ihren Mann und dann sich selbst erschossen.

Erschießen und erschießen lassen, der ewige Kreis, die Ewige Wiederkehr auch der Straftaten. Das muss für heute reichen, dachte ich, notierte mir den Termin der Enthüllung und trat den Rückweg an.

In den Abendstunden füllte sich der Friedhof. Fahrradfahrer mit plappernden Kindern im Kindersitz kurvten zwischen letzten Ruhestätten entlang, Autos und Busse fuhren in erhöhtem Takt an mir vorüber: Feierabend!

Ich wählte die verwinkelten und verzweigten Wege zwischen den Paaranlagen, Mausoleen und einem Bereich für anonyme Beisetzungen. Die Sonne stand noch immer hoch und verbrannte die Natur, die von unermüdlichen Grabpflegern vor dem Austrocknen bewahrt werden musste.

Als ich ins Dickicht der schiefen Steine und geschlossenen Laubdecken abtauchte, lagen dort auf einmal, links von mir, zwei Frauen in engen roten Kleidern und mit geschminkten Gesichtern im Gras und schauten mich mit einer Mischung aus Erstaunen und feierlicher Strenge an. Die Lippen tiefrot, sich gegenseitig halb durch Schulterschluss vor mir versteckend, wie in einem impressionistischen Gemälde einer Landpartie.

Ich hustete ihnen ein scheues »Hallo« entgegen und wollte schnell über eine Brücke davongehen, als auf einmal aus den Büschen der gegenüberliegenden Seite ein alter

Mann mit Strohhut, grauem Vollbart und Spiegelreflexkamera herausstolperte und ihnen Anweisungen gab.

»Deshalb der laszive Blick«, dachte ich und schlug mir mit der flachen Hand auf die verschwitzte Stirn.

»Nein, Babe«, sagte der alte Fotograf, »Mausi, halloo?! *Sooo*, genau! Ja – und nicht anders. Bitte, bitte, mach's einmal so, wie ich's dir sage!«

Ich wusste nicht, ob ich mich verhört hatte, jedenfalls lachten die zwei Frauen jetzt unentwegt, und ich entschloss mich, nachdem ich schon über die Brücke gegangen war, umzukehren und noch einmal zu schauen und zu fragen, was das denn sollte.

»Entschuldigung«, sagte ich schüchtern, als ich wieder bei ihnen stand. »Darf ich fragen, was Sie hier heute noch so machen?«

»Wir schießen Fotos. Es gibt doch keinen schöneren Ort dafür, oder nicht?«, sagte der alte Fotograf misstrauisch.

»Ja, schon. Aber sind Sie eine Band oder so was?«, wollte ich wissen.

»Nein«, antwortete er genervt, so als hätte ich sie bei etwas wirklich Wichtigem gestört. »Wir kommen auch nicht von hier. Wir machen einen Fotoband.«

Alle drei schüttelten die Köpfe und lächelten gleichzeitig, dabei begannen sich die Frauen im Sitzen umständlich umzuziehen.

»Wir haben uns einfach gefunden, o. k.?«, sagte eine von ihnen, und das war für mich das Signal, den Tatort zu verlassen.

Am Ende riefen sie mir aber doch noch hinterher:

»Viel Glück auf deiner Reise!«

Ich ging zum dritten Mal über die Brücke und wollte nach links abbiegen, als ich dort einen anderen alten Mann sah, mit langen grauen Haaren und Halbglatze. Ich hatte ihn vor etwa einer halben Stunde schon einmal in der Nähe der Teichstraße gesehen. Er stand lang gestreckt da und hob beide Arme hoch in die Luft. In einer Hand hielt er eine Gießkanne, und er redete laut und fordernd auf den Grabstein vor ihm ein. Aber ich war ganz sicher, er befand sich dort alleine.

Entgegen aller Annahmen fand ich schnell zurück zum Fußgängereingang »Kleine Horst«.

Durch den Feierabendverkehr fuhr ich durch Barmbek zurück nach Dulsberg. Die Sonne schien, keine Wolke war am Himmel. Zu Hause setzte ich mich an den Schreibtisch, es war immer noch sehr heiß, und ich trank kalten Pfefferminztee. Niemand hatte von mir Besitz ergriffen.

5
BERLIN-MITTE

ICH WAR ZU BESUCH BEI EINEM alten Freund in Berlin, und da ich mit ihm sowohl zweimal Falcos Grab auf dem Wiener Zentralfriedhof (einmal mit, einmal ohne Falcos »Mama« an dessen Seite) als auch das Grab von Helmut Schmidt in Hamburg besucht hatte, schonte ich ihn auch an diesem für ihn noch sehr frühen, weil verkaterten Sommermorgen nicht und bat ihn, mich zum Dorotheenstädtischen Friedhof zu begleiten.

In Hamburg hatte Flexi mir gezeigt, dass Helmut Schmidts Grab auf *golocal.de* mit fünf von fünf Sternen bewertet worden war. In einer der Bewertungen hieß es, es lägen, zur Ehrerweisung, manchmal Mentholzigaretten auf oder hinter seinem Grabstein. Und weil mein alter Freund starker Raucher und deshalb Fan des Altkanzlers ist, hatte er sich an jenem Nachmittag davon überzeugen wollen, und wir fuhren zum Ohlsdorfer Friedhof und liefen etwa eine Stunde lang zu Schmidts Grab, hinter dem letzten Endes keine Zigaretten lagen – was Flexi mit drei von fünf Sternen auf *golocal.de* dann auch kritisch anmerkte.

Flexi ist eigentlich ein guter Mensch, aber vollkommen pietätlos. Er ist sehr dünn, trägt eine große Brille und einen

Schnauzbart, er hat dunkle Locken und rauchte damals noch den ganzen Tag französische Zigaretten. Seine Hobbys zu der Zeit waren, er hatte es selbst gesagt: »Alkohol, Tabak und Computer!«

Mit ihm nahm ich vom Görlitzer Bahnhof erst die U1 bis zum Halleschen Tor, dann die U8 bis zum Naturkundemuseum, von wo aus wir zum Friedhof liefen.

Unsere Münder standen offen, es war der heißeste Tag des Jahres, in den Nachrichten hieß es von Feuerwehrbeamten: »Wir haben eine Extremsituation.« Noch aber hatte der Sommer nicht die Dimension erreicht, die ihn zum Zeitpunkt der Auswertungen zum trockensten aller bisher aufgezeichneten machen würde.

Ich hatte mir wie immer die Namen der Schriftstellerinnen und Schriftsteller aufgeschrieben, diesmal aber keine Grabnummern, weil ich, aufgrund der relativ geringen Größe bei gleichzeitiger Prominentendichte des Friedhofs, hoffte, sie auch so zu finden.

Nur mit einem hatten wir nicht gerechnet: Ein Friedhof mitten in Berlin ist ein Ort voller Touristen. Wie überall in der Stadt schleppten sie sich auch hier mit ihren Rollkoffern und Zara-Tüten durch die Grabreihen. Die Hartgummireifen gerieten auf den Kieswegen ins Stocken, die Kugellager gaben auf, und die Koffer mit den verpixelten Schwarz-Weiß-Abbildungen von Paris hinterließen mehrere Zentimeter tiefe Schleifspuren auf den Wegen. Auch bei ihnen standen die Münder offen, aber vor Hohlheit.

Der seelen- und leidenschaftslos praktizierte Massentourismus in Europa ist eine der größten Sünden unserer Zeit, und ich ließ es die Touristen, auf deren Instagram-Accounts wahrscheinlich Sprüche wie »Travel as much as you can!«

standen, mit heftigen Zischlauten wissen. Niemand von diesen Menschen hatte eine »Aufgabe«, sie waren einfach nur da, sie waren mittelmäßige Existenzen. Sie schauten sich um, und sie verstanden nichts. Die totale Musealisierung Europas war gekommen und auch die Grabstätte nur ein Ausstellungsstück auf dem überfüllten Friedhof.

»Top Lage, aber ein wenig zu unruhig«, sagte Flexi und lachte hustend – die Zigarette im Mundwinkel.

Überall, hinter den Bäumen und Mauern des Friedhofs, schauten aus den Fenstern von Zimmern der Bundesministerien und Hotels die Lebenden zu den Toten hinab.

»Eigentlich das Gegenteil eines schönen Friedhofs«, sagte ich, »aber er passt irgendwie zur Innenstadt: alles staubig und strukturlos, unselig, grob verhauen und verklotzt, irgendwie dreckig.«

»Ah, Brecht!«, unterbrach mich Flexi. »Der Grabstein, an den jeder Hund gern pinkeln möchte – so wollte er es haben.« Er ging näher auf das Grab des Augsburgers zu, der dort mit seiner Frau Helene, stark eingeengt, am Rand einer Backsteinmauer liegt.

Rechts neben Brechts lagen Heinrich Mann, Johannes R. Becher, Lilly Becher und Anna Seghers fast nebeneinander.

Heinrich Mann wollte mit dem polnischen Transatlantik-Passagierdampfer *Batory*, dem man während des Zweiten Weltkriegs und aufgrund mehrerer glücklich überstandener Luft- und Seeangriffe den Spitznamen *The lucky ship* verpasst hatte, von Los Angeles und aus den Fängen seines Bruders Thomas zurück nach Deutschland reisen, allerdings zögerte er zu lange und erlag in Kalifornien einem Herzinfarkt. Erst 1961 wurde sein Leichnam über Prag nach Berlin gebracht. Seine Frau Nelly liegt noch immer in Santa Monica. Ein Versäumnis, das sich irgendwann, dachte ich, durch einen paranormalen Bund zwischen den beiden rächen wird – egal in welcher Form. Überhaupt fielen mir die Namen der Frauen auf, die entweder abseits, gesondert, kleiner oder tiefer erwähnt wurden.

Neben Mann lag Becher. In seiner Schlichtheit ein ebenso wuchtiges Grab. Oben sein Name, untendrunter der Name seiner Frau Lily, dazwischen ein irre pathetisch verfasster Text, in dem ein gewisser heiliger Ernst lauerte:

> *Vollendung träumend,*
> *hab ich mich vollendet,*
> *wenn auch mein Werk*
> *nicht als vollendet endet.*
> *Denn das war meines Werkes*
> *heilige Sendung*
> *Dienst an der Menschheit*
> *künftiger Vollendung.*

Vor dem Grab von Anna Seghers hatte sich eine große und schwitzende Touristengruppe versammelt. Eine von diesen Hunderttausenden Touristenführungen in Berlin. Hier wurde alles seziert und zitiert. Diese Stadt war das komplette Gegenteil von Frankfurt. Frankfurt war zwar auch hässlich, aber wenigstens versuchte man nichts daraus zu machen. Hier wollte man zeigen, was es alles gab und wie schön das alles war, auch wenn es völlig belanglos wirkte. Sie schauen sich sicherlich gerade das Grab von Ernst Litfaß, dem Erfinder der Litfaßsäule an, dachte ich.

Als sie gingen und wir an Anna Seghers' Grab standen, musste ich an eine Fotografie denken, ein Bild von Anna Seghers, das kurz nach ihrem Autounfall in Mexiko-Stadt 1943 aufgenommen wurde. Noch nie habe ich so traurige und schöne Augen gesehen. Mehrere Umstände machen dieses Bild und diesen Blick besonders: die grauen Haare, die Ermordung ihrer Mutter, der Tod ihres Vaters, die Enthauptung eines Freundes, die weite Entfernung zu ihrer im Luftkrieg zerstörten Heimatstadt Mainz, die Fahrerflucht des Unfallverursachers, der Autounfall selbst und die bei ihr durch diesen Unfall verursachte kurzzeitige Blindheit.

Anna Seghers zog mit ihren Eltern 1904 in die Kaiserstraße, exakt in dieselbe Straße und dieselbe Hausnummer und auch in dasselbe Stockwerk, in das ich zu Beginn meines Studiums in Mainz gezogen war. Allerdings brannte das Haus während des Zweiten Weltkriegs nieder, und ich wohnte, wahrscheinlich leicht versetzt zur tatsächlichen Wohnung Anna Seghers', zusammen mit zwei Sportstudenten – die sich die ganze Nacht Bratwürste brieten und inzwischen Co-Trainer von Paris St. Germain sind – in einem hässlichen Neubau, sodass ein möglicher »entkörperter Geist« kein »objektives Etwas« in unserer Wohnung mit Ektoplasma erzeugt hatte, wie es sich manche Spiritisten erklären. Trotzdem ist die Mainzer Kaiserstraße eine Straße mit viel Energie, es gibt dort viel Irrationales – einmal, nach der Lektüre von Gustav Meyrinks *Der Golem*, glaubte ich bei einem Nachtspaziergang hinter der Christuskirche am Hans-Klenk-Brunnen ein Hologramm eines schwarzbraunen mit dünnen Linien verzierten und quadratischen Steinblocks zu sehen, der sich jedem Zugriff entzog, aber womöglich hatte es sich dabei nur um eine Wahnvorstellung gehandelt.

Seit meinem Auszug aus Mainz warte ich auf eine sogenannte, von Anna Seghers' Energie ausgelöste, Retrokognition – auf das »Zurücksehen« und das Erblicken eines längst vergangenen Ereignisses, das mir weder auf Fotografien noch in Filmen oder Texten jemals erschienen sein konnte.

Zum Beispiel würde ich mich gerne vor 1933 mit Anna Seghers über die Rheininsel Petersau laufen sehen, aber dieses Bild kam bisher nicht.

»Sie war Präsidentin des antifaschistischen Heinrich-Heine-Klubs«, unterbrach ich mich selbst in meinen Gedanken, weil ich eine Gänsehaut bekam. Flexi, der nicht wusste, warum ich vor diesem Grab stand und lächelte, entlockte wenigstens diese Tatsache auch eins.

Wir gingen weiter, an Christa Wolfs Grab vorbei, das uns sehr hübsch und weiß und schlicht vorkam und neben dem viele Werther's Original Karamellbonbons lagen. Überhaupt wunderten wir uns an jeder Ecke. In das Steinfundament um Heiner Müllers Grab war ein Aschenbecher eingelassen; auf dem von Herbert Marcuse stand »weitermachen!«; überall sahen wir Figürchen und Gummilöwen und Wasserpistolen, Gräber waren von Weinranken umgeben und mit Münzen und Federn und Plastikblumen überhäuft, und wir dachten das, was auf Fritz Teufels Grab steht: »Wenn's der Wahrheitsfindung dient ...«

Ganz in der Nähe konnten wir jetzt auch Thomas Brasch und Stephan Hermlin betrachten und Elfriede Brüning und Hanns Eisler und Fichte und Schinkel und Tabori. Vielleicht berühren sich – durch die in der Nähe unterirdisch fahrende und kleine Erdbeben verursachende U6 – inzwischen ihre Schädel- und Oberschenkelknochen.

Nachdem ihm Mann und Brecht noch etwas sagten, war es hier, bei Wolf, Brasch und Hermlin, gänzlich um das Verständnis Flexis geschehen. Er kannte die Biographien dieser Menschen nicht. Für ihn waren sie nicht unsterblich, sie waren nicht verschwunden, sie haben für ihn noch nie existiert und würden es auch nie.

Wie mein Bruder, der auf dem Frankfurter Hauptfriedhof nur mit den Schultern gezuckt hatte, wusste auch Flexi mit der seltsamen Situation auf seine Weise umzugehen: Er rauchte eine rote Gauloises-Zigarette nach der anderen. Er schnickte sie nach rechts auf die Gräber von Egon Bahr, Helene Weigel und John Heartfield und nach links auf die Grabplatten und Urnengräber von Johannes Rau und Bernhard Minetti.

Als wir vorm Grabstein von Wolfgang Herrndorf standen, stoppte ich ihn. Hier würde er keine Kippen versenken. Es war noch immer Wassernotstand, ich konnte es nicht zulassen, dass er diesen Friedhof in Schutt und Asche legte, und ich wollte bei Herrndorf, der sich vor knapp fünf Jahren in den späten Abendstunden am Hohenzollernkanal mit allerletzter Kraft mit einem Kopfschuss das Leben nahm (»Ich sehe die Walther PPK in meiner Hand, ich sehe sie in meinem Mund«), ich wollte wenigstens dort etwas Pietät bewahren.

Am Tag von Herrndorfs Freitod war es warm gewesen, ich konnte mich erinnern, es war einer der Tode, den man damals erwartete, und es hatte ununterbrochen geregnet. Ich hatte den ganzen Augustnachmittag auf einem Sofa im Wohnzimmer einer Freundin gesessen und Cointreau aus einer Muschelschale getrunken, die ich im Bad gefunden hatte. (Mein Mund schäumte erst ein bisschen, weil sie die Muschel wohl als Seifenschale benutzt hatte.) Ab und zu stellte ich mich mit Flexi, der auch dabei war, ans Fenster des Wohnzimmers und schaute ihm beim Rauchen zu. Die Kippen versuchte er so aus dem Fenster zu schmeißen, dass sie auf den Lindenblättern der Bäume unter uns zum Liegen kamen. Ein alter Freund radelte an uns vorüber. Wir riefen laut seinen Namen, und wenig später saß er mit uns im Wohnzimmer und weinte, er weinte über einen Verlust, der nichts mit Herrndorfs Tod zu tun hatte – von dem noch niemand etwas ahnte –, und vielleicht weinte er auch, weil er einen bald bevorstehenden Verlust schon spüren konnte – von dem aber ebenfalls noch niemand etwas ahnte und der auch nicht an diese Stelle gehört.

In Herrndorfs letztem und unvollendeten Buch gibt es einen bemerkenswerten Dialog, der zwischen der jungen Hauptfigur und einem Mann in einer grünen Trainingsjacke (der Herrndorf aufgrund seiner eigenen Vorliebe für grüne Adidas-Trainingsjacken sehr ähnelt) geführt wird. Sie stehen zusammen am Grab von Daniel Franz, einem im Zweiten Weltkrieg verstorbenen Soldaten, auf dessen Grab jemand nach jüdischem Brauch mehrere Steine gelegt hatte:

»*Wozu sind die Steine?*«, *frage ich.*
»*Das ist eine jüdische Sitte.*« *Er blickt auf das Grab.* »*Obwohl das kein Jude ist. Die Leute machen das jetzt überall so. Alles Idioten. Und wir müssen's ausbaden.*«

Später würde ich den Friedhofsverwalter von Bad Oldesloe treffen und ihn nach dem Missbrauch von Bräuchen fragen.
»Der Schriftsteller von *Tschick* ist schon tot?«, würde er antworten und dann kurz gegen das aus den Fenstern auf seinen Schreibtisch fallende Licht blinzeln. »Na ja – wir haben es hier mit der sogenannten ›Abladementalität‹ zu tun. Das ist ganz einfach eine Orientierungslosigkeit der Menschen. Sie wissen nicht, wie sie sich an einem Grab benehmen sollen, auch hier geht's viel um das Ich. Ich war hier, also lege ich zum Zeichen meiner Anwesenheit – nicht unbedingt zum Gedenken! – einen Stein auf das Grab. Oder einen Engel aus Plastik, Schrott halt.«

Auf Herrndorfs Grab lagen nicht nur Steine, sondern auch Kastanien, Münzen, Marienkäfer aus Holz und Federn. Unterschiedlichste Abladementalitäten waren in letzter Zeit vor diesem Grab zusammengekommen. Es war auch eines der jüngsten Gräber auf dem Dorotheenstädtischen Friedhof, also lagen hier im Vergleich die meisten Gegenstände, die Fans, Verehrer, Vertraute und Trauernde hinterlassen hatten. Bei Hertha und Wolfgang Borchert in Hamburg hatte nichts mehr gelegen außer ein paar Zigarettenstummeln, bei Harry Rowohlt nur ein Fläschchen Whiskey, die Inschrift von Ricarda Huchs Grab in Frankfurt war kaum noch zu erkennen gewesen.

In der Nähe, im Brecht-Haus, gab irgendjemand ein Konzert, jetzt wurde es auch noch laut auf dem Friedhof. Ich fasste Flexi am Ärmel seines Hemdes und nickte. Er verstand das als Aufforderung zum Verschwinden und ließ seine leer gerauchte Kippe nach ein paar Schritten wieder durch die Luft schwirren. Ich verfolgte sie mit meinem Blick. Sie landete auf dem Kiesweg vor dem Grab von Arnold Zweig.

»Warte mal«, sagte ich und ging kurz zurück zu Wolfgang Herrndorf.

Mit einem Donnerschlag wischte ich die Steine von seinem Grabstein.

»Komm«, sagte ich und meinte damit Flexi, und wir gingen gegenüber ins *Quell-Eck*, der Gaststätte mit der ältesten und noch immer nicht verschwundenen (weil geschickt in der Nähe eines Friedhofs platzierten) Bierzapfsäule der Stadt.

6
FRIEDRICHSDORF

DA ICH NUR EINEM BESTIMMTEN ZAHNARZT vertraue, war ich wenige Tage nach meiner Rückkehr aus Berlin in den Hochtaunus gefahren.

Die Zahnarztpraxis lag am Rande der Rapsfelder nach Bad Homburg, aber der Termin war erst am Nachmittag, also nahm ich mein Mofa und fuhr durch die Frankfurter Peripherie, um mir die Zeit zu vertreiben.

Ich war auf dem Rückweg von der Trinkhalle *Am Windigen Eck* in Heddernheim, als ich, auf einem Fahrrad- und Fußgängerweg zwischen Rosa-Luxemburg-Straße und Urselbach, meinen Onkel traf, der aufgrund eines Hexenschusses den ärztlichen Ratschlag befolgte, so viel wie möglich zu gehen.

»Einmal um Oberursel herum«, sagte er, »immer im Kreis.«

Die Goldzähne blitzten in seinem Rachen. Als Kind hatte ich mich gefragt, wann sie ihm dort gewachsen waren. Ich schaute auf die Uhr, um zu sehen, ob ich nicht bereits zu spät dran war, mir selbst das Silber im Mund gegen Gold ersetzen zu lassen.

Wir standen in der Nähe der A5-Autobahnbrücke, die

Oberursel und Niederursel und damit den Hochtaunuskreis von Frankfurt trennt. Ich erklärte meinem Onkel, dass es hier, wo wir standen, einmal ein Dorf namens Mittelursel gegeben habe, also das Verbindungsstück zwischen Ober- und Niederursel, das allerdings im Dreißigjährigen Krieg vollkommen zerstört worden sei. Zwischen diesen Städten, eigentlich überall auf den Feldern zwischen allen Städten, und auch *in* den Städten, unter den Pflastersteinen, war Europa ein großer unsichtbarer Friedhof. Tote, Verscharrte, verfaulte Kreuze am Wegesrand. Römer, Skythen, linksrheinische Germanen, Illyrer und Kelten: alle unter tonnenweise Stein und Cäsarenschrott begraben.

Jedenfalls: In einer durch die europäische Zerstörungswut inzwischen in ihrer Vollständigkeit nicht mehr auffindbaren Schrift der Klosterbrüder vom *Candidus et Canonicus Ordo Praemonstratensis* ist der Verdacht vermerkt, dass sich auf einem Friedhof in Mittelursel eines der sieben Tore zur Hölle befunden haben könnte.

Früher hatten wir auf einem Damm nahe der Autobahnbrücke große Partys gefeiert und den Lastwagen zugewunken. Auf einer dieser Partys befand ich mich in den Armen einer alten Freundin, und irgendwann stieß ich mich von ihr ab, um etwas Witziges zu sagen. Dabei stolperte ich ein gehöriges Stück weit den Damm hinunter in ein Dorngestrüpp, wo ich mir das rechte Knie an einem Stein blutig schlug. Ich nahm den Stein, warf ihn wütend den Damm hinauf in Richtung A5, aber er kullerte mir wieder entgegen, also hob ich ihn auf, um ihn genauer zu betrachten. Ich zeigte ihn auch meinen Freunden, und einer von ihnen behauptete, es sei ein Teil einer teuflischen Steintafel mit Zauberzeichen, die uns für immer alle irdischen Genüsse verschaffen würde. Andere dachten sofort an das hier vor Jahrhunderten zerstörte Dorf und dass der Stein vielleicht ein Teil der Kirche der Klosterbrüder sein könnte. Es war das Wort *ignis* in ihn hineingeritzt, das lateinische Wort für FEUER – aber ich habe ihn noch in derselben Nacht wieder verloren.

Mein Onkel schüttelte den Kopf, weil er mir nicht glaubte. Er verabschiedete sich von mir und bog nach links in die Felder zwischen Steinbach und Weißkirchen und den Frankfurter Stadtteilen Rödelheim und Praunheim ab.

Ich selbst fuhr in entgegengesetzter Richtung um Oberursel herum Richtung Bad Homburg.

Nach dem Zahnarzttermin – ich hatte viel Blut gespuckt – fuhr ich über die Radwege nach Dornholzhausen, dem reichsten der Bad Homburger Stadtteile. Von weitem konnte ich das alte leerstehende Gebäude des Bad Homburger Krankenhauses sehen, in dem ich geboren wurde und das bald abgerissen werden würde, obwohl man eben erst neue Toiletten für Flüchtlinge eingebaut hatte – aber es waren keine Flüchtlinge gekommen. Im Innenhof, vor der Notaufnahme und hinter den zerbrochenen Fensterscheiben wuchs Unkraut. Ich fragte mich, wie ich jemandem zeigen konnte, wo ich geboren wurde. Ich würde irgendwohin zeigen müssen, in die Luft oder auf ein fremdes Haus, und dann den Kopf schütteln und nichts sagen.

Die Krankenhäuser werden bald verschwinden und auch die Denkmäler, bald wird einem alles peinlich sein, was einen an die Sterblichkeit des Menschen erinnert, dachte ich, und das machte mich traurig. Vor allem hier, in Bad Homburg, wo man auf weißen Schildern am Ortsrand groß mit dem

Spruch »Champagnerluft & Tradition« für die Stadt warb, konnte man die Unsterblichkeit kaum erwarten. Aber das ist der Quandt-Effekt, das musste im Taunus so sein – und das würde sogar so bleiben, wenn die relative Unsterblichkeit da war, denn die Leute hier wollten sich weiter (für immer) an das Materielle klammern und waren deshalb eigentlich schon mehr tot als lebendig.

Ich verließ über den Hessenring die Stadtgrenze Bad Homburgs und fuhr nach Friedrichsdorf. In einem Artikel der *Frankfurter Rundschau* hatte ich gelesen, dass dort der Science-Fiction-Schriftsteller Karl-Herbert Scheer auf dem Dillinger Friedhof begraben wurde.

Scheer, der auch unter den Pseudonymen Pierre de Chalon, Roger Kersten, Diego el Santo und Klaus Tannert veröffentlichte, ist, zusammen mit Walter Ernsting (Pseudonym: Clark Darlton), Verfasser der ersten Bände der größten Heftromanserie der Welt: *Perry Rhodan*.

Manchmal möchte man glauben, diese Serie sei den *Landser*-Heftchen ähnlicher, als ihr lieb sein könnte, und dass es sich bei ihr um ein legitimiertes Äquivalent jener Kriegsromane handelt, denn Scheer, der selbst bei der Marine gewesen war, setzt in *Perry Rhodan* die Kämpfe des Zweiten Weltkriegs quasi fort. Später nannte man ihn wegen der massiven Kriegshandlungen in seinen Weltraumabenteuern Handgranaten-Herbert, und aus nicht bekannten Gründen wurde daraus schließlich Kanonen-Herbert.

Eine kleine Zusammenfassung des 2067. Bandes von *Perry Rhodan*, *Angriffsziel Terra* (der im thematischen Stil Scheers gehalten ist), erklärt vielleicht diese Form von Namensgebung:

Im Solsystem herrscht Alarmstimmung, und die Menschheit bereitet sich auf einen Großangriff der Arkoniden vor. Am 25. Januar 1304 NGZ übergibt Reginald Bull auf Luna zwei neue WÄCHTER-Geschwader ihrer Bestimmung. Vier weitere Geschwader sind andernorts abgezogen und ins Solsystem verlegt worden. Damit ist die Aagenfelt-Barriere abgesichert. Assoziierte Welten wie Nosmo, Olymp, Plophos, Epsal, aber auch Ertrus haben Kontingente entsandt, und im System stehen annähernd 250 000 Kampfschiffe. Hinzu kommen 55 000 Haluter-Schiffe.

Der nur circa sechzig Seiten umfassende 2067. Roman der Serie behandelt außerdem die angebliche Ermordung Bostichs I.; die Analyse eines Schwarms Eisbrocken; die Suche nach Dusik auf dem Containerschiff PALLAS; die Ausspionierung der für die Passage der Aagenfelt-Barriere notwendigen Tot-Frequenz; die Ersetzung des Kunstherzens Bostichs durch ein geklontes; die Flucht Zheobitts auf die ZENTRIFUGE II; die Beobachtung von 38 000 Arkonschiffen in einer Space-Jet der IBN BATTUTA im Orion-Delta-System; die Verhüllung von Terra, Luna und Titan in Paratronschirme; das Auftauchen der PAPERMOON im Gefolge von 40 000 Fragmentraumern der Posbis; der Angriff der WÄCHTER-Geschwader durch SEELENQUELL; schließlich die kampflose Übergabe des heimatlichen Systems und die Versammlung der Verteidigungsflotte im Sektor Gamma-Cenix.

Nicht weniger passiert also in nur *einem* der inzwischen mehr als dreitausend Romanhefte umfassenden Serie.

Beispiele für die Ungeduld und die extreme Empfindlichkeit der *Perry-Rhodan*-Fans kann man den Leserbriefen entnehmen, zum Beispiel schrieb Norbert G. aus Kerpen:

»Mit dem Kaputtmachen diverser Superarsenale wäre ich in Zukunft etwas vorsichtig, oder wollt Ihr das Jahrtausend der Kriege wirklich über die nächsten 948 Bände lutschen? Willi hat ja seinen Großzyklus gehabt, aber da könnt Ihr Euch leicht verheben.«

Ich trug den 2067. Band der Reihe mit mir herum, er war der einzig übrig gebliebene von unzähligen, die ich mir früher gekauft hatte, ohne sie jemals gelesen zu haben. Im Wartezimmer der Zahnarztpraxis hatte ich ihn durchgeblättert und auf Seite sieben eine Werbeanzeige des Comicladens *Transgalaxis* entdeckt, der sich ausgerechnet in Friedrichsdorf befand und der einen Zellaktivator bewarb, ein Schmuckarmband, und zwar mit den Worten: »Darauf sollte keiner verzichten! Dieses Teil (17,95 DM) können wir Ihnen jetzt zum Sonderpreis liefern: 9,90 DM.«

In der Romanserie erlangen die Figuren mithilfe des Zellaktivators die relative Unsterblichkeit durch die Aussendung einer fünfdimensionalen Schwingung und der damit einhergehenden ständigen Regeneration des genetischen Kodes der Figuren mittels der Erzeugung eines Enzyms, das die verschiedenen Repressoren von den Molekülen der Desoxyribonukleinsäure entfernt, wodurch die Zellen unendlich teilungsfähig werden.

Im Zahnarztstuhl war mir, aufgrund der Nähe Friedrichsdorfs und des Comicladens *Transgalaxis*, der diesen Zellaktivator angeblich herstellte, ein wenig schwindelig geworden. Es war sogar so, dass ich einen ähnlichen Schwindel noch nie zuvor verspürt hatte. Aber er hatte nichts Böses.

Die längste Romanserie der Welt kann natürlich nur so lang sein, weil ihr Hauptprotagonist, Perry Rhodan, unsterblich ist. Im dritten der *Perry-Rhodan*-Silberbände *(Der*

Unsterbliche), der mehrere Heftromane in einem Band zusammenfasst, erhält Perry Rhodan von der Superintelligenz *ES* zuerst eine Zelldusche und damit die relative Unsterblichkeit für 62 Jahre. Innerhalb dieser 62 Jahre altert er nicht. Im Laufe der Abenteuer Perry Rhodans wird das alles vereinfacht, indem man erst die schon genannten Zellaktivatoren erfindet und später Zellaktivator-Chips implantiert.

Karl-Herbert Scheer, der Erfinder dieser Zelldusche, starb 1991 an den Folgen einer verschleppten Hepatitis.

Inzwischen hatte ich den Friedhof erreicht, auf dem er angeblich begraben liegt. Weil aber weder in der *Rundschau* noch in den gängigen Fanforen wie *Perrypedia* Hinweise auf die exakten Koordinaten des Grabs herauszufinden waren, sah ich mich gezwungen, jedes Einzelne auf der Dillinger Höhe zu begutachten und nach seinem Namen zu suchen.

Ich begegnete ein paar älteren Damen, grüßte und machte wohl trotz aller Höflichkeit einen unheimlichen und autistischen Eindruck, weil ich pedantisch auf und ab ging, jede Zeile auf den Gräbern las und mich nicht nur schwer ablenken ließ, sondern auch begann, mit mir selbst zu reden.

Der Himmel war leicht gefleckt, sonst blau. Ein starker Wind kam vom Altkönig herüber und kämmte die Friedhofsbirken. Es war sehr still, nur aus dem angrenzenden Freibad klangen ab und zu die leisen Schreie unerschrockener Kinder herüber. Richtig warm war es nicht, und morgen würden die Sommerferien beginnen.

Inzwischen hatte ich mir die Hälfte aller Gräber angeschaut und war vor einer Reihe verdutzt stehen geblieben.

Dort hatte man eine einhundertvierjährige Frau neben einem Säugling begraben.

Allerlei Dinge gingen mir durch den Kopf, ich las Hunderte Namen, aber ich sah kein einziges Mal den Namen Scheer. Bott, Schäfer, Buscemi, Nguyen, aber kein Scheer!

Nach knapp einer Stunde verließ ich den Friedhof. Ich fuhr durch einen kleinen Wald und an gläsernen Villen vorbei zurück nach Bad Homburg, wo ich von weitem wieder das wie ein Elfenbeinturm in den Homburger Himmel ragende Krankenhaus erkennen konnte. Es ist das Krankenhaus, in dem Scheer starb.

Bald werden sie es abreißen, dachte ich, und die *Perry-Rhodan*-Jünger werden in den Himmel schauen und sagen: Hier starb Kanonen-Herbert. Genauso wie Heimatkundler vor den zerbrochenen Flaschen unserer Partys auf dem Damm nahe der A5 stehen und sagen werden: »Hier lag einmal Mittelursel und eines der sieben Tore zur Hölle, und Kinder haben hier Partys gefeiert.«

Vergessen ist Scheer bei den Fans der Serie jedenfalls nicht. Er wurde in Form des arkonidischen Ingenieurs Kaha da Sceer zurück in die Welt der Romanserie geführt und lebt seitdem dort auf einem Ultraschlachtschiff der TRÄGER-Klasse weiter.

Am Abend lag ich bei meinen Eltern auf dem Sofa. Draußen wurde der Sommersturm in der Dämmerung immer kräftiger. Die grünen Vorhänge wehten ins dunkler werdende Wohnzimmer, als auf einem nahegelegenen Sportplatz ein Fußballspiel abgepfiffen wurde.

Meine Mutter saß auf einem Sessel neben mir und schimpfte: »Seehofer sollte man einen Kopf kürzer machen, dieses Arschloch. So ein Arschloch. *Asyltourismus?* So einen

Scheißdreck labert der. Alle krank, alle krank. Da wird mir schlecht, wenn ich zuhöre.«

Dann war es wieder still. Aber auch auf mich machte Seehofer einen sehr kranken Eindruck. Irgendwann würde er sterben. Und wer würde zehn Jahre nach seinem Tod noch sein Grab besuchen? Womöglich kaum jemand – und ganz selten.

Ich dachte noch einmal an Scheer und stellte Google eine Frage.

»O. k., Google ... wie viele Planeten gibt es im Weltall?«

»297 Trilliarden – 172 Trillionen – 516 Billiarden – 357 Billionen – 123 Milliarden – 923 Millionen – 312 Tausend – 567.«

»Also sind wir allein im Universum?«

»...«

Ein halbes Jahr später, tief im Winter und nachdem ich vom Magistrat der Stadt Friedrichsdorf (Herrn Brust) die genauen Koordinaten des Grabs (Feld B / Reihe 1100 / Nr. 2) von Scheer erhalten hatte, besuchte ich den Friedhof noch einmal, diesmal zusammen mit meinem Vater. Wieder gingen wir durch die Reihen, aber selbst die Grabnummer brachte uns nicht weiter. Am Eingang des Friedhofs fiel meinem Vater etwas auf, das mir während meines ersten Besuchs vollkommen entgangen war, dass nämlich, gleich am Eingang, der Erfinder des Telefons – Philipp Reis – begraben lag. Und deshalb beschloss ich Herrn Brust *anzurufen*, damit er mich telefonisch zu Scheer leiten konnte.

Er führte uns an einen Ort, wo Scheer nicht lag, also rief ich ihn noch einmal an und rannte dann, mit ihm am Apparat, über den gesamten Friedhof – Herr Brust stöhnte, und ich fand Karl-Herbert Scheer nicht. (Dabei musste dieses inzwischen eigentlich nicht nur ein Ehren-, sondern auch ein Pilgergrab sein.)

Bei meinem Vater zeigte sich inzwischen die Stimmung, die sich bei mir während und nach meiner ersten Friedhofsbesuche ebenfalls breitgemacht hatte: ein tiefes und unerklärliches Gefühl von Freude. Trotzdem, ich konnte mir beim besten Willen nicht vorstellen, dass Scheer auf diesem Friedhof lag, inzwischen kannte ich jedes Grab, die gesamte Nachbarschaft, aber ich würde es noch einmal versuchen, irgendwann. Vielleicht.

7
BERLIN-KREUZBERG

MARIA UND ICH LEGTEN AN EINEM weiteren heißen Sommertag in Berlin Tarotkarten für die »junge deutsche Literatur« und speziell für diejenigen deutschsprachigen Schriftsteller, die im Feuilleton als die zukünftigen Heilande betrachtet wurden. Mit Hilfe eines Handbuchs fertigten wir dann ein großes allgemeines Porträt an. Erstaunlicherweise fügte sich alles, denn immer fehlte die Hohepriesterin, und immer wieder tauchte der Gehängte auf, der falsch herum an einen Baum gebundene Mann. Das bedeutete für uns übersetzt: Junge männliche Autoren haben kein waches Drittes Auge. Sie sind unwissend, weil sie zu ernst sind und vollkommen mit ihrem eigenen Denken und Handeln identifiziert.

Am selben Nachmittag musste ich von Berlin nach Hamburg aufbrechen. Auf dem Weg zum Bahnhof machten Maria und ich einen Abstecher zu den Friedhöfen am Halleschen Tor in Kreuzberg. Angeblich beherbergen sie zusammen so viele Gräber prominenter Menschen wie kein anderer Friedhof in Deutschland.

Gleich am Eingang des Friedhofs III der Jerusalems- und Neuen Kirchengemeinde sah es allerdings sehr unaufgeräumt aus, mit Schubkarren und leeren Zementsäcken und Sperrholz, das in Zementgruben steckte, und abbröckelndem Zement an den Hauswänden. Überall also dieser Berlin-Zement.

Auch hier war, wie auf der gesamten Ebene zwischen Enschede und Warschau, alles komplett vertrocknet. Die Blätter fielen schon einzeln auf die Grabplatten, ohne Saft und ohne Lust. Zwischen den Gräbern waren etwa ein Dutzend Besucher im sachten Wind zugange und gossen Hunderte Liter Wasser aus Gießkannen auf die Blumen, die ihre Köpfe hängen ließen. Noch hatte man das nicht verboten.

Wir liefen auf dem zentralen Weg den Kirchhof hinab in Richtung Heilig-Kreuz-Kirche. Aus der Ferne kam uns ein Mann entgegen, der wie die eingedeutschte Version von Orson Welles aussah. Wir neigten ein wenig die Köpfe, wollten schon ein »Guten Tag« murmeln, aber er kam uns zuvor:

»Wollen Sie am Sonntag mal eine Führung mitmachen?«, fragte er.

Es war Montag, und das musste er wissen. Er hatte einen kleinen Kugelbauch, einen grauen Vollbart, und er trug ein kariertes Hemd. In den Augenwinkeln hingen ihm Reste einer gelben Substanz, die ich zwar nicht definieren konnte, aber für den Blütenstaub von Fichten hielt.

»Sonntag, das war ja gestern«, sagte Maria herausfordernd.

»Richtig. Nächsten Sonntag dann.«

»Da sind wir nicht mehr da.«

»Woher kommen Sie denn?«

»Aus Pankow«, sagte Maria.

»Aus Pankow kommen Sie!«

»Und ich schreibe ein Buch über den unerreichbaren Luxus des Verschwindens. Kann sich ja nur Günter Jauch leisten, zum Beispiel«, mischte ich mich ein – weil nur Maria aus Pankow kam – und sah, wie seine Augen zu leuchten begannen.

»Ich bin Orgelsachverständiger!«, rief er. »Hätten Sie etwas dagegen, wenn ich Ihnen kurz ein kurioses Grab zeigen würde?«

»Im Gegenteil das«, sagte ich und wuchtete die Tasche von der rechten auf die linke Schulter.

»Dann stellen Sie mal kurz die Tasche hier ab, ich erzähle Ihnen erst mal etwas. Ihnen wird gleich, wenn wir in die entsprechende Richtung gehen, ein Grab auffallen, das nichts mit den hiesigen Gräbern gemein hat, es ist ein Grab, wie man es aus Bayern oder Österreich oder aus den ländlichen Alpenregionen kennt, und dort liegt Leopold Wölfling begraben. (Ich nehme an, der sagt Ihnen nichts.) Wölfling war der älteste Sohn von Kaiser Franz Ferdinand und wäre dessen Nachfolger gewesen. Und jetzt können Sie mitkommen«, sagte er.

Er wartete, bis ich meine Tasche wieder schulterte, und ging mit uns den Weg zurück, den wir gekommen waren.

Schon von weitem konnten wir das Grab sehen, das er meinte. Ein hohes schmiedeeisernes Kreuz mit einem sich über die Querstreben biegenden Dach und goldener Jesusfigur stand am Fuß einer Grabplatte.

»Sehen Sie«, sagte der Orgelsachverständige, und wir nickten und gingen näher.

Unter der vergoldeten Jesusfigur war eine kleine Metallplatte angebracht, auf der, ebenfalls in Gold gehalten, Folgendes stand:

Die Auferstehung erwartend ruht hier Leopold Wölfling
*2. 12. 1869
Erzherzog v. Oesterreich
†4. 7. 1935
R. I. P.

Das Kreuz endete in einem quaderförmigen Steinblock. Von da aus erstreckte sich eine Steinplatte mit der Aufschrift: *Hier ruht in Gott Clara Wölfling* *6. 10. 1894 †24. 7. 1978.

»Dieser Mann«, sagte der Orgelsachverständige, »hatte, zumindest für einen Thronfolger, eine verheerende Vorliebe für Sexarbeiterinnen.«

Wir wunderten uns natürlich mehr über den modernen Ausdruck, den der Orgelsachverständige für den entsprechenden Beruf gewählt hatte, als über die Vorliebe des Kronprinzen selbst – allerdings wirkte der Begriff Sexarbeiterin in seinem Mund und in diesem Kontext ein wenig fehl am Platz, so als hätte man ihm eine faulige Frucht in den Mund gelegt: Wir wussten, dass er am liebsten »Hure« gesagt hätte.

»Er hat sich, zuerst in Österreich, in eine Frau verliebt, die er mit nach Przemyśl in Polen nahm, wohin er strafversetzt wurde. Als das herauskam, wollte man ihn in eine Koblenzer Nervenheilanstalt einliefern, also floh er in die Schweiz. Bald starb aber nicht nur diese Geliebte und spätere Ehefrau, sondern auch die Nächste. Deshalb ging er nach Wien und führte dort einen Gemischtwarenladen, später zog er nach Berlin, heiratete erneut eine Sexarbeiterin und führte auch hier wieder einen Gemischtwarenladen. Gestorben ist er dann 1935, schon als Nazi! Er führte also ein Leben, das immer wieder in die gleichen Strukturen gefasst war, alles lief immer wieder im Kreis. Dabei wollte er unbedingt begnadigt werden, er war sehr arm, aber man hatte kein Mitleid mit ihm.«

»Und er war ... Schriftsteller?«, fragte ich vorsichtig.

»Er hat es versucht. Hier in Berlin wollte er erst als Journalist arbeiten, hat dann aber gemerkt, dass man da was können muss. Das hat er nur ein halbes Jahr lang gemacht. Und er hat zwei Bücher über seine Lebensgeschichte veröffentlicht: *Habsburger unter sich. Freimütige Aufzeichnungen eines ehemaligen Erzherzogs* und *Als ich Erzherzog war*.«

»Das zählt«, sagte ich und holte mein Notizbuch heraus, in das ich mir die Titel der Bücher notierte.

»Finden Sie auch im Internet«, sagte der Orgelsachverständige, »aber was Sie dort nicht finden, das ist, was ich Ihnen jetzt sage. Denn! Können Sie sich vorstellen, was hier ein Mal im Jahr los ist, immer an seinem Geburtstag?!«

Die Wangen des Sachverständigen glühten.

»Es ist so: Einmal im Jahr, ich bin da im Verteiler, bekomme ich eine E-Mail vom Österreichischen Monarchistenverein, in der eine Gruppe alter Damen ihren Besuch ankündigt, um ihren Leopold zu besuchen – ihren Leopold Ferdinand Salvator Marie Joseph Johann Baptist Zenobius Rupprecht Ludwig Karl Jacob Vivian von Österreich-Toskana. Und dann kommen die hier an, immer Anfang Dezember zu seinem Geburtstag, in schwarzen Kostümen und verschleiert, stellen sich um das Grab herum und schimpfen mit erhobenen Zeigefingern über die ganzen Sexarbeiterinnen, allen voran Klara Pawlowski, seine Berliner Frau, und kreischen: *HÄTTE ES DIESE FRAU NICHT GEGEBEN, HÄTTEN WIR HEUTE IN ÖSTERREICH NOCH EINE FUNKTIONIERENDE MONARCHIE.*«

Ein leichter Wind fegte über die sechs aneinandergeketteten Kirchhöfe hinweg, vom Mehringdamm hörte man Motorräder knattern. Das Kreischen des Orgelsachverständigen hallte noch nach. Die in Form einer Trutzburg gehaltene Architektur des Finanzamts lugte über die Mauer und betrachtete die Gräber der toten Steuerzahler.

»Ich erzähle Ihnen noch mehr, alles nächsten Sonntag«, sagte der Orgelsachverständige und war schon fast weg, als er sich noch einmal umdrehte, auf meine Tasche deutete und sagte: »Diese Tasche ist aus Tunesien, sie ist aus Kamelleder gefertigt.«

Und dann war er verschwunden, mit dem gelben Blütenstaub in den Augenwinkeln.

Ich betrachtete nachdenklich meine Tasche.

»Meinst du, das stimmt alles? Also auch das mit meiner Tasche?«, fragte ich Maria, aber sie war ganz woanders.

»Lass uns mal da hinten kurz hinsetzen«, sagte sie und deutete auf eine kleine Bank.

»Nein, da möchte ich nicht sitzen, da hat gerade jemand gegossen, das ist deren Privatbank, da sprechen sie mit ihren Toten.«

Also blieben wir weiter am Grab von Leopold Wölfling stehen, schwankten, schauten über den Kirchhof und gingen dann zum Grab von E. T. A. Hoffmann.

Ich erzählte Maria an Hoffmanns Grab, welche Schrecken dieser in seiner Geschichtensammlung *Die Serapionsbrüder* Frauen anhängte und dass immer nur die Frauen die Hexen und Aasfresserinnen in diesen Schauermärchen waren und die Männer diejenigen, die dadurch verrückt wurden.

Maria nickte, aber sie wusste das schon alles – und sie wurde sehr schnell wütend auf Hoffmann, dem eine durch

Rheuma ausgelöste und vom Rückenmark ausgehende Lähmung irgendwann das Schreiben verbat. Mit glühenden Eisen, die man an beiden Seiten des Rückgrats ansetzte, hatte man versucht, ihn zu kurieren, aber auch das sorgte nicht für Besserung. Kurz nach dem Beenden seiner letzten Erzählung mit dem Titel »Die Genesung« starb er mitten im Diktat.

Natürlich war die von mir beschriebene Vorliebe Hoffmanns für geisterhafte und böse Frauengestalten ein wenig übertrieben, aber hier, an seinem gold leuchtenden Grabstein, war das Licht gerade optimal, und ich hatte Lust zu sehen, wie bei Maria die schönen Fältchen um die Augen entstanden, wenn sie die Augenbrauen tief ins Gesicht zog.

»Entschuldigung!«, rief es von hinten, und wir zuckten zusammen.

Es war wieder der Orgelsachverständige.

»Vielleicht noch eine Sache zu den historischen Hintergründen hier.«

»Schießen Sie los«, sagte ich. Maria verdrehte die Augen.

»Genau, das ist das Stichwort. Sehen Sie dort drüben? Da, der große Grabstein mit den Einschusslöchern?«

»Einschusslöcher?«

Maria und ich drehten uns um.

Nachdem Ende April 1945 das letzte Telegramm aus Tokio mit den Worten »Viel Glück für Euch Alle« Berlin erreichte, fand auf den Friedhöfen am Halleschen Tor, zwischen den Gräbern von Hoffmann und Wölfling, den Familiengräbern der Siemens und Mendelssohn Bartholdys, eine Schlacht zwischen Hitlerjungen und einer aus Mongolen, Kosaken, Baschkiren und anderen russischen Volksstämmen bestehenden Armee statt, die sich, vom südlichen Flügel und

Babelsberg aus kommend, wahrscheinlich kurz zuvor im Fundus der UFA in napoleonische Uniformen und Krinolinen gehüllt hatten. Die Opferzahlen aufseiten der unzureichend bewaffneten und mit griechischer, norwegischer oder französischer Munition ausgestatteten deutschen Rekruten lagen bei knapp einhundert, wer fliehen konnte, wurde in die Trümmerfelder der inneren Bezirke zurückgedrängt. Auf russischer Seite fielen nur vier Soldaten.

Und jetzt sahen wir sie überall, die Einschusslöcher auf den Rück- und Vorderseiten der Grabsteine. Besonders eindrücklich waren die Spuren an einem von zwei hohen Mauern gebildeten Winkel, der die Toten daran gehindert hatte, den Friedhof der Dreifaltigkeitsgemeinde zu erreichen.

»Also gut, Sie sehen ja, Sie können sich hier ja alles in Ruhe ansehen. Auf Wiedersehen«, sagte der Orgelsachverständige und ging gemütlich davon.

Ich wollte ihm die Illusion nicht nehmen, und ich habe auch das Gefühl, dass ich mich da nicht einmischen sollte, aber ich glaube, dass ich auf der sicheren Seite bin, wenn ich sage, dass die Alten und die Jungen gleichermaßen – wie alle – indoktriniert waren und mit der entsprechenden Ausrüstung auch entsprechend und ordentlich gemordet hätten. Nur gab es die nicht, und dann waren sie eben auf den Friedhof geflohen, als sie merkten, dass ihre Waffen nicht richtig funktionierten – und selbst wenn sie das taten, dann hatte jeder im Schnitt nur fünf Patronen im Gewehr.

Uns erschien allein die Tatsache bedeutend, dass es einmal während eines Weltkrieges in einer Metropole zu einem Kampf auf einem Friedhof zwischen Kindersoldaten und russischer Infanterie gekommen war; Kinder, die sich hinter den Gräbern weltberühmter Schriftsteller und

Wissenschaftler versteckten, von denen allerdings zum Zeitpunkt des Krieges nichts mehr übrig geblieben war. Und die Tatsache, dass Soldaten auf einem Friedhof, ohne Erkennungsmarke, gefallen sind und dann nicht dort, sondern zum Beispiel auf dem St.-Thomas-Kirchhof in Neukölln vergraben wurden, machte uns nachdenklich.

Wir untersuchten E. T. A. Hoffmanns Grab nach Einschusslöchern, aber es war nach dem Krieg restauriert worden, es war ein Grab ohne Schusswunden.

Mir erschien dieser Friedhof in der für diesen Sommer so üblichen Hitze wie ein nicht von dieser Welt stammendes Totenreich. Wie ein Friedhof aus einer Science-Fiction-Geschichte, ein Friedhof aus dem Jahr 2666, ein Friedhof am Fuße des Atomvulkans Golkonda.

Ich schüttelte den Kopf, mein Nacken knackte, und ich stolperte, als ich mich rückwärts von Hoffmanns Grab wegbewegte.

Maria und ich trennten uns später in der Nähe der mit Einschusslöchern übersäten Mauer, wir verschwanden beide im Schatten unterschiedlicher Bäume.

In der Nähe der Mauer zur Baruther Straße, an einen Baum geschmiegt, sah ich ein seltsam stufenförmiges und hohes Grab, an dem ein in einer Klarsichtfolie gestecktes Briefchen hing, auf dem in Kinderschrift *Wir vermissen euch* stand. Daneben war ein Gesicht angedeutet, mit vielen Tränen, die größer waren als die Augen, aus denen sie rollten. Der Mund des Gesichts war ein gerader Strich, so als dürfe man eigentlich nicht weinen über den Zustand der Sehnsucht. Und deshalb war ich zum ersten Mal auf meiner Reise den Tränen nahe. Ich drehte mich um, da war das Grab von Adelbert von Chamisso.

Ich betrachtete es lange, ich versuchte die beiden so dicht beieinanderliegenden und doch so ungleichen Gräber miteinander zu vergleichen, aber ich sah keine Parallelen zwischen dem Dichter und der Kinderzeichnung hinter Plastikfolie.

Wie viele und ob überhaupt Soldaten tot über Chamissos Grab zusammengebrochen waren, konnte niemand sagen. Ich jedenfalls hatte genug gesehen, warf Chamisso noch einen Blick zu und ging Maria suchen, um ihr mit einer ausgedachten oder wahren Geschichte ein paar wütende Falten um die Augen zu hexen.

8
HAMBURG-NIENSTEDTEN

IN ROSTOCK HATTE AM FRÜHEN MORGEN ein Vogel auf einer Oberleitung einen Kurzschluss ausgelöst und war brennend in ein Feld gefallen, welches daraufhin ebenfalls in Flammen aufgegangen war. Auch in Hamburg lag die Hitze wie eine Fieberglocke über der Stadt. Aus den Mülleimern im Jenischpark stank es nach Edelfischcocktail.

Die Saatkrähen um uns herum waren schlau genug, am Boden zu bleiben. Sie hüpften über das verbrannte Gras, wo sie etwas suchten, das sie niemals finden würden.

»Schau dir diese Saatkrähen an«, sagte Marius.

»Sie leiden«, sagte ich.

»Aber man sieht es ihnen nicht an«, führte Moritz den Gedanken zu Ende.

Nicht nur die Tiere litten, auch die Gräber waren verdorrt. Die Friedhöfe, vor wenigen Wochen noch grüne Oasen im von der Hitze heimgesuchten Land, waren jetzt auch zu großen ächzenden Totenreichen geworden. An ihren Toren hatte man Hinweisschilder angebracht, auf denen man um Verständnis bat, das Wässern der Gräber zu vermeiden. Moritz, Marius und ich liefen über die Kanzleistraße zum

Friedhof in Nienstedten – auch da hing das Schild. Durch eine Lücke in den Baumreihen hatten wir kurz vorher das Airbus-Montagewerk in Finkenwerder gesehen und mit den Fingern darauf gezeigt.

Auf dem Friedhof waren sonst keine Besucher zu sehen, wir brauchten uns nicht für unsere großen Bierflaschen zu schämen, die wir wie kleine Damenhandtaschen oder große Damenbrieftaschen mit uns herumtrugen.

Wir gingen zielstrebig dorthin, wo wir Hubert Fichtes Grab vorher auf einer von der Akademie der Künste im Internet bereitgestellten Karte ausgemacht hatten. Es dauerte eine Weile, bis wir in einem schmalen Gang im westlichen Teil des Friedhofs den kleinen Grabstein fanden, auf dem in Altgriechisch ein Text stand, den Marius für uns übersetzte:

»Ich war ein Junge, ein Mädchen, eine Pflanze, ein Vogel und ein Fisch, der aus dem Meer gesprungen ist. ... So ähnlich.«

Moritz und ich bewunderten demütig Marius' Sprachkenntnisse. Das Zitat stammt von Empedokles von Agrigent, von dem keine Bildnisse überliefert wurden, von dem es vor zweitausend Jahren angeblich mal eine Statue in seiner Heimatstadt auf Sizilien und ein paar Gemälde gegeben habe, aber nichts davon ist übrig geblieben.

Moritz stöhnte plötzlich, und wir wussten nicht genau warum. Hier, auf dem Nienstedtener Friedhof, lag sein Großvater begraben, ein schon vor etlichen Jahren verstorbener Hamburger Pfarrer. Als er sah, dass wir uns Gedanken machten, winkte er gleich ab und sagte, er habe an der Universität in einem monatelangen Kurs Fichtes Roman *Die Palette* auswendig lernen müssen, und das hätte ihm Fichte wohl für immer ein bisschen versaut.

Dann sagte er den Anfang des Romans auswendig vor

sich her: »Jäcki geht über den Gänsemarkt: Die Palette ist neunundachtzig bis hundert Schritte vom Gänsemarkt entfernt.«

»Fichte wollte die Verschwulung der Welt, das war sein Begriff«, sagte Marius. »Verschwulung bedeutete für ihn eigentlich Verhumanisierung der Welt, dahinter lag also eher so ein ›Zärtlichkeitsprinzip‹, ein Angebot, anders miteinander umzugehen. Aber es ist schon tragisch. Ich habe gerade *Der Aufbruch nach Turku* gelesen, wo er wie immer diese Sexorgien schildert – boah –, und man weiß, dass er dann auch Aids hatte.«

Wir betrachteten noch eine Weile das Grab und machten Fotos. Nichts geschah.

»Ob noch Stücke vom Schädelknochen übrig sind?«, fragte ich.

»Niemand weiß das, aber es wäre nicht schwer, es herauszufinden«, sagte Moritz, und uns lief ein Schauer über den Rücken.

Fichte hatte auf obsessive Weise Voodoo untersucht. Er reiste mit der Fotografin Leonore Mau erst nach Brasilien und dann nach Haiti, wo sie sich über mehrere Jahre ohne Rücksicht auf Verluste mit Voodoo und afrokatholischen Synkretismen beschäftigten.

Voodoo ist die große Angst meines Vaters – vor allem die in Trance fallenden und dadurch eigentlich von einem Geist »berittenen« Gläubigen erschrecken ihn zutiefst. Mein Vater war Anfang der achtziger Jahre, nachdem er sich in Saudi-Arabien mit dem Einbau von Hunderten Klos in die neuerrichteten Hotels von Dschiddah ein wenig Geld verdient hatte, mit seinem Freund Peter durch die Sahara nach Westafrika gereist, wo sie mehrere Monate in Lomé verbrachten. Aufgrund mehrerer unerfreulicher Ereignisse wollten die beiden möglichst schnell Togo in Richtung Nigeria verlassen, um sich einen neuen Motor für ihr Auto zu kaufen – allerdings wurde Peter von seiner voodoogläubigen Freundin am Tag vor der Abreise mit den Worten: »You won't go! You won't go!« verflucht.

»Voodoo war gruselig«, erzählte mir mein Vater ein paar Tage nach dem Friedhofsbesuch. »Eigentlich waren die Rituale in Togo bei mir immer geprägt von Nervenzusammenbrüchen durch Schiss. Talkum und stumpfe Messer! Und der Geruch von Blut. Die Trance, ich verstehe die Trance bis heute nicht. Und dann die Sache mit dem Peter, nachdem seine Freundin in eine solche Trance verfallen war und ihn verfluchte. An dem Abend habe ich mich in unserem Motel vor die Tür gelegt wie *Legba*, der Hüter der Tore, weil ich dachte, sie könnte ihn erdolchen, um den Fluch wahr werden zu lassen. Aber es ist nichts passiert. Allerdings haben wir Peters Pass am nächsten Tag nicht gefunden. Er war weg, und wir mussten die Abreise verschieben, es war wirklich so. Man hatte immer Angst, dass alles passierte, was man sich vorstellen konnte. Und meist passierte es dann auch wirklich. Das war der Voodoo für uns. Der Peter ist jetzt auch schon tot ...«

Aber er ist kein *Untoter* geworden. Die Angst vor Untoten basiert im Voodoo auf einer Grundangst, die der aus *Der Friedhof der Kuscheltiere* nicht unähnlich ist: Um als Zombie aufzuerstehen, darf der *gwo bònanj*, die Persönlichkeit und das Selbstbewusstsein eines Menschen, nicht zurück ins Wasser der Unterwelt kehren, wandert also aufgrund falsch praktizierter Totenriten heimatlos umher – damit gemeint ist aber nur die Seele. Die zweite Art, und damit die aus Videospielen und Filmen bekannte, ist der seelenlose Körper. Es handelt sich hierbei um Tote, die von einem *bòkò*, einem Magier, aus den Gräbern geholt wurden, um, ohne den *gwo bònanj*, als billige Arbeitskräfte versklavt zu werden.

Im Prinzip war auch ich ein *bòkò*, denn ich erweckte durch den Besuch und die Niederschrift des Geschehenen die vergessenen Schriftstellerinnen und Schriftsteller zum Leben und versklavte sie auf meine Weise. Sie waren Untote, und ich würde die Macht über sie verlieren, denn sie waren immaterielle Untote, sie waren Geister, die ich eigentlich besänftigen wollte, aber, einem gewissen Egoismus geschuldet, nicht besänftigen konnte.

Hubert Fichte hatte wahrscheinlich genau auf die Trennung von Körper und Seele geachtet. Er ließ sich jeden Tag einen Strauß Veilchen an sein Sterbebett bringen, in dem er in einem Morgenmantel aus roter Seide lag. Veilchen wurden auch dem Hirtengott Pan dargebracht.

»Vielleicht eine Anspielung auf Fichtes frühere Landwirtschaftslehre«, sagte Marius.

Fichtes Freund Fritz J. Raddatz beichtet in seinen Tagebüchern: »An dem Tag, an dem ich das Sterben von Fichte erfuhr – wird mein neuer, sehr edler und sonderbarer Wunderlich-Tisch geliefert, ekelhaft-absurd. Da stirbt ein Freund, ein seltsamer, verschrobener, schön-lügnerischer Mensch … und ich kaufe ein bizarres Möbel. So ist das Leben. Ist so das Leben?«

Der dem Autor nahestehende Literaturkritiker Peter Laemmle fürchtete sich sogar nach Fichtes Tod, denn angeblich sei, parallel zu Fichte, zur gleichen Zeit, ein *bòkò* gestorben, ein schamanistischer Priester in Afrika. Und weil das Unheimliche bedrückend um ihn herumgeisterte, hatte

Laemmle nach Fichtes Tod einen Fieberanfall, der verbunden war mit der Vorstellung, Fichte könnte kommen, um ihn mitzunehmen.

Seit unserer Gedanken an die eventuell im tonhaltigen Boden des Friedhofs noch nicht gänzlich verwesten Knochen Fichtes hatten wir nichts mehr gesagt, sondern alle drei gleichzeitig einen Schritt weg vom Grab gemacht und uns umgedreht.

Wir gingen zurück Richtung Ausgang und dort zu Hans Henny Jahnn, dem geheimnisvollsten Schriftsteller Deutschlands. Bei ihm weiß man noch nicht, ob er für immer vergessen wird oder ob sich sein Werk in der Bevölkerung irgendwann in riesenhafte Erkenntnis auflöst, als große Mitteilung und Vorhersehung.

Auf dem Weg zu Jahnn vernahmen wir zuerst leise, dann immer eindringlicher eine seltsame, aber für uns trotzdem bekannte Tonfolge, die aus einem der Gräber zu dringen schien. Wir gingen näher heran, betraten die Steinplatten auf dem Beet des großen Grabes und fanden heraus, dass die Töne versetzt von zwei verschiedenen Esotec-Solar-Bewässerungssystemen ausgingen.

Sofort schickte ich meinem alten Freund, dem Musikinformatiker Vincent, eine Aufnahme der Tonfolge und fragte ihn, woher wir sie kannten.

»Das ist Moll, wenn du vom Grundton ausgehst. Zum Beispiel c->b in c-Moll. C->Bb genauer gesagt. Das Intervall ist eine große Sekunde nach unten. Nein, eher eine kleine Sekunde, du bist so ein bissl dazwischen. Aber näher an der kleinen Sekunde nach unten dran. Das ist also ein Halbton nach unten. Dann wäre die Tonart Dur, wenn der Ton der Grundton sein soll.«

»Verstehe.«

»Nennt man auch Seufzermotiv.«

»Man nennt es auch Seufzermotiv«, sagte ich, mich an die anderen wendend, bedankte mich bei Vincent und legte auf.

Hans Henny Jahnn und Hubert Fichte hatten sich kennengelernt, als Jahnn an die Musische Oberschule Fichtes kam und dort mit jugendlichen Männern Hormonversuche unternommen hatte. Jahnn konnte sich in einem späteren Interview sogar an den Hormonspiegel Fichtes erinnern.

Fichte war zu der Zeit Kinderdarsteller im Deutschen Schauspielhaus, auch daher kannten sie sich. Jahnn versprach Fichte – bei Apfelsaft und Schnaps und dem Beobachten einer rückwärts auf eine Leinwand projizierten Zertrümmerung einer Weihnachtskugel – die Rolle des Jonathan in seinem Stück *Spur des dunklen Engels*.

»Jahnn war geistesgestört«, sagte ich.

»Ich weiß. Ich weiß, ich weiß, ich weiß«, sagte Marius und schüttelte den Kopf. »Er hat gesagt, dass er sich mit Morphium und Sekt von der Spanischen Grippe geheilt hat. Ballaballa, gaga! Pferdezüchter, Orgelbauer, Hormonforscher!«

»Genau, er hat das Hormonpräparat *Miramon* entwickelt: eine Mischung aus Pferdeurin, Honig und Nescafé«, sagte Moritz, und wir nahmen einen Schluck aus unseren Flaschen.

Inzwischen standen wir am Rand des Grabs, das Jahnn nach der Satzung seiner von ihm ins Leben gerufenen Glaubensgemeinschaft Ugrino errichten ließ. Die Hauptaufgaben dieser Gemeinschaft (oder Sekte) sind laut Satzung zwar die Erschaffung von Bauwerken, die Reformation des

Orgelbaus und die Gründung eines Musikverlags (im Stillen vielleicht sogar die Legalisierung der gleichgeschlechtlichen Ehe) – eigentlich lag es Jahnn aber auch an der Aufhebung der durch christliche Bilder geprägten Vorstellung der Trennung von Körper und Seele.

Das Grab hatte die Form eines kleinen rechteckigen Swimmingpools und lag leicht erhöht am Rand eines Kieswegs. Man konnte den Innenbereich des poolförmigen Grabs über eine Stufe betreten. Der vordere Teil war schlicht bepflanzt worden, es folgten drei Trittsteine, die zu drei großen rechteckigen Platten führten. Unter der ersten lag Ellinor Jahnn (Jahnns Frau), unter der zweiten Hans Henny selbst und unter der dritten Gottlieb Harms – ein geliebter Schulfreund, den er 1913 inoffiziell geheiratet hatte.

Die Bestattungsbestimmungen der Ugrino-Glaubensgemeinschaft umfassen 53 Paragraphen, in denen Begräbnisanlagen als *Kultstätten* bezeichnet werden und in denen es unter anderem heißt: »Der Sarg muss entweder aus naturfarbenem, höchstens gebeiztem oder poliertem Holz oder aus Metall bestehen oder mit einem Tuch bedeckt sein. Blumen sind nicht mit in die Gruft zu geben. Auf Kosten der Gemeinde ist auf der Sohle des Grabes ein aus Steinplatten verfertigter Sarg errichtet, der, nachdem der Holzsarg hineingesenkt wurde, mit einer Steinplatte verschlossen wird. Danach wird die Grube verschlossen und bleibt unantastbar.«

Jahnn glaubte, dass die Seele im Körper verweilte und dass in ihr Erinnerungen gespeichert wurden, solange es möglich war. Um die Seele und die Erinnerungen möglichst lange zu konservieren, waren in den Bestattungsbestimmungen der Satzung für den Sarg folgende Materialien vorgesehen: Granite, Diorite, Syenite und Basalte, auch waren Särge aus gegossenem Quarz oder Glas möglich – die Hauptsache war, dass die Wände des Sarges mindestens 17,5 Zentimeter maßen, die Deckplatte 24,5 Zentimeter.

Jahnn selbst ließ sich in einem wachsversiegelten und mit Metall ausgekleideten Sarg beerdigen, der so schwer war, dass ihn die Totengräber alle zwei Schritte absetzen mussten.

Wir stellten uns auf das brutalistische Grabmal. Die Platten hatten sich in den letzten fünfzig Jahren verschoben, wahrscheinlich waren die Seelen Jahnns und seiner Geliebten inzwischen doch verschwunden. Von hier aus hatte man einen guten Blick über den Friedhof. In der Ferne konnten wir einen Mann im trockenen Gestrüpp rauchen sehen und waren darüber so erschrocken, dass uns fast die Bierflaschen aus den Händen fielen.

Langsam verließen wir den Friedhof und gingen zurück in die Hitze. Marius und ich fühlten uns danach schrecklich, weil wir zu wenig darauf bestanden hatten, das Grab von Moritz' Großvater zu besuchen. Und dass wir diesen Großvater damit auch unter das Kartendeck der Vergessenen und Verschwundenen mischten.

Wir gingen mit großen Schritten durch den Jenischpark zurück zum Auto. In der frühen Tropennacht verabschiedeten wir uns voneinander. Wir standen noch immer in Sandalen und kurzen Hosen zwischen den aufgeheizten Backsteinen der Stadt und fühlten uns dabei wie in ein heißes Bad getaucht, und in jedem Winkel waren Tränen. Bald würde ich für mehrere Monate nach Rumänien gehen, um dort die Friedhöfe Transsilvaniens zu erforschen und das Grab von Ovid am Schwarzen Meer zu suchen.

Wir hatten alle drei keine Ahnung, dass sich der Sommer

noch bis in den November hinein ziehen würde und wir noch einmal in T-Shirts miteinander anstoßen würden, wenn ich schon längst aus Rumänien zurück war. Wir hatten keine Ahnung: Die Lastkähne auf dem Rhein würden nicht mehr fahren, die Fahrrinnen austrocknen und die Benzinpreise im Gegensatz zu den Pegeln steigen, und die Saatkrähen und alle anderen Vögel verstummen, und die Fische sterben. Die Königlichen Gärten in London würden sich braungrau färben, die Gletscher in der Schweiz 1,4 Milliarden Kubikmeter Eis verlieren und die europäischen Triathlon-Veranstaltungen wegen der Cyanobakterienblüten zu Duathlon-Veranstaltungen umfunktioniert werden.

Die Verschwülung der Welt würde kommen, ganz sicher – und hinter ihr steckte auf keinen Fall ein Zärtlichkeitsprinzip, im Gegenteil, sie war die größte Gefahr.

9
CETATE UND MAGLAVIT

AUCH BIS ENDE OKTOBER WAREN DIE Nächte nicht kalt genug geworden, um die lästigen Wespen zu vernichten. Stinkwanzen saßen weiterhin zu Hunderten an den weiß gekalkten Wänden der Hafengebäude, und auch Schlangen krochen noch durch das verbrannte, stoppelige Gras am Ufer der Donau.

Ich saß mit Sergiu auf der Terrasse der Foundation for Poetry des rumänischen Schriftstellers, Revolutionsführers und Fernsehkochs Mircea Dinescu und trank aus fünf Liter fassenden Plastikkanistern jungen und sehr starken Weißwein, der schon während des Trinkens für heftige Kopfschmerzen und am nächsten Morgen für Kreislaufprobleme sorgte.

Sergiu arbeitete für Dinescu und war gleichzeitig mein Vermittler in alle nur denkbaren rumänischen Szenen. Er gab mir kurze Einführungen in die Kultur und die Geschichte des Landes, versuchte, mir die Politik der PSD, der sozialdemokratischen Partei Rumäniens, nahezubringen, und breitete die vielfältigen Auswirkungen des Aberglaubens auf die Gesellschaft des Landes vor mir aus. Er sprach aufgrund seiner langjährigen Aufenthalte in Tokio und Antwerpen ein fehlerfreies und elegantes Englisch.

Der im ganzen Land berühmte Dinescu feierte im Erdgeschoss mit dem Vorstand der rumänischen Raiffeisenbank seinen Geburtstag nach. Es gab Kaviar, gegrillten Donaukarpfen und bergeweise Fleischröllchen mit hausgemachtem Senf und Champagner. Sergiu und ich hatten uns nach einer Stunde abgesetzt und waren auf die Terrasse verschwunden, wo wir nur noch das Akkordeon und den Gesang des »Professors« hörten, einem Physiklehrer aus dem nahegelegenen Ort Cetate, der sich bei den Partys und Veranstaltungen Dinescus musizierend etwas dazuverdiente, um seinem Sohn eine gute Ausbildung zu ermöglichen.

»Constanța ist weit weg von hier«, sagte Sergiu, als ich ihm erklärte, dass ich noch im Herbst in den Ruinen der antiken Stadt Tomis, die mitten in Constanța lagen, nach Ovids Grab suchen wollte.

Wir befanden uns in der kleinen Walachei fernab der wichtigen Städte des Landes. Der von Dinescu zu einer Kultur- und Hotelanlage umgebaute Getreidehafen lag vier Kilometer vom nächsten Dorf entfernt, hinter hundeverseuchten Sumpfwäldern und einem Truppenübungsplatz des Militärs.

Sergiu zog an seinem Joint, auf dem Tisch vor uns lag ein Stapel Tarotkarten. Er hatte gerade den »Gehängten« aufgedeckt, den falschrum an ein Kreuz gebundenen Mann. Schon wieder! Wie vor ein paar Wochen, als ich den Gehängten für die männliche deutschsprachige Literatur gezogen hatte, sagte er auch jetzt, dass wir die Möglichkeit hatten, die Festgefahrenheit und Erstarrung in unserem Leben zu erkennen, und dass wir auf ein Wunder warten mussten, das uns aus dieser Ausweglosigkeit befreien würde.

Also saßen wir weiter in unseren Stühlen und warteten auf die 180-Grad-Wende.

»Ich schlag dir was vor, eine Alternative«, sagte Sergiu. »Wir können in den nächsten Tagen nach Maglavit zu einer alten Pilgerstätte fahren, das ist nur ein Stück die Donau runter. Vor Ort erzähle ich dir die Geschichte von Petrache Lupu, das wird dich interessieren. Dort ist auch sein Grab. Er war kein Schriftsteller, aber etwas Ähnliches, ein Geschichtenerzähler.«

Ich schaute auf die gegenüberliegende Flussseite nach Bulgarien. Wir hörten Radioheads »How to Disappear Completely«. Wie man komplett verschwand, konnte man sich an diesem Ort gut vorstellen.

»Alles, was im Begriff ist zu verschwinden, kommt irgendwann zurück – in anderer Form und heftiger als zuvor, aber es ist trotzdem dasselbe«, sagte Sergiu. »Es ist die Ewige Wiederkehr, der Kreis des Ouroboros, der sich selbst in den Schwanz beißenden Schlange. Hier in Rumänien ist es am schlimmsten. Hier kehrt alles in jeder Sekunde ständig wieder und fällt über uns her.«

Sergiu war ein aus der Moldau stammender Buddha. Er schwamm jeden Tag einen Kilometer mit Taucherbrille durch den Schlamm der Donau und saß dann auf einem Turm aus Felsen, um die Sonne beim Untergehen zu beobachten. Er rauchte Gras und trank Wein, und wenn ich an seinem kleinen Zimmer vorbeiging, das neben meinem lag, vernahm ich den Duft unterschiedlichster Räucherkegel. Es hatte seit acht Wochen nicht geregnet, Sergius Haut war braun gebrannt. Die Esel schrien in der Nacht, und die Hunde bellten, wenn er allein auf dem Balkon stand und in die Dunkelheit schaute. Manchmal, wenn er seine Hand hob, schwiegen sie.

Auch jetzt hörte man wieder die Hunde jaulen. Zwanzig

von ihnen rannten in einem irren Tempo durch den Staub unterm Balkon in Richtung Wald, wo sie Streuner verjagten.

Ich lehnte mich über die Brüstung. Einzelne Gäste schlichen noch am Ufer entlang, die schweren Stahlskulpturen ungarischer Bildhauer streckten sich in den dunklen Nachthimmel und zerschnitten ihn mit ihren noch dunkleren Flügeln, Schuppen und Kahlköpfen.

Vor ein paar Wochen, als ich in die Foundation gezogen war, hingen Gewitter über Bulgarien, die Blitze hatten die langsam flussaufwärts ziehenden Schlepper in unheimliche Tiere verwandelt – hier unten, nach wochenlanger Dürre, sah die Donau nicht anders aus als der Mississippi oder der Orinoco.

Als ich merkte, wie sehr mir der Wein beim Über-die-Balkonbrüstung-Lehnen zu Kopf stieg, ließ ich Sergiu mit seinem Joint allein und ging ins Bett. Doch er hielt mich am Ärmel fest: »*Wait a second*«, sagte er. »Morgen kommen ein paar deutsche Literaten mit dem Auto zu Besuch, sie wollen dich kennenlernen. Das wäre doch auch eine gute Möglichkeit für dich …«, quallte er und blies eine große Wolke aus. »Eine gute Möglichkeit, um … na ja, ich weiß es auch nicht, eine gute Möglichkeit jedenfalls. Um zehn Uhr kann ich dich zum Frühstück wecken. Ich klopfe.« Dann ließ er meinen Ärmel los.

Am nächsten Morgen weckte ich mich selbst und duschte. Im Erdgeschoss hörte ich schon ein entnervendes Stimmengewirr, und als ich die Treppen nach unten schlich, sah ich im Eingangsbereich der Foundation mindestens einhundert Rentnerinnen und Rentner aus der Schweiz stehen.

Ich goss mir schwarzen Tee ein und suchte nervös nach

Sergiu, den ich irgendwann mit zerzausten Haaren und in Jogginghose an der Edelstahl-Destillieranlage von Dinescu fand.

»Warte mal, Sergiu«, sagte ich. »Das ist kein Auto mit Deutschen, das sind zwei Busse voll mit Rentnern aus der Schweiz.«

»Aber sie *sprechen* Deutsch«, sagte Sergiu.

»Es ist trotzdem etwas anderes, vor allem die Masse.«

Wir standen schweigend um den Kessel, aus dem langsam klare und hochprozentige Flüssigkeit in einen Plastikkanister floss.

»Und die wollen mich alle kennenlernen?«, fragte ich.

»Ja, sie haben mir eine E-Mail geschrieben.«

»Und was soll ich denen erzählen?«

»*Let's see*. Wir gehen jetzt erst mal mit ihnen in die Halle. Dinescu liest ein paar Gedichte vor, und dieser Schriftsteller aus der Schweiz liest seine Übersetzungen, dann gibt's Kalb und Fisch und ein bisschen was vom Klaren.«

Die »Halle« war ein Gebäude direkt am Fluss, dessen Wände an den Längsseiten komplett verglast waren. Es glich einem Gewächshaus oder einer Voliere, den Boden zierte das große Terrakottamosaik eines Greifvogels. Dinescu saß schon an einem der langen Holztische und blickte sich um. Von seiner Geburtstagsfeier noch sichtlich mitgenommen, brüllte er drei seiner Mitarbeiter an, jetzt endlich das Kalb auf den Grill zu legen, die Gäste würden in zwei Stunden essen, und bis dahin würde das doch niemals fertig werden. Das Kalb war erst vor einer halben Stunde von einem Bauern in einer großen schwarzen Plastikwanne geliefert worden, ich hatte beobachtet, wie mehrere Männer es von der Kutsche gehoben hatten.

Als die Schweizer, die wenigen Rumänen und ich in dem Gewächshaus Platz genommen hatten und auf die Donau blickten, die mit niedrigem Pegel an uns vorbeifloss, begann Dinescu, der Ende 1989 bei der Stürmung des *Studio 4* dabei gewesen war und wenig später im Fernsehen den Sturz Ceaușescus verkünden durfte, den Schweizern seine Gedichte vorzulesen. Dazu gab es erneut gegrillten Donaukarpfen und den jungen Weißwein, bei dessen Anblick mir übel wurde.

Nach einiger Zeit fand ich heraus, dass es sich bei der Truppe um die Passagiere eines Donaukreuzfahrtschiffes handelte, die ein Stück flussaufwärts angelegt hatten, um dann mit Bussen zum berühmten Mircea Dinescu gefahren zu werden.

Weil ich an der Destillieranlage von Sergiu schon zu einem Raki gedrängt worden war, verfiel ich in ein kleines Vormittagsdelirium, das so lange anhielt, bis ein Raunen und Kreischen durch die Menge ging. Auf dem Balkon des Gewächshauses, für alle durch die riesigen Fensterfronten sichtbar, penetrierte ein junger Kuvac-Mischling einen afrikanischen Löwenhund.

Im selben Moment wurde ich aufgefordert, aufzustehen und etwas über mein aktuelles Werk zu erzählen. Ich stellte mich schwankend mitten in den Raum. Ein älterer Herr ging auf mich zu und hielt mir, wie eine an ihren Flügeln gefangene Fliege, ein winziges Mikrophon entgegen, in das ich hineinsprechen sollte. Viele der Schweizer hatten wegen akuter Schwerhörigkeit Funkknöpfe im Ohr, in die ich live übertragen wurde. Als ich aber anfing, ihnen etwas über meine Texte und über das Verschwinden, die Gräber und die Stadt Tomis zu erzählen, betrat ein junger Esel den Saal und versuchte das kurz zuvor aufgetischte

Büfett abzuräumen. Die Konzentration ließ weiter nach. Der Teil der Gesellschaft, der nicht mitbekommen hatte, dass nun ein Esel im Raum war, betrachtete nicht mich, sondern weiterhin die Hunde. Als dann aus heiterem Himmel der Professor mit rot geränderten Augen auftauchte und anfing, Akkordeon zu spielen, gab ich es auf, setzte mich stirnrunzelnd wieder hin und aß meinen Donaukarpfen.

»*Das* essen junge deutsche Schriftsteller also heutzutage«, sagte ein Mann mit Kinnbart, der auf einmal hinter mir aufgetaucht war. Ich drehte mich um und nickte ihm mit vollem Mund zu. »Richtig«, sagte ich schließlich, »ich esse allerdings nicht so gerne, das ist alles völlig überbewertet, dieser furchtbare Kult ums Essen und Kochen. Nur weil Leute zu faul sind für wahre Wissenschaft. Außerdem«, ich setzte zu einem endlosen betrunkenen Monolog an, obwohl ich keine Ahnung hatte, »sind in Rumänien die Verhältnisse – und damit meine ich die Korruption – alles andere als schön, alles dreht sich im Kreis.«

»Das stimmt«, rief ein zweiter, zur Reisegruppe gehörender Akkordeonspieler, der mir gegenübersaß, »so ist es auch in Serbien. Das Geld zerstört alles, jegliches Mitgefühl der Menschen geht flöten. Bald ist nichts mehr übrig, niemand wird mehr tanzen und singen sowieso nicht. Früher, hier in Rumänien, hatten sie nichts, aber wenigstens musste man nicht ständig arbeiten und wertlosen Gegenständen hinterherlaufen, und die Leute haben jeden Tag ungeniert ihre Feste gefeiert.«

Der alte Mann mit Kinnbart, der die Diskussion mit der Frage nach meinem Appetit unweigerlich ausgelöst hatte, stand jetzt stumm da, hinter ihm schaute der Esel traurig in unsere Richtung. Von draußen blitzte das Donauwasser blau, inzwischen hatte man auch das gegrillte Kalb in den Raum getragen und mit dem Sezieren begonnen. Es war noch rosa.

»Ich esse einfach nicht gerne«, sagte ich dem Herrn noch einmal, mit Blick auf das Kalb; da ging er lachend fort, ohne noch etwas zu sagen.

»Hier ist alles wie in einem Gemälde von Bruegel!!!«

Eine kräftige Frauenstimme weckte mich aus meinen Gedanken. Sie gehörte zu einer alten Dame, die eine Kette aus Onyx um ihren Hals trug. Sie saß neben mir und lachte, dann unterbrach sie sich selbst in ihrem Gelächter und fragte mich, ob ich überhaupt wüsste, mit wem ich da gerade die Ehre gehabt hätte.

Ich schüttelte den Kopf.

»Silver Hesse! Dem Enkel von Hermann Hesse, er reist mit uns auf dem Kreuzfahrtschiff. Er ist ein Architekt aus Zürich.«

Ich blickte durch den Raum. Von weitem zwinkerte mir der Professor zu. Dann entschuldigte ich mich mit dem dringenden Bedürfnis, die Toilette aufzusuchen. Ich schlich davon und legte mich in mein Bett, weil ich glaubte, Fieber zu bekommen.

Wenig später klopfte es an meiner Tür, und Sergiu steckte seinen Kopf in mein Zimmer. »Sie sind alle wieder weg, wollen wir nach Maglavit fahren? Ich bin gerade ziemlich hinüber, weil ich mit den Schweizern noch den Weinbrand trinken musste …«

Dann verschwand sein Kopf wieder. Ich stieg langsam aus dem Bett, zog meine vom Staub und den Hundepfoten braun gewordene Jeans an und lief schwankend hinunter zum Dacia, in dem Sergiu saß und das Lied vom Verschwinden hörte.

Wir fuhren durch den gleich hinter dem Hafengelände beginnenden Wald und an den Schafherden vorbei hinauf ins Dorf, wo wir auf die Hauptstraße abbogen. Ich drehte mich noch einmal um. Im Tal verschwand glitzernd die Donau, auf der sich wie schwerfällige Seeschlangen mehrere unterschiedlich lange und mit Kohle beladene Schubverbände Richtung Eisernes Tor bewegten. Sergiu rauchte einen Jointstummel, der ihm beim Fahren immer wieder ausging und den er zuletzt achtlos ins Seitenfach der Fahrertür schmiss, von wo aus wenig später der Geruch von schmelzendem Plastik zu mir herüberwehte.

»Die Donauschlangen«, sagte er und hustete, ebenfalls mit Blick hinunter ins Tal.

Das nächste Dorf nach Cetate war bereits Maglavit. Hier saßen am Straßenrand aufgereiht, auf Bänken und Stühlen, die Einwohner der Stadt im Sonnenlicht und tranken Bier, Schnaps und Wein. Alle rauchten. Die alten Frauen trugen Kopftücher, die Männer Hüte. Die Kinder saßen mit Katzen auf Motorhauben und alberten herum.

Wir überholten eine Kutsche und bogen am Ende des Dorfs auf eine kleinere Straße ab, die hinunter zur Donau führte. Auf der linken Seite tauchte eine Kirche in einem Wäldchen auf, das an den Ort grenzte. Dann endete der asphaltierte Weg, und wir fuhren über eine staubige Straße voller getrockneter Schlammpfützen und verdorrter Sandhügel ins Dickicht. Sergiu rauchte den aus dem Fach zurückgeholten Joint weiter. Ein Kleintransporter schoss mit hoher Geschwindigkeit auf uns zu, und Sergiu zog, mit dem Stummel im Mundwinkel, das Steuer gefährlich weit nach rechts. Dann tat sich vor uns eine weite Ebene auf, an deren Ende sich ein Damm entlangzog. »Übersetzt heißt die Gegend hier: *Die Hinterbacken*«, sagte Sergiu und blies eine große Haschwolke durchs Auto.

Die Sonne war auf einmal hinter einer grauen Wand verschwunden. Ich öffnete mein Fenster, ein kalter Wind zog durch den Wagen. Das war zum ersten Mal der Herbst.

Ohne Ziel steuerte Sergiu den Dacia über den Feldweg zum Damm, bis er auf der Kuppe merkte, dass wir dort nicht weiterkamen. Jetzt lag die Donau vor uns. Am noch immer recht weit entfernten Ufer stand ein in Lumpen gekleideter Schäfer. Die Schafe waren mit Erde verschmiert und dreckig braun wie der Hirte selbst.

»So kann man sich Petrache Lupu vorstellen, ähnlich arm, ähnlich einsam und von Visionen geplagt«, sagte Sergiu und erzählte mir dann die Geschichte des Mannes, dessen Vorname »Peter« und Nachname »Wolf« bedeutete.

Hier, wo die Ebene weit ist und der Himmel gigantisch, hatte der taubstumme Schäfer Petrache Lupu 1936 Gott gesehen. Der alte und nach Myrrhe riechende Mann forderte ihn dazu auf, seine Begegnung und seine Gebote den Leuten in Maglavit vorzutragen. Als Lupu sich fürchtete und sich ein Hirngespinst einredete, erschien ihm der Alte so oft, bis er letzten Endes zusammenbrach und dem Pfarrer der Gemeinde seine Sichtungen aufzeichnete – und weil 1936 überall ein schlimmes Jahr war, glaubten ihm alle, um sich von Hungersnot und vom aufkeimenden Weltenbrand abzulenken. Was dann begann, gilt bis heute als das größte Pilgerphänomen Rumäniens. Bis zum Ausbruch des Zweiten Weltkriegs reisten knapp zwei Millionen Menschen ans Ufer der Donau, um den Schäfer zu sehen und die ortsansässigen Pfarrer predigen zu hören. Lupu hielt dabei die grobe Zeichnung einer weiteren Erscheinung in den Händen: Eine Art viereckiger Diamant war darauf zu sehen, der auf den Feldern vor der Donau, nur einen Meter von ihm entfernt, aufgetaucht war und dessen Ecken aus Regen, Wind, Feuer und Kohle bestanden hatten. Auch er war laut Lupu ein dunkles Zeichen Gottes, ein Zeichen für die bevorstehende Apokalypse.

Als der Zweite Weltkrieg ausbrach, verebbte der Pilgerstrom augenblicklich, und die Denkmäler aus Holz versanken langsam im Schlamm der Donau. Lupu wurde wieder Schäfer, überlebte Antonescu, den Kommunismus und Ceaușescu und starb Anfang der Neunziger in der Stadt, in der er geboren wurde, Gott gesehen hatte, berühmt geworden war und wieder vergessen wurde.

Am Ende der kurzen Hysterie um die Visionen des Schäfers versuchte der Schriftsteller Nichifor Crainic, Unterstützer der ultrarechten Eisernen Garde, Lupu und seine Offenbarungen für die Zwecke seiner Partei zu gewinnen. Er behauptete, Lupu hätte ihn von unkontrollierbarem Zwinkern geheilt. Doch da ihm kein schwerwiegenderes Leiden eingefallen war, schenkte ihm keiner Gehör. Das Interesse am Schäfer und seinen Geschichten legte sich schnell wieder, der Fluss trieb die Erinnerungen fort; geblieben ist einzig das Kloster, die noch nicht zu Ende gebaute Kirche und das Grab Lupus davor.

Sergiu wendete den Dacia auf umständliche Weise. Der Schäfer am Ufer der Donau, der Nachfolger Petrache Lupus, hatte sich nicht umgedreht und beobachtete weiter seelenruhig seine Schafe. In gewisser Weise war Lupu, obwohl er seine Erlebnisse nie aufgezeichnet hatte, wie Sergiu schon sagte, eben *auch* ein Geschichtenerzähler, ein obsessiver Künstler mit Visionen. Ja, eigentlich war er sogar der perfekte Erzähler. Er filterte die gesamte Vielfalt aus persönlichen Eindrücken, aus Leid und Phantasie, und fügte sie zu publikumswirksamen Geschichten zusammen, mit denen er ein Millionenpublikum erreichte.

Erst als wir im Staub zwischen den Bäumen verschwanden, legten sich die Haare auf meinen Oberarmen. Die Kirche kam näher, sie war komplett eingerüstet, schon seit Jahren arbeitete man an ihrer Fertigstellung. Der Bau wird noch immer vom Unternehmer, Politiker und früheren Schäfer (!) Gigi Becali gesponsert, einem Mann, der sich selbst für den »mächtigsten und schönsten« der Welt hält.

Wir betraten das Gelände. Die Maurer standen meterhoch in der Luft, schauten auf uns herunter und grüßten, indem sie zwei Finger nahmen und sie mit einer schnellen Bewegung an ihre Schläfen und dann zu uns führten.

Anschließend schauten sie mit uns zum Grab Petrache Lupus, auf dem in einer bunten Schale Paraffin brannte. Hier lag der bekannteste Dichter des Landes, der niemals einer geworden war.

Sergiu runzelte die Stirn, trat seinen Joint auf dem Boden aus und redete etwas über C. G. Jung. Er sprach »Jung« so aus, dass ich »Hume« verstand und nicht wusste, was der schottische Philosoph plötzlich mit all dem zu tun haben sollte.

Wir liefen einmal um das Grab herum. Als die Flamme plötzlich unkontrolliert zu flackern begann, führten auch wir zwei Finger an unsere Schläfen, grüßten den Schäfer und die Männer auf dem Gerüst, die sich schon längst von uns abgewendet hatten, und gingen schnell davon.

10
BUKAREST

»DU MUSST AN DEINER SYNCHRONITÄT ARBEITEN«, erklärte mir Sergiu ein paar Wochen später, »der Día de Muertos war gestern.«

»Ich weiß«, antwortete ich seufzend.

Sergiu und ich hielten weiter über unsere Smartphones Kontakt. Ich war nach dem Besuch der Donauufer alleine weitergereist und hatte zuerst die Mauern des Friedhofs in Sibiu untersucht, später den laut Reiseschriftsteller Patrick Leigh Fermor schönsten Friedhof der Welt in Sighisoara besichtigt. Jetzt war ich in der Hauptstadt, wo ich von der Universität die Metro bis zur Haltestelle »Helden der Revolte« nahm und die starkbefahrene Oltenitei-Straße zum Eingang des Bukarester Hauptfriedhofs »Bellu« überquerte.

Ich ärgerte mich über die Abwesenheit des Buddhas aus der Moldau, ich hatte gehofft, dass mich jemand mit rumänischen Sprachkenntnissen über den Bellu begleiten konnte.

Nachdem ich an mehreren Wachposten und Aufsehern in schwarzen Multifunktionsuniformen vorbeigegangen war, stellte ich mich vor eine Hinweistafel und betrachtete diese eingehend mit meinem Notizbuch in der Hand. Ich war hier, um die rumänisch-französische Schriftstellerin Hélène Vacaresco und den ersten Dadaisten, Urmuz, zu besuchen. Sofort kam ein betrunkener Mann vom Sicherheitsdienst X-Guards auf mich zugelaufen und stellte sich neben mich. Er roch nach Alkohol, was nichts Schlimmes war, wahrscheinlich roch ich nicht viel besser. Ich wollte wissen, wo ich mich befand, und fragte ihn wiederholt: »Unde? Unde?«, aber er schien es selbst nicht zu wissen. Er tippte auf die Karte, dann zuckte er mit den Schultern. In seinen Mundwinkeln klebten Reste von getrocknetem Speichel, er versuchte mir in die Augen zu schauen, schaffte es aber nicht. Ich lächelte gequält. Mehrmals wiederholte ich dann die Namen Urmuz und Vacaresco, und er zuckte weiter mit den Schultern.

Auf der Bank, von der er aufgestanden war, saßen noch fünf weitere X-Guards und betrachteten mich. Alle hielten kleine Plastikbecher in den Händen. Ich machte einen Schritt nach hinten, von der Tafel weg, beugte meinen Rücken durch und schaute den Weg den Friedhof hinunter – dort waren sie auch überall. Sie saßen auf den Grabplatten und lehnten sich mit ihren Rücken an die Grabsteine, alle hielten Papp- oder Plastikbecher in den Händen. Manche hockten auf kleinen Klappstühlen, mit Mützen, die sie sich tief ins Gesicht gezogen hatten.

»Hohenzollern?! Hohenzollern?!«, sagte der X-Guard jetzt laut und tippte auf der Hinweistafel herum.

»Hohenzollern …«, murmelte ich. »Ich weiß nicht.«

Ich wusste wirklich nicht, was er meinte. Und dann, weil ich auch nicht sagen konnte, wie es weitergehen sollte, gab ich ihm die Hand und ging davon.

Nach dem Ende der Diktatur Ceaușescus waren 1990 mit einem Schlag eine halbe Million offizielle und inoffizielle Mitarbeiter des rumänischen Geheimdienstes Securitate ohne Aufgabe gewesen. Auf dem in der gotischen Form gehaltenen Wappen der Spitzel hatte eine weiße Streitaxt in den Armen einer schwarzen Fledermaus geprangt.

Und jetzt war diese unglaubliche Flut an Aufsehern, die es auch heute noch in Rumänien überall gibt – in jeder Ecke, jedem Winkel, jedem verlassenen Gebäude der Stadt –, vielleicht auf diese plötzliche Massenentlassung zurückzuführen. Es gab die X-Guards, die Tiger Security, die ABA Security, die Orion Security, die Respect Security, die Caldo Privat Security, die R. P. G. Security, die Evolution Security und immer so weiter, und überall wurden sie eingesetzt und standen und saßen den lieben langen Tag irgendwo herum, meist an unwichtigen, gottverlassenen Orten.

Hier, auf dem Friedhof, nahmen sie allerdings, im Gegensatz zu anderen Winkeln Rumäniens, eine relativ wichtige Funktion ein, denn wie auf dem Friedhof in Sibiu und vielen anderen im Land waren in den letzten Jahren auch auf dem Bellu (über Nacht und natürlich ohne Erlaubnis der Verwaltung) meterhohe illegale Mausoleen aus Beton entstanden. Man hatte nachts wertvolle Gegenstände von Gräbern entfernt, meist Marmor oder Metalltafeln, aber auch Bronzefackeln aus Mausoleen und einen tausend Kilo schweren Bronzelöwen von einem Kriegerdenkmal – Bäume wurden gefällt und zu Feuerholz verarbeitet und verkauft. Auf der Internetseite vieler Friedhöfe ist die Rede von »wilden Truppen«, die als Totengräber arbeiten und dabei jeden Funken Respekt vor Trauernden oder der Totenruhe vermissen lassen.

Die Security war hier, um all das zu verhindern, denn in Rumänien führte der Teufel ein anstrengendes und unermüdliches Leben.

Sergiu hatte recht, es war wichtig, an der Synchronität zu arbeiten.

Wir hatten im Vorfeld, als wir noch an der Donau gestanden hatten, über die Rituale des mexikanischen Feiertags Día de Muertos gesprochen, die sich langsam auch nach Rumänien übertrugen. Weil die Azteken, wenig anders als die christlichen Missionare – und überhaupt alle religiösen oder pseudoreligiösen Kollektive –, den Tod nicht als endgültiges Verschwinden, sondern als Beginn einer Transformation und von etwas Neuem betrachteten, kam es dort zum Synkretismus. Am Vorabend von Allerheiligen bis in die Nacht des 2. November feiern auch die Rumänen auf dem Friedhof ihre Toten, sodass sich heute, am Tag nach der Wiederkehr der Verstorbenen ins Reich der Lebenden, Weinflaschen in den überquellenden Mülleimern stapelten und im Gestrüpp große Plastikflaschen »Neumarkt Pils« und Styroporpackungen mit Resten von senfverschmierten Mici-Fleischröllchen lagen. Nach der großen Party begegnete ich aber nur wenigen Personen auf dem Friedhof, sie pinselten die Eisenkreuze mit Rostschutzmittel ein und befreiten die Grabplatten vom Laub.

Ich hatte den Tag der Toten verpasst, weil mich vorgestern der Wind in der Doktor-Paleologu-Straße die ganze Nacht wachgehalten hatte, und deshalb war ich gestern nicht über die Straßen um den Piața Rosetti hinausgekommen.

»*Hold on*, ich schicke dir mal die Dokumentation über die Beerdigung des Gypsyprinzen Ciprian Geamanu«, schrieb

Sergiu in einer Nachricht und sendete mir kurz darauf ein 17-teiliges YouTube-Video über die Bestattungsvorkehrungen eines jungen Rom.

Ich setzte mich auf eine kleine Bank und beschloss, mein gesamtes Datenvolumen zu verbrauchen, um mir das Video anzusehen.

Zu Beginn der tagelang dauernden Trauerfeier für den Prinzen ist Chaos: Im mit weißen rüschenbesetzten Satinstoffen ausgekleideten Sarg liegt ein junger dunkelhaariger Mann, es ist Ciprian Geamanu – Alter und Todesursache unbekannt. Er hält seltsamerweise ein silbernes Sony Ericsson K800i in der rechten Hand. An einen Bügel seiner Sonnenbrille, die an seinem weißen Gewand hängt, hat man einen 500-Lei-Schein geheftet. Sonst: Marienbilder, ein gerahmtes Bild von Jesus und Fotos von Ciprian selbst. Um ihn herum stehen schwere Männer in schwarzen Lederjacken und scheinen wichtige Sachen zu besprechen. Die Frauen schreien, schlagen sich ins Gesicht und müssen davon abgehalten werden, in ihrer entsetzten und tierischen Trauer andere Menschen um sie herum zu verletzen. Im Hintergrund spielt eine Band eine Mischung aus traditioneller Manea und einem leicht ins Turbo-Folk abdriftenden Stil. Die Frauen schreien lauter als Feuerwehrsirenen im Hintertaunus.

Plötzlich, im zweiten Teil des Videos, trägt der junge tote Prinz auch noch ein Handy in der linken Hand. Während Frauen und Männer ihn streicheln und küssen und die Finger massieren, ertönt ein SMS-Ton aus dem Handy des Toten. Eine Frau nimmt es, beantwortet die Nachricht und steckt ihm das Handy zurück in die kalte Hand. Der Kameramann schwenkt durch den Raum, draußen sitzen Dutzende Menschen im Garten, wo sich meterhohe Blumenkränze auftürmen, sie hocken vor großen Fantaflaschen und Palinca, den sie aus geriffelten Plastikbechern trinken.

Ab dem fünften Teil fange ich an zu spulen, Tage und Nächte kommen und gehen, die Augenlider des Toten fallen immer tiefer in den Schädel hinein, die Augäpfel dahinter vertrocknen. Endlich wird sein Sarg aus dem Haus getragen und in einen Leichenwagen geschoben, hinter dem Auto versammeln sich Hunderte Leute, ein weißer Dacia-Pick-up, der alle Kränze transportiert, dahinter weiße und schwarze BMWs. Der Konvoi bleibt, nachdem er erst in Schrittgeschwindigkeit durchs Dorf und dann in eine Kapelle gewandert ist, an einer Straßenlaterne stehen. An dieser Straßenlaterne kommt es zum seltsamen Höhepunkt: Am Boden der Laterne sammeln sich Grabkerzen, am Holzmast hängt ein Bild von Ciprian. Alle bleiben stehen, beten, weinen – hier mag er wohl gestorben sein, aber wie, das bleibt unklar. Der Kameramann hat jetzt, im bereits 14. Teil der Dokumentation, Probleme, die Schärfe zu ziehen, es ist, als hätte der Geist Ciprians hier etwas dagegen gehabt.

Die Kamera folgt der Kolonne zum Friedhof, zwischendurch fällt eine Frau schluchzend und schreiend aus dem Kofferraum des Leichenwagens. Die Priester tragen lange schwarze Ledermäntel, sie haben eher etwas von Anhängern einer Guerillatruppe als von Geistlichen. Die Musik setzt wieder ein, ein ohrenbetäubender Lärm, verstärkt durch tragbare Boxen, auf den Stimmen der Sänger liegt ein Halleffekt. Am Rande des Friedhofs stehen Hunde, sie bellen, und ich begreife bei ihrem Anblick, auch wenn es nur im Video ist, warum manche Menschen an Fabelwesen glauben.

Es dämmert schon wieder, die Sonne verschwindet im aufziehenden Nebel, der Tote sieht inzwischen wirklich nicht mehr gut aus. Auf dem Friedhof bricht das Chaos aus, als die nahen Verwandten Ciprian Geamanu zudecken, ihm eine Brille aufsetzen, ihm plötzlich auch wieder das Sony K800i in die Hand drücken. Dann schlägt man, unter nervenzerfetzendem Geschrei und hallender Musik, den Deckel auf den Sarg und lässt ihn ins Grab hinab – der Rest, das sind Schatten, bunte Mützen in der Nacht, dunkler Tumult.

Ich blickte von meinem Handy auf. Die Sonne war verschwunden, am Himmel war noch ein Rest Dunkelblau, die ersten Anzeichen von Kälte lagen in der Luft, aber noch waren die Herbsttage ungewöhnlich warm.

Die Gräber auf den Feldern sind anders ausgerichtet als auf mitteleuropäischen Friedhöfen, die Toten liegen mit den Köpfen am Rand zu den Gehwegen, quasi in sich gekehrt, vom Besucher abgewandt. Die eigentliche Rückseite der Grabsteine schützt ihre Körper vor den Blicken der Besucher und grenzt sie vom Weg ab.

In der Ferne steht eine Pyramide, die Blätter von Spitzahorn und Kastanien brannten jetzt gelb im Licht. Eine schwarze Katze saß auf einer Grabplatte und betrachtete mich mit ihren gelben Augen.

Die Grundstückspreise waren hier so hoch wie sonst nirgends in Bukarest, für einen Liegeplatz wurde korrumpiert und geschmiert, bis hinein in den fünfstelligen Bereich. Danach musste man sich auf die Suche nach Marmor begeben, für den in Rumänien ein Schwarzmarkt entstanden ist, nachdem Ceaușescu eine Million Kubikmeter davon für seinen von vierhundert Architekten geplanten Parlamentspalast verbauen ließ. Man musste wohl oder übel auf Granit, Sand- oder Kalkstein ausweichen.

Zuerst erreichte ich den Boulevard der Schriftsteller, dort lagen, nebeneinander: Mihai Eminescu, der größte Dichter des Landes, gestorben an Geisteskrankheit und syphilitischer Infektion; Marin Preda, offiziell gestorben an Asphyxie – wahrscheinlich aber Opfer der Vorfahren der X-Guards (Securitate); George Coşbuc, begraben neben seinem bei einem Autounfall ums Leben gekommenen Sohn; Mihail Sadoveanu, gestorben am Schlaganfall, blind und sprechunfähig, und viele mehr.
Hier, am Boulevardul, war mit Abstand am meisten los, Blumen wurden im Minutentakt niedergelegt, die berühmtesten Schriftsteller des Landes, egal ob Kommunisten oder Kommunistenjäger, alle waren hier vereint und wurden von ihrem Volk verehrt.
Ich ging weiter, hinunter zur Familiengruft, in der Hélène Vacaresco lag. Die Quadranten waren gut abgesteckt und überall mit Nummern markiert – der Müll wurde hier zu etwas Schmückendem, man ignorierte ihn irgendwann, er gab den Grabfeldern etwas Frisches, er facettierte sie, und die Müllfetzen wirkten dadurch wie bunte, schimmernde Glas- oder Edelsteine.
Vacaresco war eine rumänisch-französische Schriftstellerin und Adelige, die das Buch *Kings and Queens I Have Known* geschrieben hat, ein wilder Ritt durch die europäischen Adelshäuser, eine Welt, die ausgelöscht wurde. Zum letzten Mal in dieser Form hatte wahrscheinlich der bereits erwähnte Patrick Leigh Fermor den Adel Südosteuropas im zweiten Teil seiner Fußreise von London nach Istanbul beschrieben. In *Zwischen Wäldern und Wasser* spielt der Autor

unter anderem mit Erzherzog Joseph, der einen grünen Trachtenhut und Lodenumhang trägt, Fahrradpolo, trinkt mit Graf Lajos aus schweren Kristallgläsern Whiskey Soda und steht mit Gräfin Ilona an Lanzettenfenstern und raucht aus mit Bernstein besetzten Pfeifen sein Kraut. Eine Welt, die Vacaresco normal erschien, eine europäische Welt, mit der sie kokettierte – und die mit ihr und allen anderen für immer verschwunden war und niemals wiederkehren würde. Hier führt die Geschichte ins Leere, hier schließt sich kein Kreis.

Und jetzt stand ich vor der Familiengruft, in der sie lag. Ich trat nahe an sie heran, und mir wurde kalt. Das Eisengatter ließ sich leicht öffnen, ich hätte es zur Seite biegen können, um die Gruft zu betreten, aber ich traute mich nicht. Ich schaute hinein in die Dunkelheit. Dann hauchte ich eine Atemwolke ins Innere. Zum ersten Mal in diesem Herbst konnte man den eigenen Atem sehen. Die Wolke breitete sich in der Gruft kurzzeitig aus wie ein geisterhafter Nebel. Mit einer Gänsehaut im Nacken drehte ich mich um und ging davon.

Nicht weit von der Gruft entfernt suchte ich nach dem Grab des Schriftstellers Urmuz. Ich brauchte lange, um es zu finden, weil ich nach dem Namen »Urmuz« Ausschau hielt, nicht nach seinem Familiennamen: Demetru Demetrescu-Buzău. Irgendwann glaubte ich, es gefunden zu haben, allerdings waren die in den Stein gemeißelten Buchstaben nicht mehr richtig zu erkennen, es wurde jetzt schnell dunkel.

Als es vor hundert Jahren in der Nähe der Bukarester Chaussee Kiseleff in den Büschen blitzte, war das der Pistolenschuss, mit dem sich Urmuz das Leben nahm – sein

Werk umfasste zu der Zeit etwa fünfzig Seiten, dennoch gilt er als Begründer einer neuen literarischen Form, des Dadaismus.

In einem Brief von Eugène Ionesco heißt es, dass Urmuz von seinen Freunden mehr Schaden zugefügt wurde als von den Kritikern. Zum Beispiel habe sein alter Schulfreund G. Ciprian eine Reihe von Geschichten in Umlauf gebracht, die den Gehalt der Texte von Urmuz deutlich schmälerten und sie als »geistreiche, aber einfache Spaßmacherei« abtaten. Seine Schwester aber hofft in einem 1967 verfassten Text, er möge irgendwann unter den Unsterblichen wandeln.

Urmuz, der eigentlich Richter in Provinzstädten war, vollzog seinen Dienst auch gewissenhaft, hatte aber neben der Klavierspielerei kaum Interessen, er lebte zurückgezogen und ärmlich. Vielleicht war ihm alles zu banal, zu langweilig. Er litt unter der Absurdität menschlichen Schaffens. Er war vierzig, als er in den Büschen verschwand.

Ein Aufseher in der Nähe machte Wischbewegungen mit beiden Armen in meine Richtung, ich sollte den Friedhof verlassen, es war schon spät.

An einem der Tore wurde ich mit den letzten Besuchern von den X-Guards aus dem Friedhof gekehrt. Draußen, auf der Oltenitei-Straße, hatten die Autos ihre Lichter längst eingeschaltet, es wurde kühl, es roch nach den Abgasen alter Dacias und nach Laub, man konnte trotzdem nicht sagen, ob Frühling oder Herbst war.

Ich suchte nach einer Kneipe, aber es schien mir, als sei der November auch im gesamten Gastgewerbe der Totenmonat.

Es hatte sich ein Wolkenband über der Stadt ausgebreitet.

Jetzt zwar unsichtbar, hingen knapp überm Horizont die Venus und eine schmale, zunehmende Mondsichel, außerdem Mars im Sternbild Schütze, also war es doch Herbst. Und vielleicht hätte man einen Nebelhaufen sehen können – die Andromedagalaxie! –, aber nicht hier, im vom Licht orange leuchtenden Himmel Bukarests.

11
BERLIN-WESTEND

Der günstigste Flug brachte mich von Bukarest nach Berlin zurück in die zerrissene Bundesrepublik. Ich hielt es in den inneren Bezirken der Stadt nicht lange aus und fuhr mit der Straßenbahn hinaus ins Westend bis zum Olympiastadion, wo ich die Bahnstrecke für die Sonder-, Fan- und Fußballzüge über eine drahtige Brücke querte. Hier wehte durch die breite Schneise, die die Gleise durch den Wald schnitten, die Russenpeitsche. Vorm still daliegenden Stadion – der schrecklichsten Eisburg des Landes, in der es selbst im sommerlichen August kalt und traurig ist – bog ich nach rechts ab.

Es dämmerte bereits schwer, eine Amsel schrie ihren Gesang zwischen Holunder und Ballhortensien, jede Sekunde wurde es um eine Nuance schwärzer. Am Eingang des Friedhofs Heerstraße stand der Hinweis, das Tor wegen der Wildschweine geschlossen zu halten. Es war herbstlich kühl.

Der Friedhof Heerstraße hatte im Internet während meiner Recherchen eine erstaunlich hohe Bewertung von 4,9 von 5 Sternen, und das bei 14 Bewertungen. Er gilt, wie so viele Friedhöfe in Berlin, als Prominentenfriedhof.

Ich verfiel sofort nach Betreten des Friedhofs in Hektik, man konnte die Inschriften auf den Grabsteinen vielleicht noch für eine Viertelstunde entziffern, danach würden sich alle Konturen in vollkommener Dunkelheit auflösen. Die schnell einsetzende Dämmerung und die dunklen Grabsteine erinnerten mich an die Szene aus dem Roman *Faserland*, in der die Hauptfigur das Grab Thomas Manns in Zürich im Licht von aufflammenden Streichhölzern sucht, aber nur einen Hund in der Finsternis sieht, der auf den Friedhof kackt – vielleicht sogar auf Thomas Manns Grab.

Ich stoppte an einem Lageplan am Eingang und eilte sofort hinunter ins Feld 6H zu Thea von Harbou, und weil Berlin wieder nur Durchgangsstation für einen Tag war, hatte ich Gepäck dabei, das ich neben einem Mülleimer im Gestrüpp verstecken musste. Der Friedhof ist so angelegt, dass mehrere kleine und eine große Treppe über viele Terrassen hinunter zu einem künstlich angelegten kleinen See führen, der sich jetzt vor mir in einem trichterförmigen Krater auftat. Das war der Bauch des Friedhofs. Er lag so tief unten (zumindest kam mir das in der Dämmerung so vor), dass ich mich beim Hinabsteigen in der Dunkelheit fühlte, als würde ich, wie Dante, durch die neun Höllenkreise ins Inferno wandern, hinunter in einen inaktiven Vulkan. Das unterirdisch liegende Plateau des Friedhofs verschwand mit dem Licht, und nur ein Plätschern ging von dort aus – die letzte abendliche Bewegung des Wassers aus dem Sausuhlensee. Es roch nach nassem Laub und Feuern, und obwohl die Bäume inzwischen schon viele Blätter verloren hatten, fügten sie sich in der Dämmerung zu einem dichten Urwald zusammen.

Ich betrat den Kiesweg des zweiten Balkons und kniete vor einem Grab, an dem ich eine kleine Nummer sehen konnte – ich war richtig: In der Nähe musste Thea von Harbou begraben liegen. Ich ging ein Stück weiter, und da sah ich das Grab. Von Harbou lag mit dem Kopf hangaufwärts, die berühmteste Drehbuchautorin der Weimarer Republik. Sie hatte die Bücher zu *Metropolis*, *M.* und *Dr. Mabuse* geschrieben und war 1954, beim Verlassen eines Kinos in Berlin, das ihren Stummfilm *Der müde Tod* wiederaufführte, nach einem Sturz auf den Kinotreppen gestorben. Sie schlug sich wahrscheinlich den Schädel am noch neuen Beton der Berliner Gehwege auf.

Über Harbou wird nur noch wenig gesprochen. Vor allem, weil sie sich von ihrem Mann Fritz Lang scheiden ließ, als dieser vor den Nazis nach Kalifornien floh, und weil sie für Goebbels Drehbücher schrieb, deren Verfilmungen heute als »Vorbehaltsfilme« bezeichnet werden, also solche, die nicht für den Vertrieb freigegeben werden. Thea von Harbous Buch *Der Krieg und die Frau*, eine Novellensammlung, erreichte über einhundert Auflagen. Sie selbst war voller Widersprüche, sie lebte mit einem Inder zusammen, dem die Nazis die »Arierschaft« attestierten, und sie arbeitete trotz hoher Einnahmen freiwillig in einer Munitionsfabrik.

Ihr Film *Der müde Tod* behandelt die Geschichte eines Paars, das in einem nächtlichen Wirtshaus Unterkunft sucht. Dort sitzt alleine der Tod und nimmt den Bräutigam mit in seine Festung. Der Tod schlägt der zurückgebliebenen Frau ein Tauschgeschäft vor: Sie müsse ihm einen Ersatz für ihren Mann besorgen.

Als Fritz Lang während einer Auseinandersetzung mit seiner Frau Elisabeth diese mit seiner Browning versehentlich erschießt, ist Thea von Harbou, mit der Lang zu der Zeit eine Affäre hatte, Sache des Streits. Von diesem Todesfall inspiriert, entsteht das Drehbuch zu *Der müde Tod*.

Von Harbou lag hier jetzt schon über sechzig Jahre, man wollte sie vergessen, konnte es aber nicht – trotzdem gibt es bisher keine Biographie über sie, nur wenige ihrer Bücher sind noch im Umlauf. In ihrem letzten Roman schreibt sie: »Seit Tausenden von Jahren predigt man uns, dass es süß und ehrenvoll sei, fürs Vaterland zu sterben. Und jetzt? Jetzt wissen wir nicht, waren wir nun Helden? Oder Dummköpfe? Oder Verbrecher?«

Es gibt dumme Köpfe, die sich das immer noch fragen. Aber totschweigen sollte man auch diese Frau nicht.

Ich kniff die Augen zusammen, es war nun fast nichts mehr zu erkennen, aber dort, neben der Autorin, war seltsamerweise ein Stein aufgestellt worden, auf dem der Name des Sängers Gunter Gabriel stand.

Ich erinnerte mich, dass erst vor kurzem die Angehörigen sein Hausboot in Hamburg-Harburg zum Kauf angeboten hatten, für nur 30 000 Euro. In einem YouTube-Video mit dem Titel *Impressionen Trauerfeier Gunter Gabriel*, in dem das Hausboot von außen gefilmt wird, sieht man, dass man sich bei dem relativ niedrigen Preis nicht geirrt hatte. (Das Hausboot wurde inzwischen von dem Musiker Olli Schulz und dem YouTube-Star Fynn Kliemann gekauft. Mit unbekannten Absichten.)

In einem anderen Video mit dem Titel *Gunter Gabriel: Trauerfeier und Seebestattung (Extended Version)* sieht man, wie von der Reling des Bestattungsschiffes *Farewell II* eine Urne mit der großen goldenen Aufschrift »BIG G« in die Nordsee versenkt wird. Natürlich kam es mir seltsam vor, dass der in Bünde / Westfalen geborene, in Hannover verstorbene und in der Nordsee bestattete Countrysänger einen Grab- beziehungsweise Gedenkstein in Berlin hatte – neben Thea von Harbou! Dabei war doch eigentlich der Schlagersänger Frank Zander, der nebenan in der Eisburg den dämlichen Song »Nur nach Hause« zur Hymne erhoben hatte, die in diesen Breiten geltende Instanz. Konnte Thea von Harbou, die fest an die Überlegenheit deutscher Kultur glaubte, in dieser Ecke überhaupt noch in Frieden ruhen?

Es war egal. Auf Gabriels Stein jedenfalls stand: »Was bleibt, das sind meine Songs.« Also auch seine Texte?

Ich sang »So kommst du niemals in den Himmel« vom Album *Waschecht* vor mich hin, und dann ging ich weiter.

Weil mir nicht viel Zeit blieb, rannte ich die breite Treppe immer weiter nach unten. Auf einem der Balkone richtete ich eine umgestürzte Blumenvase auf, sie stand auf dem Grab des Schriftstellers Josef Pelz von Felinau, und ich war mir sicher, dass sie, wenn ich mich umdrehte, wieder umfallen würde.

Ich konnte die Inschriften nun wirklich nur noch entziffern, wenn ich ganz dicht an die Gräber herantrat. Ich hatte erst die Hälfte der Strecke hinunter zum Sausuhlensee geschafft, an dessen Ufern wahrscheinlich die Wildschweine ihre Gewaffe an Kiefernstämmen rund rieben, um sie mir in die Waden zu rammen. Ich bekam eine Gänsehaut und lief nach rechts auf einen der Balkone, wo ich eilig alle Gräber abschritt. Schneller als gedacht fand ich Joachim Ringelnatz' Grab im Feld 12-D-21 und eilte weiter.

Am Ende des Balkons lag Muschelkalk Ringelnatz, die »leider ein gehöriges Weib« (J. Ringelnatz) war, die ihrem Mann die nach Hause geschickte Wäsche machte, die seine persönliche Managerin und seine Quasisekretärin war und die im großen Waschkessel rührte, während Joachim fünf Monate im Jahr im *Simplicissimus* auftrat. Erst nach dem

Tod ihrer beiden Ehemänner (zuerst Ringelnatz, dann der Augenarzt Gescher) arbeitete sie selbstständig als Übersetzerin.

Ich konnte die Inschriften kaum noch entziffern, aber da stand es: Muschelkalk. *Der* Muschelkalk. Ringelnatz schrieb ihr auch so: Mein *lieber* Muschelkalk. »Ich habe dich so lieb! Ich würde dir ohne Bedenken eine Kachel aus meinem Ofen schenken.«

Muschelkalk, mit dem maskulinen Demonstrativpronomen *der*, ist laut Lexikon eigentlich die mittlere der drei lithostratigraphischen Gruppen der Germanischen Trias – aber sicherlich kein schlechter Spitzname.

Nicht weit von (oder vom) Muschelkalk entfernt liegt Ringelnatz selbst, der ihr diesen Spitznamen gegeben hatte. Über dessen Trauerfeier sagte Gescher, der spätere und zweite Ehemann von Muschelkalk (der an einer Infektion starb, die er sich bei der Augenoperation an einem Soldaten zugezogen hatte): »Jetzt liegt er da wie eine kleine gelbe Wachspuppe, mit einem friedlichen kleinen Gesicht, den Kopf auf der Seite und das rechte Ärmchen unter dem Gesicht.«

Muschelkalk wurde zusammen mit Gescher beerdigt, weil sie nicht wollte, dass man nur für sie das Grab ihres berühmten Exmannes antastete.

Hier war sie also jetzt: Muschelkalk, zu Muschelkalk werdend.

Als ich die breite Treppe zurück nach oben in Richtung Ausgang ging, kam es mir so vor, als würden sich alle Geister des Friedhofs gegen mich verschwören, um mich hinab in den Strudel zu ziehen: Wildschweine aus dem Dickicht, Kraken aus dem Tümpel, Dämonen, die hinter den Steinen lauerten. Aber all das geschah nicht, der Friedhof war vollkommen menschenleer – der erste menschenleere Friedhof überhaupt auf meiner Reise –, und bald schritt ich in einer seltsamen Stimmung von Erhabenheit hinauf zum Ausgang.

Plötzlich sah ich aber etwas, im rechten Augenwinkel, das aussah wie ein weißer runder Grabstein, der über die Balkone den Friedhof herunterrollte und gleich an mir vorbeikommen müsste. Mein Herz begann, schneller zu schlagen, ich wischte mir übers heiße Gesicht, aber noch immer kam der Grabstein auf mich zugerollt. Ich redete mir ein, jetzt bloß nichts zu tun, einfach abzuwarten. Trotzdem setzte ich meine Brille auf, und dann sah ich es: Es war eine Möwe, die im Sinkflug auf mich zukam, jetzt auch schon über mich hinwegflog und hinter mir im Teich des Friedhofs landete. Sie gab keinen Ton von sich und war alleine. Es konnte keine normale Möwe sein.

Ich bekam einen Lachanfall und ging langsam die Treppe weiter nach oben.

Ich fühlte mich plötzlich sehr wohl im sinnentleerten deutschen Herbst – schon wieder ein Lachanfall auf einem Friedhof! Ich fühlte mich so wohl, dass ich an meinem Gepäck vorbeiging, das ich im Gestrüpp versteckt hatte, und schon fast wieder in Hamburg war, bis ich merkte, dass ich es bei Thea von Harbou gelassen hatte. Bei Harbou und Muschelkalk, bei Loriot, bei Gunter Gabriel, George Grosz und der Möwe – auf dem an diesem Abend schönsten Friedhof der Welt.

12
BAD OLDESLOE

DIE UMGEBUNG DER MARIENSTRASSE in Hamburg-Harburg ist vor allem bei Nieselregen an Scheußlichkeit in Deutschland kaum zu überbieten. Es gibt nicht wenige Menschen, denen das Grau, Braun und Grün süd-, west- und ostdeutscher Sedimentgesteine lieber ist als Torfbrandklinker, die sich beim Anblick von Rotklinker zutiefst deprimiert fühlen.

Hier, in der Marienstraße, wuchs nicht nur der Künstler Heino Jaeger auf, hier gründete sich Ende der neunziger Jahre auch die Hamburger Zelle, das salafistische Terrorkommando, das am 11. September 2001 ihren im Nachhinein zwar immer noch erschreckenden, aber beinahe altmeisterlich wirkenden Terroranschlag gegen die USA ausführten. Vielleicht ähnelte dieser Anschlag in gewisser Weise sogar den Gemälden und Texten Jaegers – und vielleicht hatte die Marienstraße etwas damit zu tun.

Während das Grab des gegen Ende seines Lebens verarmten und anonym bestatteten Jaeger auf einem Bad Oldesloer Friedhof langsam in Vergessenheit gerät, steht dort, wo Mohammed Atta, Ramzi Binalshibh, Hani Handschur und Co ihre spätsommerliche und frühjahrtausendliche Einäscherung betrieben, ein neuer, über fünfhundert Meter hoher Superwolkenkratzer, ein Freiheitsturm, ein Mahnmal *gegen* den Terror, der aber trotzdem den Terrorismus, Atta und die Marienstraße in Hamburg-Harburg immer mitdenkt.

Heino Jaeger war schon vor seinem Tod beinahe aus dem kulturellen Gedächtnis verschwunden. Bevor er seine Wohnung und das in ihr gelegene Atelier aus Protest gegen die laute Nachbarin durch nicht ordentlich ausgedrückte Zigaretten in Brand steckte, total zerstörte und in verschiedenen Psychiatrien und Sozialeinrichtungen seine letzten Jahre verbrachte, war er in Hamburg *anwesend*. Eine der letzten Anekdoten über ihn stammt von Olli »Dittsche« Dittrich, der eine Begegnung mit Jaeger im Alsterhaus beschreibt: Dort stand Jaeger angeblich immer in der Abteilung für Konserven- und Suppendosen und las sich die auf den englischen Dosen aufgeprägten Texte durch, wobei er immer wieder laut lachen musste. Dittrich, der das erst nicht verstehen konnte, stellte sich dann auch vor das Regal, nahm eine Dose heraus, und beim dritten Durchlesen musste auch er lachen.

Irgendwann nach dieser Begegnung und der letzten Ausstellung Jaegers im Archäologischen Museum in Harburg verschwand dieser – nackt und dampfend vor seinem Wohnhaus auf und ab gehend, die Feuerwehr herbeiwinkend – in einer sozialpsychiatrischen Facheinrichtung in Bad Oldesloe.

Im Archäologischen Museum sind noch Schaukästen von ihm übrig geblieben. Die braune Fußmatte von Atta liegt noch auf dem Speicher in der Marienstraße, die Nachmieter haben ein Bild der New Yorker Skyline *vor* den Terroranschlägen im Flur aufgehängt; und das Hausboot von Gunter Gabriel, das hier um die Ecke am Kanal liegt, ist auch verkauft worden. Und weil es in Harburg nieselte, nahm ich den nächsten Zug nach Bad Oldesloe, zum Grab von Heino Jaeger.

Der 1938 in Harburg geborene Heino Jaeger, Sohn von Hein Jaeger, hat etwas gemeinsam mit dem amerikanischen Schriftsteller Kurt Vonnegut: Beide betrachteten 1944, wahrscheinlich aus unterschiedlichen Winkeln, die Luftangriffe auf Dresden. Jaeger sagt in seinem Text *Heino Jaeger über Heino Jaeger: Lebenslauf*, dass seine Fiberglasskulpturen leider im Ersten Weltkrieg in Belfast und bei Montreal umgekommen seien, und er meint mit Fiberglasskulpturen wahrscheinlich einen Teil seiner Seele und mit Belfast und Montreal Dresden. Vonnegut schreibt 1945 in etwa Folgendes an seine Familie: »Die Luftangriffe haben eine Viertelmillion Menschen getötet und komplett Dresden zerstört – wahrscheinlich die schönste Stadt der Welt. Mich aber nicht.« Was brennende Türme mit der Imagination eines werdenden Schriftstellers anstellen, ist nicht abzusehen.

Am Bahnhof von Bad Oldesloe angekommen, wählte ich den direktesten Weg zur sozialpsychiatrischen Facheinrichtung Haus Ingrid, wo ich mit der letzten Mitarbeiterin im Haus verabredet war, die Heino Jaeger noch persönlich gekannt hatte.
Sie stellte mir einen schwarzen Tee hin, dann versuchte ich sie auszuquetschen, ich wollte irgendwelche Anekdoten über Jaeger erfahren, aber sie rückte nicht mit der Sprache raus, beziehungsweise gab mir zu verstehen, dass Heino Jaeger introvertiert gewesen sei, Schokolade gegessen und Zigarillos geraucht habe, dass sie gemeinsam im Hansapark gewesen seien (davon zeigte sie mir Fotos) und dass er dann,

nach knapp zehn Jahren im Haus Ingrid, an den Folgen eines Schlaganfalls gestorben war. Es fielen Worte wie »Alltagsfähigkeit«, »Entmündigung« und »Chronifizierung«, es war die Rede von der Psychiatrie in Ochsenzoll und dem Korsakow-Syndrom.

Ich schaute nach draußen. Auf dem Dach von Haus Ingrid versuchten gerade mehrere Männer einen großen Tannenbaum aufzustellen und gerieten dabei ins Wanken. Auf dem gesamten Kontinent war es sehr nass, sehr mild und sehr trüb.

Ich wollte von der Psychologin wissen, was passierte, wenn ein entmündigter, am Korsakow-Syndrom leidender Schriftsteller und Künstler mit chronifizierten Krankheiten starb und beerdigt werden musste.

»Bei Jaeger kam es zu dem nicht seltenen Fall – das stand auch in der Biographie, die dieser Pistorius über ihn geschrieben hat –, dass sich natürlich kein Kostenträger für die Beerdigung gefunden hat und dann irgendwann das Ordnungsamt anrief, weil Herr Jaeger nach einer gewissen Zeit unter die Bestimmungen des Bundesseuchengesetzes fällt, also schnell und eben anonym beerdigt werden musste. Aber das ist ganz normal, das hat er in der Biographie nur überdramatisiert.«

Hinter mir ging die Tür auf, eine Frau unbestimmbaren Alters trat langsam auf mich zu, sie hatte einen Igel aus Ton in der Hand. Dann, als sie hinter meinem Stuhl stand, beugte sie sich über mich und übergab der Psychologin den Igel.

Ich trank meinen Tee aus, bedankte mich, schob mich an den beiden Frauen vorbei in die Eingangshalle, wo mehrere Heimbewohner herumsaßen, die mich alle misstrauisch anblickten, wie ein neues, ihnen unbekanntes Mittagsgericht, und dann ging ich die Straße hinunter zum Bad Oldesloer Friedhof.

Ich traf dort eine Stunde später, nachdem ich in einer nahegelegenen Friedhofswirtschaft ein Bier getrunken hatte, den Friedhofsverwalter, einen leicht zum Fanatismus neigenden und trotzdem rationalen Menschen mit roten Haaren, jugendlichem Gesicht, lockerer Aussprache und, so kam es mir im Nachhinein vor, leidenschaftlicher, fast schon hyperventilierender Obsession, wenn es um Fragen rund ums Thema Friedhöfe ging.

Er führte mich zuerst durch die Gänge des Verwaltungsgebäudes.

»Ich hab hier mal ein paar Bilder aufgehängt von Jaeger«, sagte er und zeigte auf mehrere Drucke, die in einem dunklen Flur hingen. Draußen ging ein großer Regen nieder.

»Falls mal jemand kommt und fragt – wie Sie! –, dafür sind die da. Aber das meiste von Jaeger hat mir nur *middelgut* gefallen, aber das hier«, sagte er und zeigte auf ein Gemälde von Jaeger, »das ist echt was Irres.«

Wir betrachteten zusammen das Bild, auf dem vier Tiere aus der Gattung der Gliederfüßer in Anzügen vor einer dampfenden Schüssel voll mit Miesmuscheln saßen.

Jaeger malte, aber bekannt wurde er mit seinen Radioserien *Das aktuelle Jaegermagazin* und *Fragen Sie Dr. Jaeger*, die einen so gehobenen Komikverstand voraussetzen, dass man sie erst – sagen wir mal – ab Mitte / Ende zwanzig vollständig zu begreifen scheint. Ungefähr zu dem Zeitpunkt also, wo einem die meisten Dinge nicht mehr (und nicht schon wieder) egal sind.

In seiner Satire auf Sportberichterstattungen (und in diesem Fall auf eine Olympia-Eröffnungsfeier), die ich als Text nicht finden konnte, aber von der ein Livemitschnitt existiert, heißt es: »Ein Spielmannszug in Türkis, dahinter der sudanesische Botschafter, die Mädchen in kurzen Hosen – so als wollten auch sie sagen: ›Wir sind einfach auch mit dabei.‹ Nun das Brigardecorps der libyschen Seestreitkräfte in Hellrot – nein! –, in Silbergrau. Eine Staffel berittener Flieger aus Turkestan, dahinter der Kinderminister aus Kamerun in Hellblau und die Fackelträger mit dem Sarkophag des Prinzen von Agadir. Nun werden Tausende und Abertausende von Seemöwen aus Körben fliegen gelassen. Zwei Störche – drei!, vier! –, nein, es sind zwei Störche mit dabei.«

Heute ist Heino Jaeger so gut wie vergessen. Seine gesammelten Texte wurden vor fünfzehn Jahren bei Kein & Aber herausgegeben, die Taschenbuchausgabe bei Rowohlt wird aber schon nicht mehr neu aufgelegt. Und weil das so ist, sagt Loriot: »Wir haben ihn wohl nicht verdient.«

Der Friedhofsverwalter erklärte mir, warum ihn diese und andere Gemälde beeindruckten, andere weniger. Er hatte eine kleine Galerie aufgebaut, auch mit den Werken des hier begrabenen Malers Carl Christian Thegen. Diese schienen ihm auch nicht sonderlich zu gefallen. (Beinahe kam es einem so vor, als fühlte er sich verpflichtet, den beiden größten Künstlern seines Friedhofs in einem Minimuseum noch einmal, neben dem Grab, die Ehre zu erweisen, um ihre Seelen zu besänftigen.)

»Und dort habe ich noch ein paar von Carl Christian Thegen, kennen Sie den? Der ist hier auch begraben, aber da wird es dann schon eng bei uns mit Berühmtheiten«, sagte er nachdenklich. »Obwohl, kommen Sie mal mit, ich zeige Ihnen ein paar.«

Gemeinsam gingen wir durch den kalten Herbstregen über den Friedhof. Ich brauchte gar nichts zu sagen.

»Im Moment muss ich mir noch keine Sorgen wegen der Todeszahlen machen, die werden im Laufe der nächsten zwanzig oder dreißig Jahre konstant bleiben. Aber«, sagte er und zeigte kurz lächelnd auf einen Habicht, der über uns hinwegzog, »spätestens dann spüre ich hier wahrscheinlich zum ersten Mal den Pillenknick.«

Gott sei Dank, dachte ich.

»Aber wir brauchen sowieso immer weniger Platz wegen der steigenden Anzahl der See- und Baum- und Urnenbestattungen. Wir sind schon eher Landschafts- als Grabpfleger. Vielleicht dauert es auch nicht mehr lange, bis nur noch im Internet getrauert wird.«

Der Friedhofsverwalter ging einen strammen Schritt. Für ihn gab es hier keine Irrwege. Nach wenigen Minuten standen wir am Grab von Carl Christian Thegen.

»Galt als extrem primitiv«, sagte der Friedhofsverwalter und zeigte aufs Grab. »Aber ein paar seiner Bilder hängen im Museum of Modern Art in New York, Naive Kunst nennt man das wohl. Aber er war sein ganzes Leben lang Viehtreiber, und gestorben ist er, weil er nachts aus einem Heuschober gefallen war. Durch die Bodenluke. Aus.«

Neben dem Grab stand eine kleine vom Friedhofsverwalter aufgestellte Tafel mit Informationen über den Verstorbenen. Eine ähnliche Hinweistafel hatte er an einer in der Nähe befindlichen Begräbnisstätte aufgestellt, dort lagen, neben- und übereinander, die »Hüllen der lieben Harmstorf«, allen voran Raimund Harmstorf, der in den siebziger Jahren die Hauptrolle in der Serie *Der Seewolf* gespielt hatte und dann aufgrund seiner psychischen Erkrankung von der *Bild*-Zeitung gejagt wurde, bis er sich (mit Ankündigung!) das Leben nahm.

»Früher stand der Friedhof, sozusagen als Parkanlage, über dem Grab des Einzelnen, die Grabstätten hatten sich also mehr oder weniger einzufügen in die Landschaft. Irgendwann begann aber das Brüsten, und die Grabsteine und die Lagen waren wichtiger als das System. Und heute ist es so, dass eigentlich alles scheißegal ist. Das ist die neue Friedhofsästhetik«, sagte der Friedhofsverwalter.

Er sagte das ein wenig resigniert. So, als würde er nicht an eine Zukunft des Friedhofs glauben. Und ohne dass ich darauf zu sprechen kam, sagte er es selbst:

»Es ist so: Friedhöfe sind für die meisten keine Attraktionen, sie sind kein Ort der Ruhe, des Friedens, sondern einfach nur Plätze alter Schauermärchen.«

»Wollen Sie die Menschen denn auf den Friedhof locken?«

»Ja! Wir haben hier vor kurzem auch eine Lesung gehabt. Zum Gedenken an Heino Jaeger. Da waren Rocko Schamoni da und Jaegers Biograph Pistorius.«

»Sie können ja auch Filmabende veranstalten, um den Leuten den Schrecken vor Friedhöfen zu nehmen«, sagte ich. »So wie in Los Angeles auf dem Hollywood Forever Cemetery.«

»Zum Beispiel, ja! Wenn ich mit meiner Familie im Urlaub bin, dann gehören Friedhöfe auch einfach dazu.«

Wir gingen durch große schlammige Pfützen ins Dickicht.

»Da wären wir. Da ist das Grab von Herrn Jaeger«, sagte der Friedhofsverwalter und zeigte auf einen einfachen Grabstein, der im Gras am Boden lag.

»Das ist der günstigste, den bekommt man für knapp 600 Euro.«

»Aber Jaeger wurde doch anonym bestattet«, sagte ich, »hat man da überhaupt einen?«

»Also, wenn du anonym bestattet wirst, dann hast du natürlich erst mal gar nix. Ich markiere dann hier unten nur, mit einem kleinen Schildchen, dass da jemand liegt. Bei diesem Grabstein ist das etwas anders, den hat eine Frau ihrem Mann, der großer Jaeger-Fan war, zum Geburtstag geschenkt.«

»Sie hat Heino Jaeger einen Grabstein gekauft, als Geschenk für ihren Mann?«, fragte ich.

»Richtig. Der war Zahnarzt aus Lippe oder irgendwas, keine Ahnung. Sie war jedenfalls auch mal hier, ich hab sie zum Grab gebracht, und dann hat sie sich darüber aufgeregt, dass er keinen Grabstein hat. Meiner Meinung nach kann sie das auch. Vor allem weil es da mal einen Freund von Jaeger gab, der irgendwie nicht in der Lage war, seinem Kumpel hier mal einen hinzusetzen, obwohl er sich sonst immer so großartig damit brüstet, der wichtigste Heino-Jaeger-Kulturbewahrer zu sein. Aber dann seinem Kollegen hier nicht mal einen Grabstein gönnen … da hätte er einfach gesammelt oder was weiß ich. Da schäme ich mich doch für.«

»Und wann wird das Grab hier verschwinden?«, fragte ich.

»Wenn ich sehe, dass hier immer wieder Leute herkommen und es noch regelmäßig besucht wird, dann könnte ich das nicht ertragen, das Grab aufzulösen. Außerdem ist dann auch ein Ehrengrab möglich, das könnte ich beantragen.«

»Ist es also notwendig, dass Jaeger auf ihrem Friedhof zur Unsterblichkeit gelangt?«, wollte ich wissen.

Der Friedhofsverwalter schaute mich an, auf seinem Gesicht zeigte sich keine einzige Falte.

»Ja, könnte man so sagen.«

Wir liefen am Grab der fast einhundert Jahre alt gewordenen Olympia-Schwimmteilnehmerin Ursula Oehmke vorbei. Über den Friedhof zog eine tiefhängende dunkle Küstenwolke, aus der mit Unterbrechungen heftige Regengüsse herausflossen. Ich begleitete den Friedhofsverwalter in sein Büro, er hatte nichts dagegen. Wir kamen noch einmal auf Rituale zu sprechen, und auch auf das gesteigerte Interesse an Feuerbestattungen.

Der Friedhofsverwalter von Bad Oldesloe formte häufig mit Daumen, Zeige- und Mittelfinger ein Oval und rieb die Finger aneinander. Das tat er immer, wenn es um Geldfragen ging, also sehr häufig. Auch als es um die neuen Urnengräber unterm Hamburger Dom ging, deren Errichtung sehr, sehr viel Geld gekostet hatte.

»Kennen Sie das Kolumbarium im Hamburger St.-Marien-Dom?«, fragte er mich.

Ich hatte noch nie etwas davon gehört.

Er drehte den Bildschirm auf seinem Schreibtisch ein wenig zu mir um, dann scrollten wir gemeinsam durch die Ergebnisse seiner Bildersuche. Ein in Gold und Brauntönen, also aus Kupfer bestehender Urnenschrank im Halbrund, unterirdisch in den Gewölben des Doms liegend.

»Wenn man sich überlegt, dass man bis in die Siebziger im Katholizismus nicht feuerbestattet werden durfte, dann ist das schon geil, das Ding«, sagte er und drehte seinen Bildschirm wieder zurück.

»Aber ist nicht in der Asche sowieso das Salz der Herrlichkeit, das notwendig ist für die Auferstehung?«, wollte ich wissen.

»Wissen Sie – das stimmt. Das Feuer muss Geist und Seele vom verfaulten Leib trennen«, begann er eine umfassende Rede, und ich hörte ihm gerne zu.

Der Nachmittag verlief sich im Geplauder, draußen hörte es nicht auf zu regnen, und ich blieb noch eine Weile sitzen.

So verging das erste Jahr meiner Suche.

13
CONSTANŢA

NACH DER BEGEGNUNG MIT DEM Friedhofsverwalter von Bad Oldesloe besuchte ich für den Rest des Jahres keinen Friedhof mehr, und fast schien es mir, als müsste meine Reise hier schon zu ihrem vorzeitigen Ende kommen.

Erst zu Beginn des darauffolgenden Jahres kamen die Energieschübe zurück, und ich verabredete mich für die Zeit der südosteuropäischen Schneestürme mit Marius, der schon mit mir in Hamburg-Nienstedten an den Gräbern von Fichte und Jahn gestanden hatte, und mit Pascal – einem der wichtigsten Beobachter unseres Landes – in Bukarest. Von dort aus wollten wir uns endlich auf die Spuren des Grabs von Ovid begeben, den ich im Herbst zuvor übergangen hatte.

In Bukarest betrachtete uns niemand, obwohl Pascal und Marius, beide riesengroß, mit ihren unterschiedlichen Frisuren (lange Haare und Halbglatze), den Brillen mit Titanrahmen und den schweren schwarzen Jacken, in Kombination mit mir – ich trug einen Ledermantel, schwere Stiefel und hatte Augenringe bis zur zehnten Rippe – aussahen wie eine dunkle terroristische Mischung aus nihilistischen Mitgliedern der Trenchcoat-Mafia und albanischen Freischärlern.

Im nach der Reise verfassten Gedicht »Nach Ovids Grab« fragt Pascal den imaginierten Leser: »Wissen Sie noch, was Sie am 11. Januar 2019 gemacht haben? Natürlich nicht.«

Und so war es. Wir dachten, dass man sich am Ende seines Lebens an keinen einzigen Januar würde erinnern können, weil diese Monate zu Beginn eines jeden Jahres so ähnlich grau und unselig waren wie immer und sich selten voneinander unterschieden, also musste man etwas tun.

Wir fuhren, mit dem Zug aus Bukarest kommend, über die verschneite Baragan-Steppe Richtung Constanța. Was hier vor sich gegangen war, erschien uns, auch während wir zu dritt auf unseren Smartphones das Internet nach Informationen durchpflügten, schleierhaft: Noch nie hatten wir von Mircea dem Älteren gehört, wussten nichts über die Prinzessin Chiajna und Peter mit dem Ohrring und hatten auch noch nie etwas von Mihnea dem Schlechten und Constantin Brancoveanu gelesen. Und doch hatten alle hier gewütet, sich gegenseitig in Stücke gehauen im Kampf um die religiöse Vorherrschaft in Europa. Wir stellten uns die Opfer vor, gepfählt und zerstampft, die blutrote Sonne, typisch, wie sie aufging nach verlustreichen Schlachten in der Walachei, und wir dachten an die Elefanten in den transsilvanischen Hügeln von Schäßburg.

Von einer uns in der vorigen Nacht selbst zugefügten Vergiftung noch nicht vollkommen wiederhergestellt, sprachen wir auch über unseren schlechten Schlaf, die langen Weihnachtsferien, über goldene Bücher und die Europäische Union. Denn als wir eine halbe Stunde zuvor Bukarest verlassen hatten, galt die Aufmerksamkeit dort nur Juncker und Tusk und der EU-Ratspräsidentschaft Rumäniens, die man heute Abend einläuten würde – und natürlich redeten auch alle über die Risiken, die das barg; richtig wohl fühlten sich in ihren Rollen weder Außenstehende noch Beteiligte.

Aber jetzt saßen wir uns gegenüber, in dicke Wintermäntel gehüllt, und waren auf dem Weg zu Ovids Grab am Schwarzen Meer. Pascals goldener Zahn leuchtete im Licht des vor den Fenstern taumelnden Schnees, der Zug fuhr sehr langsam. Marius hatte eine Plastiktüte in seinem Schoß liegen, darin befand sich eine Flasche Rotwein der Marke *Lacrima lui Ovidiu* – Träne des Ovid.

Der Zug fuhr durch eine von Donauausläufern überschwemmte Sumpflandschaft. Wir sahen schwarze Zugwracks im weißen Schnee, die bei uns Bilder von psychischen Entgleisungen hervorriefen.

»O Gott, o Gott«, sagte Pascal und nahm damit zum ersten Mal an diesem frühen Vormittag Worte in den Mund, die schon vorhersagten, dass diese Reise für uns zur seelischen Höllenfahrt werden würde.

Kaiser Augustus verbannte den römischen Dichter Ovid 8 n. Chr. in die Stadt Tomi, in das heutige Constanța, an den äußersten Rand des Römischen Reichs – aber man weiß bis heute nicht genau warum. Ovid selbst beschreibt den Grund seiner Verbannung mit den Worten »carmen et error«, also »Gedicht und Irrtum«. Der offizielle Grund war die Veröffentlichung seiner Sex-Dichtung *Ars amatoria*, die er allerdings schon einige Jahre vor seiner Verbannung verfasst hatte. Auch wenn eigentlich andere Gründe hinter seiner Reise ins Exil lagen (wahrscheinlich eine Kuppelei zwischen ihm und Augustus' Enkeltochter, die zur gleichen Zeit verbannt wurde, oder die heimliche Beobachtung sexueller Exzesse und Ausschweifungen im Kaiserhaus), kam Ovid die Rolle als missverstandener Künstler recht, auch als Basis für noch zu schreibende Werke. An der Küste verfasste er, neben den *Tristia*, einem fünfbändigen Buch, in dem Ovid nur kryptisch über die Gründe der Verbannung spricht, auch deren Nachfolger *Epistulae ex Ponto – Die Briefe vom Schwarzen Meer*, ein weiteres vierbändiges Buch in Briefform.

Ovid wollte zwar immer nach Rom zurückkehren, aber es half kein Bitten und Betteln: Der Dichter hing Augustus und seinem Gefolge in den Briefen vom Schwarzen Meer weinend und flehend, über Tausende Kilometer hinweg, symbolisch am Rockzipfel, indem er sie in knapp eintausend Versen dazu ermunterte, ihn, wenn schon nicht zurück nach Rom, dann doch wenigstens an einen wirtlicheren Ort strafzuversetzen.

Er spricht gequält von Schlaflosigkeit, schwachen und verzärtelten Kräften, Magerkeit und Essstörungen. Den Wein musste er, anders als in Rom, mit einem Beil in Stücke hacken und lutschen, die Schneedecke schmolz nie, seine Haare klirrten, überall hingen Eiskristalle. Und über das manchmal gefrorene Meer fuhren Bessen und Geten mit ihren Streitwagen auf neugeformten Straßen, um die Einwohner von Tomi mit in Schlangengift getauchten Pfeilen anzugreifen. Alles in allem: »Ein unliebenswürdiger Ort, und es kann nichts Düsteres geben auf dem ganzen Erdkreis.«

Ovid geht sogar so weit, dass er Tomi mit dem Totenreich gleichsetzt und sich im vierten Buch der *Tristia* selbst eine Grabinschrift meißelt: »Wer ich war, ich, der spielfreudige Dichter von Geschichten über zarte Liebe, vernimm, damit du weißt, wen du liest, Nachwelt.«

Da viele der oben genannten Szenen aus Ovids Briefen aus der Verbannung in ähnlicher Form auch in Vergils *Georgica* auftauchen (zum Beispiel der gefrorene Wein) und Ovids poetisches Ego stellenweise an eine Mischung aus Achill, Odysseus und Aeneas erinnert, sind natürlich auch Theorien denkbar, nach denen Ovid nie im Exil gewesen war und die ganze Geschichte nur in irgendeiner gemütlichen Ecke des Römischen Reichs erfunden hat.

Katharina II. behauptet, sie habe das Grab noch Ende des 18. Jahrhunderts in den Ruinen von Tomi unter Schlingkraut ausmachen können und sich verpflichtet gefühlt, es zu erhalten. Aber das Ende des 18. Jahrhunderts ist lange her, und seitdem fiel Constanța vom Osmanischen Reich an Rumänien, wurde im Ersten Weltkrieg von den Mittelmächten besetzt, von den Alliierten befreit und im Zweiten Weltkrieg wiederum von ihnen zerstört. Katharina war da schon hundertfünfzig Jahre tot und ihre mythischen zweiundzwanzig Liebhaber auch, und *dann* kam erst der Kommunismus.

Also, wie sah sie jetzt aus, die Stadt, und wie sahen die Ruinen von Tomi aus?

Nach zwei Stunden erreichte der Zug unser Ziel. Als wir die Bahnhofshalle verließen, bremste uns eine unheimliche Energie, ein großer negativer Magnet setzte uns außer Gefecht. Wir waren augenblicklich so betäubt, dass wir nicht sagen konnten, ob wir noch am Leben oder schon wie Orpheus durch das tänarische Tor zu Styx in die Tiefe gestiegen waren. Marius, der grau anlief und sprachlos neben mir stand, verspürte beim Anblick einer Frau mit zerkratztem Gesicht eine, wie er später sagte, »starke Panik, mit typischen Zeichen eines Nervenzusammenbruchs«.

In Pascals Gesicht machte sich ein Zweifeln bei gleichzeitiger Abwesenheit breit, und diese erschreckende Kombination hatte ich so noch nie bei jemandem gesehen. Wir stellten alles in Frage: unsere Leben, die Beziehungen, die wir führten, das Menschsein.

Während die anderen mit Trauer und Angst zu kämpfen hatten, überkam mich selbst, neben Schwindelgefühlen, starkes Heimweh. Noch nie hatte ich mich so sehr nach so vielen unterschiedlichen Orten gesehnt wie auf dem Bahnhofsvorplatz von Constanţa.

Aber wir kehrten nicht um, sondern schleppten uns langsam den Ferdinand-Boulevard entlang Richtung Meer. Vor einem bunten Leuchtschild, das auf eine kardiologische Klinik hinwies, blieben wir stehen und schauten von dort aus auf den Hafen von Constanţa hinab.

»Was hat sich der liebe Gott nur dabei gedacht«, sagte Pascal, und wir lachten nervös.

Ich machte ein Bild. Später sah ich es mir an, es sah aus, als hätte es mein Bruder mit demselben Schwarz-Weiß-Film geschossen, mit dem er mich zu Beginn meiner Reise am Grab von Robert Gernhardt fotografiert hatte. Es gab nur diese Grautöne, die rostigen Schaufelkräne, und selbst die rot und gelb leuchtenden Signale an den Toren der Hafenhangars schienen farbloses Licht auszustrahlen.

Zwischen uns begann eine lange Phase des Schweigens. Seit der vergangenen Nacht tönten immer wieder Worte durch meinen Kopf, die mich daran hinderten, klare Gedanken zu fassen. Wie in Sebalds *Schwindel. Gefühle.* – einem unserer gemeinsamen Lieblingsbücher, in dem der Erzähler sich an den Rand des Wahnsinns gedrängt fühlt, weil er die Worte »der südwestdeutsche Raum« nicht mehr aus dem Kopf bekommt – erging es mir seit den späten Nachtstunden, weil mir sowohl der Name des transsilvanischen Dorfs »Patarlagele«, als auch Pascals Instagramname, *abject. pascal*, in nicht endenden Wellen – mal stärker, mal sanfter – durchs Hirn schwappten.

»Was bedeutet abjekt?«, fragte ich Pascal, und er lächelte zur Antwort.

Marius sagte etwas Ähnliches wie »*abiectus*, Julia Kristeva – aber aus Bulgarien« (ich verstand ihn nicht richtig), und dann zeigte er auf mehrere sich am linken Straßenrand auftuende Ruinen. Wir überquerten die Straße, ein Kind kam uns entgegen und streckte uns in der Nähe der Ruinen die Zunge heraus, aber das konnte nichts bedeuten.

Wir konnten nirgendwo einen Hinweis darauf finden, um was für Ruinen es sich hier handelte. Wir stiegen über schlammige, angefrorene Pfützen und nasses Gras und blieben vor einer geöffneten Steingrotte stehen. Der Deckel, der ihren Eingang ursprünglich verdeckt hatte, war auseinandergebrochen und in die Gruft gefallen, wir konnten also in den darunter liegenden unterirdischen Gang blicken, aber an dessen Eingang stapelte sich meterhoch der Müll: Autoreifen, Plastiktüten, Aluminiumverpackungen und Boxen mit Rattengift. Zum ersten und letzten Mal an diesem Tag glaubten wir, vor Ovids Grab zu stehen – zum zweiten und vorletzten Mal an diesem Tag mussten wir lachen.

»Das wird das hier nicht sein«, sagte ich. »Das ist bestimmt nicht Tomi.«

»Glaube auch«, sagte Pascal. »Die Steine hier sehen aus, als seien sie in China gefertigt worden.«

Aber wir hatten uns getäuscht – das war Tomi! Überall war Tomi, jeder aus der Erde ragende Stein, alle Grüfte und jedes Mäuerchen waren Tomi – wir waren nur zu schwach, um uns genauer umzusehen, wir waren wie gelähmt. Verzärtelungen hatten uns wie Ovid im Griff, und wir schlichen weiter.

Die Innenstadt wirkte, als würde sie in einer Tropfsteinhöhle liegen, es war dunkel, und es nieselte, die braunen und grünen Fassaden der Häuser glitzerten vor Nässe, und es roch nach Schimmel. Wir begegneten fast niemandem, und wenn, dann nahmen sie keine Notiz von uns. Nur die Kinder schienen, trotz ihrer Größe, auf uns herabzuschauen. Über uns hingen schwarze, mit Möwen gespickte Krim-Wolken, die ins Landesinnere nach Bukarest hetzten – zu Jean-Claude Juncker und Donald Tusk, um sie in einem Schneesturm zu begraben.

Dann kam die Küste, der Höhlensee. Unsere Gesichtszüge entgleisten kurz, und dann erstarrten sie komplett. Das Schwarze Meer schwappte. Das große, im Jugendstil gehaltene Casino – ein Wahrzeichen der Stadt, eine Art Le Mont-Saint-Michel des Glücksspiels – war eingerüstet, die Hotels waren geschlossen, niemand zeigte sich an der mit einer dünnen Schicht Eis überzogenen Seepromenade. In der Nähe des Casinos war ein Gebäude in einen Hügel gegraben, das von vorne wirkte wie eine Imbissbude, aber das ein Vivarium war. Wir gingen hinein, ich zahlte, Pascal und Marius liefen vor und verschwanden im schwarzblauen Licht, sie stürmten aber nach zehn Sekunden mit den Worten »Wir können das nicht, wir können das jetzt nicht« an mir vorbei nach draußen, ich hatte gerade das Wechselgeld eingesammelt.

Ich winkte ab und ging alleine los, um mir die Fische anzuschauen. Aber schon hinter den dicken Gläsern des ersten Wassertanks blickte mich ein Mondfisch an, ein Fisch mit so menschlichen Augen, als hätte er einen Menschen verschluckt, der ihm von innen die Augen ausgeschabt hatte, um durch die entstandenen Löcher hinauszusehen. Kurz bildete ich mir deshalb ein, dass das menschliche Auge in diesen Augenhöhlen jetzt verschwand und sich ein Zeigefinger hindurchbohrte, um mir ein Zeichen zu geben.

Genauso schnell wie Marius und Pascal verschwand ich aus dem Aquarium, die Frauen am Schalter lächelten hämisch.

Wenig später standen wir Schulter an Schulter an der Uferpromenade und betrachteten schweigend das Schwarze Meer. Ich dachte daran, dass ich mich mit den beiden zwar sehr gut verstand, aber sie noch nicht so lange kannte, dass ich mir sicher sein konnte, was passieren würde, käme es hier in Constanța zu irgendeinem Notfall.

»Diese Stadt, die wir hier erleben, und dieses Meer – das ist im Moment nicht wirklich Constanța, und im Moment ist das nicht wirklich das Schwarze Meer, es sind andere Meere und andere Städte, es sind Unglücksgefühle«, sagte Marius, und erst dachte ich, er hätte ein Buch von Peter Handke dabei, aus dem er das vorlas, aber solche Nachkriegsliteraturgedanken kamen ihm hier wirklich.

Dann drehten wir uns um und entkamen dem Sog des Meeres und blickten nicht mehr zurück.

Stattdessen schauten wir uns auf unseren Handys Bilder von den gefrorenen Februarfluten an. Über diese Eisebene waren also die Feinde geritten, die auch Ovid mit Waffengewalt abwehren musste.

»Was tummelt sich heute dort auf dem gefrorenen Meer?«, fragte Pascal.

»Nicht viel, aber untendrunter, da tummelt sich sehr viel«, sagte Marius.

»Ja«, sagte ich. »Aalfamilien.«

Nachdem wir von den Uferpromenaden aus einen Balkon bestiegen hatten, sahen wir sie endlich, die eingerahmten Ruinen von Tomi. Eine gräuliche, nur wenige hundert Quadratmeter umfassende Ansammlung von zerfallenen Mauern; ein weißes Wärterhäuschen am Rand und ein Schild, das verblichen und mit Asterix-und-Obelix-Schrift auf die Überreste hinwies. Man konnte, einfach so, ein kleines Tor öffnen und über die Reste von Tomi hüpfen, niemand hielt uns auf, der Wärter in seinem Häuschen kaute gelangweilt an irgendetwas herum. Marius, Pascal und ich sagten kein Wort.

Angeblich wurde der Scherbenhaufen, auf dem wir standen, vom Vater der *Medea* gegründet. Und als wir genauer hinsahen und überlegten, erkannten wir, dass es vollkommen ausgeschlossen war, hier irgendwo das Grab von Ovid zu finden, und dass es auch vollkommen ausgeschlossen war, dass Katharina II., Zarin von Russland, hier vor zweihundertfünfzig Jahren noch das Grab hinter Schlingpflanzen entdeckt hatte, und dass es sogar beinahe vollkommen ausgeschlossen schien, dass hier ein römischer Dichter vor zweitausend Jahren irgendetwas geschrieben hatte, während er gefrorenen Rotwein lutschte.

»Ich möchte wenigstens noch«, sagte ich und schluckte, »ich möchte wenigstens noch die Ovid-Statue anschauen.«

Also gingen wir weiter, stadteinwärts zum großen Platz, an dem das Nationalhistorische Museum lag, dort stand auch die Statue, die traurig auf die Besucher herunterblickte und in uns ein wirklich schlechtes Gefühl verursachte.

Über den uns immer seltsamer vorkommenden Ausflug in die Stadt am Ende der Welt sagt Pascal in seinem später verfassten Gedicht: »Aber jetzt – / Europa am Ende / das schlechte Gefühl / die erdabgewandte Seite der Geschichte.« Und er sagt: »Jeder Mensch kennt das ja / glaube ich / so ein richtig schlechtes Gefühl.«

Beim Betreten des Nationalhistorischen Museums hielt ich einem Kind die Tür auf, auch dieses Kind zeigte uns seine Zunge, aber das war schon ein so geringer Grusel, dass er uns kaum berührte. Pascal zahlte den Eintritt und verschwand sofort auf der Toilette im Erdgeschoss, während Marius und ich uns in einem Seitenflügel historische Fundstücke ansahen. Wahrscheinlich stammten sie aus Ovids Zeiten, aber auch hier fanden sich keine Hinweise auf den römischen Dichter. Generell war nicht ersichtlich, wie genau man in Constanța mit dem schweren Erbe umging, schließlich hatte Ovid diesen Badeort, der im Sommer für alle Rumänen eigentlich Sehnsüchte verhieß, extrem gehasst und ihn mit der Hölle gleichgesetzt. Trotzdem hatte man auf einem zentralen Platz der Stadt eine große Skulptur Ovids aufgestellt. Jetzt kam es uns fast so vor, als hätte man diese Statue den Rumänen nach ihrem Eintritt in die Europäische Union quasi aufgezwungen – sie dazu verpflichtet, zur großen, ganz Europa umfassenden und vor Ort erlebbaren kulturellen Landkarte ein Stück beizutragen –, aber natürlich war die Statue viel älter als die EU selbst.

Es war schon eine ganze Weile her, dass wir Pascal aus den Augen verloren hatten, also schlichen sich Marius und ich zurück in die Eingangshalle und von dort auf die eiskalte Männertoilette, wo wir unseren Atem sehen konnten.

»Pascal?«, rief Marius.
»Pascal?«, rief auch ich.
Aus einer der Kabinen drang ein Wimmern.
»Pascal, was ist los?«, fragten wir.
»Mit mir geht's zu Ende«, antwortete er.

Im ersten Stock des Museums wurde die rumänische Geschichte weiter aufbereitet. In den langen Gängen saßen, in Dreier- oder Vierergruppen, alte Frauen, die uns über die Ränder ihrer Brillen anschauten und dann versuchten, uns heimlich auszulachen, als wir an ihnen vorbeigegangen waren, aber wir bekamen natürlich alles mit und fühlten uns in unserem dummen Männerstolz sofort verletzt.

Hier oben wurden wir in einem inzwischen nicht anders als »kläglich« zu nennenden Zustand also noch einmal durch die Geschichte Rumäniens geführt, vom Mammutstoßzahn bis zum kommunistisch eingerichteten Klassenzimmer, von dessen Wand uns debil schmunzelnd der Diktator Ceaușescu anschaute.

An einem großen Fenster im oberen Stock stellten wir uns so auf, dass wir uns sowohl gegenseitig als auch die Statue von Ovid auf dem Platz anschauen konnten. Dann beschlossen wir einstimmig, Constanța zu verlassen, solange wir noch fähig dazu waren. Wir stürmten aus dem Museum und winkten ein Taxi herbei, das uns zum Bahnhof zurückfuhr. Nach nur zwei Stunden Aufenthalt kehrten wir also der Stadt am Meer den Rücken, in einer uns selbst auferlegten, wahrscheinlich völlig grundlosen Panik und Traurigkeit.

Im Zug betrachteten wir stehend, weil sich andere Menschen auf unsere reservierten Plätze gesetzt hatten, einen

Wolf, der durch einen lichten Nadelwald im Schnee schlich. Wir überlegten, wann in Deutschland der erste Rentner vor Schreck von seinem Fahrrad fallen würde, weil er einen Wolf gesehen hatte, und wie er dann, verletzt und wimmernd, durch das Dickicht kroch, um angefallen zu werden.

Als der Schaffner kam und uns aufforderte, zu unseren Sitzplätzen zu gehen, wo er die anderen Passagiere verscheuchen wollte, schüttelte Marius den Kopf und sagte:

»Niemals mit den Faschisten mitgehen!«

Also blieben wir weiter im Flur zwischen den Waggons stehen.

Nach unserer Befreiung und der Rückkehr nach Bukarest verbrachten wir den Abend im Einkaufszentrum AFI. Europa war sowieso am Ende, dachten wir. Europa war ein großer Friedhof, voll mit verscharrten Dichtern, deren Bilder aber noch so groß waren wie ein ganzes Land oder wie ein ganzer Kontinent. Aber Europa an sich war klein, eigentlich waren Ovid und Italien auch nichts anderes als hellenistischer Abklatsch, dachten wir, und Rumänien wiederum war ein Land mit italienischen Physiognomien und schlesischer Seele – Europa war geeint, wahrscheinlich schon seit dem Aussterben der Skythen, und es würde schwierig, wahrscheinlich sogar unmöglich werden, den Kitt aufzuweichen und die Brocken auseinanderzuziehen, um sie zu entzweien. Ganz Europa ein Grab; und das unterirdische Knochenzerreiben war noch lange nicht beendet.

Wir kauften uns Sprite und betrachteten die Indoor-Wasserfälle vom AFI Centre. Draußen hatte der Schneesturm begonnen.

Während uns das Einkaufscenter umhüllte, betraten in der Innenstadt Juncker und Tusk und Tajani, ebenfalls in dicken Mänteln, den Victoria-Palast und begannen, zusammen mit Regierungschefin Viorica Dăncilă, feierlich aber verzweifelt die EU-Ratspräsidentschaft.

Wir taten, wie alle Rumänen im Einkaufszentrum, gar nichts dergleichen und setzten uns in der Nähe des Wasserfalls an die Plastiktische eines Kentucky-Fried-Chicken-Restaurants. Wir wussten, dass wir diesen Tag in unserem ganzen Leben nicht vergessen würden.

»Ich bekomme kein Alzheimer«, sagte Marius, »und ich schwöre euch, ich werde diesen Tag nicht vergessen, bis zur letzten Stunde meines Lebens.«

Und Pascal sagte: »Es gibt die melancholische Erinnerung, die Erinnerung an Gewonnenes und die Erinnerung an nie Gewesenes.«

Und ich schloss mit der Vermutung: »Und der heutige Tag, das ist jetzt schon ein Gemisch aus allen drei möglichen Erinnerungen.«

Ja, dachten wir, und aßen das Huhn.

Dann schauten wir auf einem unserer Handys einen aktuellen 3Sat-Kulturbericht über die Rolle Rumäniens in Europa. In ihm sahen wir ausgerechnet Mircea Dinescu in den Gewölben seines Bukarester Restaurants mit den Reportern sprechen. Er sagte nicht wirklich irgendwas Bedeutendes, aber er stieß am Ende des Berichts – sich an Juncker wendend – ein mit Rotwein gefülltes Glas gegen die Linse der Kamera.

Endlich konnten wir wieder lachen. Pascal sagte: »Ich habe mal gelesen, man muss ein Bündnis, also in diesem Fall die EU, von seinen Rändern her denken. Und das haben wir ja heute in Constanța getan. Das hat Ovid bestimmt auch getan.«

Wir wussten, dass alles gut gehen würde, dass Europa

zwar am Ende war, aber nicht mehr zerteilt werden konnte; und wenn es untergehen würde, würde es vom Rest der Welt vernachlässigt, aber geeint untergehen – genauso wie Ovid: im Verborgenen unter den Steinen wie eine Assel.

14
WIEN

WIEDER KONNTEN WIR DIE GANZE NACHT nicht schlafen. Noch am Abend, im AFI Centre, hatte Marius gesagt: »Die zwei vergangenen Tage haben unserem Organismus so sehr zugesetzt, dass wir heute Nacht entweder schwitzend immer wieder aufwachen werden oder gar nicht erst einschlafen können.«

Und so war es: Ich war die ganze Nacht wie gelähmt, beinahe kamen mir die Tränen vor Verzweiflung aufgrund der sich noch immer wiederholenden Wörter und Gedanken, die sich mit elektrischen Fangarmen in meinem Hirn festgesetzt zu haben schienen. Kurz dachte ich sogar, diese lange einjährige Reise würde meine geistige Gesundheit für immer zerrütten – aber dann schlief ich doch ein, und ich schlief so lange, bis draußen die Schneeschaufler Bukarests Staubhosen aus Schnee an die Fenster warfen.

Als Marius und Pascal wach wurden, war ich sehr froh. Vollkommen aufgelöst packten wir unsere Sachen und nahmen ein Taxi zum Geologischen Museum, das unweit des Victoria-Palasts lag, auf dessen Längsseite man mit einem Beamer eine wehende EU-Fahne geworfen hatte.

Im Museum betrachteten wir im ersten Stock ein Modell der Erde. Es stand dort, bewacht von einem Brontosaurus aus bemaltem Pappmaché. Die Besonderheit an diesem Modell war, dass es sich nicht nur drehte, sondern dass man auch das Wasser aus den Meeren und Ozeanen hatte ablaufen lassen, man konnte also bis hinunter auf die dunklen Gründe der Seegräben schauen.

»Solange der Mensch nicht weiß, was dort unten vor sich geht, kann er auch noch Literatur machen«, sagte Pascal.

Wir setzten uns vor die Kugel auf eine Bank. Einer der obligatorischen Guards, diesmal von der Tiger-Security, kam die Treppen zu uns heraufgestiegen und schaltete das Modell ein, das sich langsam anfing zu drehen. Immer wenn das schwere und große Afrika und damit auch Europa auf der von uns abgewandten Seite hing, verlangsamte sich die Drehgeschwindigkeit, und das Modell fing an zu knarzen. Wir saßen eine Weile da, aßen Pistazien und schauten nicht auf die Uhr.

Beinahe verpassten wir am Nachmittag deshalb unseren Flug nach Wien. Wir eilten mit einem Taxifahrer zum Flughafen, der sich das Recht nahm, uns anständig über die Ohren zu hauen. Vor dem Check-in ließen wir in aller Hektik auch noch die Tränen des Ovid, den Rotwein, in einer Ecke stehen, dachten dann aber schon wieder an Niki Lauda, der mit einer Lungenentzündung in einem Wiener Spital lag. Wir erreichten den Flug seiner Airline trotzdem rechtzeitig und landeten am späten Abend in Wien, wo wir uns bei einer Reihe Bier auf den nächsten Tag der Grabsuche vorbereiteten.

Am darauffolgenden Morgen überquerten wir den Donaukanal und gingen am Rande des neunten Bezirks spazieren.

Ich begegnete dem Wasser der Donau hier zum zweiten Mal auf meiner Reise, und ich dachte daran, dass Herodot gesagt hat, dass die Donau die Antistrophe zum Nil sei. Dann sagte ich das auch laut. Erstens weil ich mich daran erinnern konnte und zweitens um die Mitreisenden zu beeindrucken.

»Die Donau ist die Antistrophe zum Nil«, sagte ich, aber Pascal und Marius blieben schweigsam.

In der Nacht zuvor hatte uns der Wirt eines Beisls in der Porzellangasse erzählt, dass ganz in der Nähe des Restaurants eine alte jüdische Begräbnisstätte im Hinterhof eines Altenheims lag, die er noch nie besucht hätte, aber die bekannt war.

Wir fanden schnell heraus, dass es sich dabei um den ältesten jüdischen Friedhof der Stadt handelte und den ältesten erhaltenen Friedhof Wiens überhaupt. Er wurde von 1540–1783 genutzt und dann, nach einem Dekret Josephs II., geschlossen, weil man alle Friedhöfe außerhalb des Wiener Linienwalls anlegen ließ. Während des Zweiten Weltkriegs wurde dann ein Drittel der Steine auf dem Zentralfriedhof vergraben, als die Nationalsozialisten den auf Ewigkeitsanspruch bestehenden Friedhof zubetonieren wollten.

Als wir das Altenheim in der Seegasse betraten, sah die Frau am Empfang gleich, dass wir hier nicht unsere Großeltern besuchen wollten, erriet also unser Anliegen und führte uns aus einer Tür hinaus auf einen um das Gebäude herumführenden Metallsteg, auf dem die Pfleger standen und rauchten. Unterhalb dieses niedrigen Balkons sahen wir die Reste des Friedhofs, er war eingeklemmt zwischen dem Altenheim und einem Tennisplatz. Das war natürlich ein trostloser Anblick für alle Insassen des Heims: Sie sahen die Agilität junger Leute, sie sahen die Vergangenheit, und sie sahen die Zukunft, die Dunkelheit, die Grabsteine.

Später legte mir Pascal einen Auszug aus Maria Stepanovas Roman *Nach dem Gedächtnis* vor, in dem die Autorin ebenfalls diesen Friedhof besucht und die Rentner mit Garnelen vergleicht. Uns begegneten seltsamerweise keine Rentner, und sehr ruhig war es auch. Auch wenn der Vergleich schön war: Österreicher, und vor allem alte Österreicher, konnte man doch nicht mit Seetieren vergleichen; aber ich würde am nächsten Morgen eines Besseren belehrt werden.

»Das ist eine sepulkrale Gedächtnislandschaft«, sagte Marius. »So nennt man das: Sepulkralkultur. Oder Funeralkultur; kannst du auch sagen. Alles, was mit Erinnerung, Grabpflege, Gedächtnis, Sterben, Trauern und Bestatten zu tun hat. Oder, wie hier, mit der Restaurierung.«

Am Rande des Friedhofs hatte man eine Wellblechhütte gebaut, die mit einer weißen Plastikplane abgedeckt war: Das war das Archäologische Zentrum. Vor ihm lagen auf Holzpaletten Hunderte Steine, die zum Säubern und Zusammensetzen bereitlagen. Stepanova hatte in ihrem Roman, und vielleicht ist es deshalb ein Roman, nur wenige der aus dem Schlamm aufgetauchten Steine entdecken können. Aber sie sagt in ihrem Buch auch, und das stimmte, dass die Grabsteine nicht wie Grabsteine, sondern wie Portale oder Tore aussahen, die einem dabei behilflich sein sollten, sich irgendwohin zu beamen.

Der jüdische Friedhof (»bejt olam« oder »bejt almin«) ist das »Haus der Ewigkeit«. Für die jüdische Sepulkralkultur ist eine Umbettung undenkbar, und der Friedhof ist für Juden ähnlich bedeutsam wie die Synagoge: Die Gräber müssen für immer bestehen bleiben, weil sie dort auf die

Auferweckung am »Ende der Tage« und das Kommen des Moschiach warten – also in gewisser Weise wirklich Portale waren.

Man konnte den Friedhof nicht betreten, vom Balkon aus gab es keine Treppe hinunter zur Ausgrabungsstätte. Wir verließen also bald das Altenheim, bedankten uns vorher bei der Rezeptionistin und stiegen in eine Straßenbahn am Franz-Josefs-Bahnhof zur nächsten Grabanlage.

Wir fuhren hinaus in den dritten Bezirk. Kaum weniger eingekeilt als der Jüdische Friedhof lag dort zwischen der Stadtautobahn A23 und dem Landstraßer Ast – zwei Höllenstraßen, einem toten Winkel zwischen Schwerverkehr – der Sankt Marxer Friedhof, einer der letzten gut erhaltenen Biedermeier-Friedhöfe der Stadt.

Biedermeier-Friedhöfe sind genau jene Friedhöfe, die Joseph II. außerhalb des Wiener Linienwalls zum Schutz der Bevölkerung vor Seuchen anlegen ließ. Von ehemals fünf ist nur noch der Sankt Marxer mehr oder weniger in seiner ursprünglichen Form vorhanden. Auch er ist seit 1874 und der Inbetriebnahme des Wiener Zentralfriedhofs nicht mehr in Benutzung. Nach seiner teilweisen Zerstörung im Zweiten Weltkrieg und der Verlegung der Gebeine Mozarts hat man ihn kurzzeitig vergessen, jetzt sollte eine Art Park daraus werden.

Vor wenigen Tagen hatten wir auf dem Instagram-Account des Schriftstellers Clemens Setz ein Bild gesehen, das einen Grabstein auf dem Sankt Marxer Friedhof zeigte, der die exakt gleiche Form und Farbe angenommen hatte wie der moosige, mit Flechten überzogene Untergrund, auf dem er stand. Der Titel der Fotografie lautete: »Optische Illusion eines durchsichtigen Grabsteins«.

Wir waren hier, um diesen Grabstein zu finden, und auch, um die Gräber von Mozart und der Schriftstellerin Hermine Glinska zu besuchen.

Wir gingen von der Bahnstation »Vienna Bio Center St. Marx« aus kommend direkt zum Friedhof. Von hinten versuchte uns ein junger Mann einzuholen: ein Amerikaner, wie sich später herausstellen sollte. Wir drehten uns immer wieder um, er machte, wie ein Scheinriese, von weitem einen erschreckenden Eindruck auf uns, dann aber, als er vor uns stand, wirkte er sehr gesetzt. Er trug einen Strauß weiße Lilien in der linken Hand und fragte uns freundlich nach dem Grab von Mozart, weil wir aussahen wie unheimliche und blasse Winterösterreicher. Wir machten Schlangenbewegungen mit unseren Händen und stammelten schlechtes Englisch, und dann ging er davon.

Gleich am Eingang, nach links gehend, hielten wir nach dem Grabstein von Hermine Glinska Ausschau. Die Grabsteine waren verwittert, fielen in sich zusammen oder waren umgestürzt, es war ein toter Friedhof. Der Grabstein von Hermine Glinska war auch nur noch eine optische Illusion, und zwar einer unsichtbaren Autorin. Hier stand nichts: Er konnte es sein, er konnte es aber auch nicht sein.

Alles, was jetzt noch von Glinska im Internet zu finden ist, ist die Digitalisierung eines Nachrufs in der Leipziger *Illustrierten Zeitung* vom 7. März 1868 (sechs Jahre vor der Schließung des Friedhofs), in dem es heißt: »Begabte Schriftstellerin, Polin von Geburt, die sich jedoch ausschließlich der deutschen Literatur gewidmet hatte.«

Nur noch ein hauchdünner Faden hielt das Gedächtnis an diese Schriftstellerin am Leben, nur noch die verschwommene Tafel des Biedermeier-Friedhofs und die Digitalisierung ihres Nachrufs.

Wir stiegen den Friedhof hinauf, er lag an einem leichten Hang. Hinter den Mauern und zwischen den knochigen Bäumen sichtbar, lagen grau und blau die Trassen der Stadtautobahn. Kurz blieben wir, in einer uns später seltsam vorkommenden Andacht, am Grab von Fürst Alexander Ypsilanti stehen, dem griechischen Freiheitskämpfer. Irgendwo in der Nähe lag im Gras eine Spritze, und wir bekamen eine Gänsehaut.

Wir gingen weiter zum Mozart-Grab. Es lag mitten auf dem Friedhof und war eines der wenigen restaurierten, Mozart einer der wenigen, der es wert war, dass man sich an ihn erinnerte. Auch wenn Mozarts Überreste nicht mehr hier, sondern auf den Zentralfriedhof umgebettet worden waren, musste hier sein Geist sein. Auch Mozarts Grab bestand, wie das von Robert Gernhardt, aus einer nach oben hin abbrechenden Säule toskanischer Ordnung. Die weißen Lilien lagen schon neben anderen Blumen am Boden, der amerikanische Scheinriese von der Bahnstation war aber nicht mehr zu sehen.

»So leid es mir tut«, sagte ich, »aber Mozart war Komponist und kein Schriftsteller, wir müssen weiter.«

Die Blicke meiner Mitreisenden verwundeten mich.

»Pass mal auf«, sagte Pascal, »kennst du ›Leck mich im Arsch‹ etwa nicht?«

Ich berührte mit der Oberlippe meine Nasenspitze.

»Das ist ein sechsstündiger Kanon, da hat er ja wohl den Text für geschrieben.«

Endlich gab es in der EU freies Datenroaming.

»Hier, Wikipedia. 1991 hat man den mutmaßlichen Originaltext wiedergefunden. Der lautete nämlich nicht ›Lasst froh uns sein‹. In den haben sie ihn nämlich vor lauter Peinlichkeit nur abgeändert. Eigentlich geht der so:

›Leck mich im A[rsch], g'schwindi, g'schwindi!

Leck im A[rsch] mich g'schwindi! Leck mich, leck mich, leck mich, leck mich, leck mich.

Leck mich, leck mich, leck – g'schwindi, g'schwindi, g'schwindi, g'schwindi!

Leck mich.‹«

»Jesus Christus«, sagte Marius, und wir verließen mit unseren Zahnlücken und Goldzähnen und Füllungen im Mund den Friedhof. Wir hatten den von Setz fotografierten Grabstein zwar nicht gefunden, aber viele, die seinem sehr ähnlich waren: verlorene Schätze unter, umgestürzte Bäume über ihnen.

Wir nahmen die Bahn und die Ersatzbusse bis zum Naschmarkt und liefen hinauf zum Rüdigerhof. Dort begann ich zu zittern. Die schlaflosen Nächte machten sich jetzt endlich bemerkbar, ich trank viele große Himbeersoda, um den Tremor abzuschalten. Als ich wieder für längere Zeit am Stück reden konnte, ohne dass mir schwindelig wurde, erzählte ich den Mitreisenden von einem zurückliegenden Besuch des Grinzinger Friedhofs, auf dem Thomas Bernhard begraben lag, und von meiner Wanderung zu einem Heurigen in der Nähe der Sisi-Kapelle in Untersievering.

An jenem Nachmittag hatte ich ein Fünftligaspiel zwischen dem Nussdorfer AC und irgendeiner anderen Mannschaft der zweiten Wiener Landesliga angeschaut. Meine Freunde waren nach dem Spiel vorgefahren, um sich in einem Heurigen zu betrinken. Auf dem Weg dorthin setzten sie mich am Tor des Friedhofs ab. Das Wetter war damals so klar und rein gewesen, dass es mir heute noch unvorstellbar erscheint. Aber als ich über den Friedhof schlich, sah ich schnell, dass der Platz vor Bernhards Grab besetzt war. Dem Grabstein des Schriftstellers gegenüber saßen zwei in Schwarz gekleidete Frauen, beide trugen Schleier und weinten. Ich beobachtete sie von hinten und ging immer wieder, laut über den Weg aus Kieselsteinen schlurfend, an ihnen vorbei, aber sie nahmen mich gar nicht wahr, und irgendwann verließ ich zischend den Friedhof. Ich war wütend, weil ich dem schmiedeeisernen Kreuz des Schriftstellers nicht nahe kommen konnte und dann auch noch alleine nach Untersievering, hinauf in den Heurigen, gehen musste. Ich setzte mich an eine Straßenbahnhaltestelle und schlug ein Buch auf. Neben mich setzte sich ein älterer Herr, ich konnte nicht sagen, wie alt genau, weil ich mich nicht getraut hatte, ihn anzublicken. Ich sah nur seine alten Hände, auf denen Sommersprossen und Leberflecken und graue Adern sich in einem seltsamen Muster vereinigten. Sie steckten in sorgfältig manschettierten Hemdsärmeln und lagen auf einer braunen Cordhose.

Das ist er, dachte ich, das ist Thomas Bernhard! Ich blickte wie hypnotisiert in mein aufgeschlagenes Buch und vergaß zu atmen. Dann endlich kam die Bahn, Thomas Bernhard und ich standen gleichzeitig auf, aber er überholte mich. Ich sah ihn von hinten, und da war ich mir zu einhundert Prozent sicher, dass er es war. Er stieg in den hinteren Wagen, und ich beschloss, zu Fuß zu gehen – ich sah ihn nie wieder.

Ich verlief mich, die Sonne war schon abgetaucht. Nach einiger Zeit sah ich, vor einer Weinstube und ohne es zu glauben, meinen Freund Sebastian am Boden sitzen. Er hatte heute *gegen* Elektra Wien und *für* seine Freundin ein Tor geschossen – aber da war sie gerade Bier holen gegangen. Ich ging auf ihn zu, er erkannte mich erst, als ich direkt vor ihm stand, und ich musste ihm hochhelfen. Es war mir schleierhaft, wie er sich innerhalb kürzester Zeit so hatte zurichten können.

Wir gingen gemeinsam die Straße hinauf, immer weiter in Richtung Obersievering und zu den Heurigen. Zur rechten Seite tauchte ein Tor auf, das Haus dahinter war kaum zu erkennen.

»Komm mit«, sagte Sebastian und zog mich am Ärmel meines Hemds über die Straße, »das ist sie! Das ist die Villa von Gaddafis Sohn.«

Wir standen vor der weißen Mauer, die das Anwesen umgab.

»Gib mir mal Räuberleiter«, sagte er.

Er stieg mit den dreckigen Fußballschuhen, die er immer noch trug, auf meine Handflächen, die Stollen drückten sich tief in meine Hand, und ich stöhnte. Mein Stöhnen wurde aber von dem plötzlich losbrandenden Blutsgeheule mehrerer Hunde übertönt, die versuchten, über die Mauer zu springen, um Sebastian die Kehle zu durchbeißen.

Sebastian schrie laut auf, rutschte mir von der Räuberleiter und fiel mit dem Hintern auf den Boden. Ich rieb mir die schmerzenden Hände an der Hose und half ihm hoch. Sebastian lachte und redete unentwegt weiter, während wir hoch zum Heurigen rannten. Die Hunde hörten nicht auf zu bellen.

»Jörg Haider und der Sohn von Gaddafi waren doch gut befreundet. Und Haider hat mal über seine Beziehung zu Gaddafi gesagt: Wir verstehen uns gut, gehen ab und zu miteinander fort oder machen sonst etwas.«

Ein Satz wie aus einem Text von Heino Jaeger, dachte ich.

»Und was ›sonst etwas‹ ist, das kann man sich eigentlich auch ganz gut vorstellen: nämlich Sexarbeiterinnen vom

Balkon schmeißen. Oder sich über den sogenannten Dritten Weg unterhalten und eine Alternative zwischen Kapitalismus und Kommunismus finden«, sagte Sebastian. Er lallte, sprach das Wort Sexarbeiterin aber nicht wie eine bittere, hochgewürgte Frucht aus, so wie der Orgelsachverständige auf den Fried- und Kirchhöfen am Halleschen Tor.

»Keine Ahnung, was da los war, da lag jedenfalls eine junge Ukrainerin ein paar Wochen im Koma, hier in einem Wiener Spital. Und Gaddafi ist abgehauen, er war angeblich mit ihr verheiratet. Da will man gar nicht wissen, was da so genau los war. Ich will mich da selbst lieber nicht zu weit aus dem Fenster lehnen.«

Jörg Haider starb in der Gemeinde Köttmannsdorf in Kärnten und wurde am Familienanwesen im Bärental beigesetzt. Es gibt eine Dr.-Jörg-Haider-Gebetsliga, die für seine Seligsprechung kämpft.

Saif al-Islam al-Gaddafi lebt noch.

Wir blieben kurz stehen und atmeten tief durch. Sebastian zeigte nach unten ins Tal, dort lag irgendwo auf dem Heiligenstädter Friedhof Ödön von Horváth begraben, der auf den Champs-Élysées während eines Gewitters von einem Ast erschlagen wurde, und irgendwo hinter uns, auf dem Kalksberger Friedhof, lag Hofmannsthal, der am Tag der Beerdigung seines Sohnes an einem Schlaganfall gestorben war. Drüben, auf dem Friedhof von Hernals, lag der Kunstpfeifer Josef »Nockerl« Bratfisch, der platzte, und der Schriftsteller Konrad Bayer, der sich mit einunddreißig Jahren das Leben nahm, nachdem er in der Nacht zuvor noch in Hietzing den Kopf im Schoß einer Dame liegen hatte.

»Die armen Schweine«, dachten wir.

Im Wald lag ein frischer Duft, das war der Frühling, und irgendwann hörten wir das Gekrächze unserer Freunde.

Als wir den Heurigen erreichten und sie winkten, ging auch die Sonne hinter den östlichsten Alpenausläufern unter und tauchte die vor uns beginnende Steppe und das Donautal in ein Licht, das mir nichts sagte. Alles Ferne wurde nah. Und warum Sebastian so betrunken war, hatte ich nie gefragt – wahrscheinlich lag es aber wirklich daran, dass seine Freundin das Tor gegen Elektra Wien verpasst hatte. Er sagte nur noch einen bedeutenden Satz an diesem Abend: »Ich habe Heimweh nach der Erde.« Und da lachte niemand.

Im Rüdigerhof hatte sich aufgrund meiner nicht besonders gut erzählten Geschichte Unruhe breitgemacht.
»Thomas Bernhard lebt«, sagte Marius.
»Lauda lebt auch noch«, sagte Pascal.
»Und Gaddafis Sohn«, sagte ich, »der auch.«
»Na ja, nur Haider ist tot«, sagte die Bedienung, die schon einige Zeit mit einem EC-Karten-Lesegerät neben uns am Tisch stand. »Da bin ich wirklich von überzeugt, der ist nun wirklich und endgültig tot. Und es wäre mir eine große Angst, wenn ich wüsste, er würde ewig fortbestehen.«

Am Nachmittag besuchten wir im Heeresgeschichtlichen Museum den Metallsarg Franz Ferdinands, die Aufbahrung des Doppelphaetons von Gräf & Stift, das Exoskelett, in dem er und Sophie Chotek in Sarajevo verbluteten. In gewisser Weise war das auch ein Grab. Ein europäisches Massengrab.

Wir gingen mit unseren Kameras so nahe an das Auto heran, dass ein Alarm ausgelöst wurde.

»Sind wir vielleicht zu schnelllebig?«, fragte ich.
»Nein«, antworteten alle anderen.

Am nächsten Tag fuhr ich alleine, im Morgengrauen und wie im Traum, zum Zentralfriedhof. Mein Zug nach München würde in wenigen Stunden gehen, vielleicht in zwei oder drei, und Marius und Pascal hatte ich zurückgelassen, sie würden am Nachmittag die Maschine nach Berlin nehmen.

Die Straßenbahn schob sich an den Mauern des Zentralfriedhofs vorbei, ich stieg am dritten Tor aus und ging direkt zum Grab von Ida Pfeiffer, der bedeutendsten Reiseschriftstellerin aller Zeiten. Ich wusste nämlich schon alles über die ästhetischen Scheußlichkeiten der Gräber von Falco und Udo Jürgens, da hatte ich nichts verloren – zumal sie beide nicht geschrieben hatten.

Ida Pfeiffers Grab hatte sich ursprünglich auch auf dem St. Marxer Friedhof befunden, wie die Knochen von Mozart. Dann hatte man sie hierher, auf den Zentralfriedhof, umgebettet, ihr Grab war ein Ehrengrab in der Gruppe 0, erste Reihe, Nr. 12, und auf die Spitze hatte man eine Weltkugel geschraubt, die von den Flossen zweier Fische gehalten wurde.

Pfeiffers Reisen sind selbst für heutige »travel as much as you can«-Zustände noch erstaunlich. Nachdem sie jahrelang in einer Vernunftehe und als Mutter zweier Kinder lebte, brach beim Anblick des Golfs von Triest ihre Reiselust aus, und sie unternahm fünf große Expeditionen, erreichte als erste Reisende aus Europa das Innere Borneos, besuchte Island und Südamerika genauso wie den Kaukasus, Palästina und Madagaskar. Ihre in Gläsern gesammelten

Tiere, die Anschauungsobjekte ihrer Reisen, vergammelten irgendwann aufgrund des überall fehlenden Spiritus hinter ihren Glaswänden, sie selbst wurde schwächer, dann überfiel sie in Madagaskar das damals noch so genannte Akklimatisationsfieber, gleichzeitig mit der Furcht vor der dort herrschenden Königin Ranavalona, über die sie in ihrem Buch *Reise nach Madagaskar* berichtete. Sie starb an den Folgen der Malaria kurz nach ihrer Rückkehr ins Kaisertum Österreich. Irgendwann in den Jahren davor oder danach wurde eine Garnelenart nach ihr benannt: *Palaemon idae*.

Und hier schließt sich wieder ein Kreis, dachte ich. Alte Österreicher ähneln also doch Seetieren.

Während ich an ihrem Grab stand, schämte ich mich für meine kleinteiligen und ängstlichen Reisen, die ich hier unternahm, aber welche Toten lagen schon auf der Sinai-Halbinsel oder am Kaspischen Meer? Der Tod ist ein Meister aus Europa. Und Pfeiffer selbst sagte in Momenten zwischen Kannibalismus und Fremdenhass: »Ich schauderte – konnte aber doch nicht umhin zu bedenken, dass wir Europäer nicht besser, ja im Gegenteil schlechter sind als diese verachteten Wilden. Ist nicht jedes Blatt unserer Geschichte voll Schandtaten …?«

Ich verließ den Friedhof, den ich vorher schon mehrere Male besucht hatte, ohne Blicke nach links oder rechts. So, wie ich mich fühlte, nach den anstrengenden Tagen, mussten sich Geister fühlen. Ich schwebte fast, das war der fehlende Schlaf oder der fehlende Zucker – trotz der Karamell-Krautnockerl am Vorabend. Noch in München fragte ich mich aufgrund meines Zustands deshalb, ob ich wirklich dort gewesen oder nur im Traum zum Zentralfriedhof gereist war.

15
MÜNCHEN

ALS ICH GESTERN NACHMITTAG IN MÜNCHEN eingetroffen war, hatte sich der Himmel verdunkelt, ein Wintergewitter war augenblicklich über der Stadt niedergegangen, es hatte so stark geschneit, dass die Eiskristalle einem die Augen verklebten und die Straßen innerhalb von Sekunden von einer dicken Schicht bedeckt waren.

Auch auf der Bahnstrecke zwischen Wien und München hatte man das Ausmaß der angeblich stärksten Schneefälle seit dem Einsturz der Eishalle in Bad Reichenhall sehen können. Die momentan vorherrschende Nordstaulage war schuld daran, dass hinter Traunstein der Schnee haushoch aufgetürmt am Straßenrand lag und in allen Fenstern Licht brannte, weil die Schneeberge vor den Türen kaum Helligkeit in die Häuser ließen.

Aber jetzt kam die Sonne heraus, und der Schnee fing an zu schmelzen, er lief in Schnüren am Fenster hinab und bohrte kleine Tunnel in die am Boden liegenden Schneehaufen. Ich lag im Bett und rieb mir die Augen. Der Schlafmangel hatte mich noch immer im Griff.

Ich zog mich an und schlich nach draußen ins grelle Licht. An den Hauswänden hatte man Schilder angebracht, die vor niedergehenden Dachlawinen warnten, und tatsächlich rieselten mir ab und zu kleine Schneesäulen in den Kragen.

Wäre ich gestern Nacht noch alleine nach Hause gegangen, dachte ich auf meinem Weg zu den Toren des Ostfriedhofs, hätte es böse enden können – aber ich hatte eine Begleitung gehabt. Niemand begleitete nämlich den Schriftsteller Jörg Fauser, als dieser nach seinem dreiundvierzigsten Geburtstag, den er mit Freunden erst im Biergarten des Münchner Hofbräukellers und dann im *Schumann's* verbracht hatte, vermutlich von einem Taxifahrer mitten auf der Autobahn A94, etwa auf Höhe der Auffahrt Feldkirchen, aus dem Auto geschmissen wurde. Dort erwischte ihn ein vierzig Tonnen schwerer Sattelzug, der ihn niederschmiss und überrollte. Sein letzter Roman, *Die Tournee*, blieb unvollendet.

Wie in vielen seiner Bücher geht es auch in der *Tournee* ums Schreiben, ums Saufen und Herumrennen, um Menschen, die scheitern. Also alles wie beim amerikanischen Undergroundschriftsteller Charles Bukowski, den Fauser in Los Angeles besuchte und in dessen Werk sich ein unbekanntes Gedicht befindet, das diesen Besuch genauer beschreibt. Fauser trudelte in Los Angeles ein (»he was German, he came from Germany one day to interview me«), aber interviewte Bukowski nicht wirklich, sondern trank mit ihm und verliebte sich in seine im Gedicht namenlose Freundin. Das Gedicht heißt »Joe«, und am Ende heißt es: »Joe was celebrating his 43rd birthday, he was walking / along around 3 a.m. when he was / hit by a truck doing / 60 mph. // don't think he felt much, he had just told me he had / written 20 000 words on his / novel and wanted me to read / it.«

Wie es genau passierte, konnte im Nachhinein nicht festgestellt werden. Manche befürchteten, die Todessehnsucht habe ihn über die Leitplanken springen lassen. Andere suchten die Schuld beim Taxifahrer, der Fauser wohl nicht mehr hatte ertragen können und ihn deshalb aus dem Auto warf.

Bukowski jedenfalls glaubt in seinem Gedicht, dass Fauser nicht gewollt hätte, dass man sich über diese Sachen großartig Gedanken macht oder anfängt zu klagen. Und dass wir einfach da weitermachen sollen, wo wir aufgehört haben.

In Fausers Taschenkalender war für den nächsten Tag auch nur ein Termin eingetragen: 16 Uhr, Massage.

Weil ich Fausers Grab auf dem Ostfriedhof nicht alleine finden konnte, ging ich zur Friedhofsverwaltung am St.-Martins-Platz, um mir eine Auskunft zu holen.

»Wie sagten Sie? Fauser? Wie die *Faust*?«, fragte der Mann vom Grabmalbüro.

»Na sicher«, antwortete ich, weil ich mir nicht vorstellen konnte, dass die Leute hier nicht wussten, wo ihre bekanntesten Toten lagen, aber sie kannten Fauser wirklich nicht und dachten wohl, ich würde nur einen alten Patenonkel besuchen: meinen Onkel Jörg Fauser.

»Und wann ist der gestorben, der Herr Fauser?«

»1987 auf der A94, auch klar.«

Der Mann durchwühlte den Computer. Stirnrunzeln. Draußen wurde der Schnee von den Bäumen geweht. Der Friedhofsverwalter stand auf und entschuldigte sich.

»Einen Moment, bitte.«

Wenig später kam er mit einer verstaubten Kiste voller Karteikarten zurück und kramte darin herum.

»Na also«, sagte er nach ein paar Minuten, und diesmal runzelte ich die Stirn. »Aufgepasst, ich zeichne Ihnen das ein.«

Er nahm einen Friedhofslageplan und machte einen kleinen Kreis um das Feld Nummer 61. Auf einen freien Platz daneben schrieb er die genaue Nummer von Fausers Grab: 61-22-0015A.

Ich bedankte mich und verließ das Büro, die Glocken der nebenan liegenden Trauerhalle läuteten. Ich ging zwischen den Autos der Grabpfleger vorbei durch einen Hinterhof und landete vor der Halle, aus der gerade ein Trauerzug heraustrat, angeführt vom Pfarrer und den Sargträgern.

Ich machte kehrt, sie liefen mir hinterher.

Es war das erste Mal, dass ich auf meiner Reise in eine Beerdigung hineingeriet. Ich ging zielstrebig zum Feld 61, aber der Trauerzug verfolgte mich mit einer unerwarteten Geschwindigkeit. Bisher hatte ich solche Begegnungen aufgrund meiner Friedhofsbesuchszeiten vermeiden können. Der Ostfriedhof war zwar groß, aber auch wieder nicht so groß wie der Zentralfriedhof in Wien oder der Friedhof Ohlsdorf in Hamburg, wo man niemandem begegnete.

Ich stieg über eine tiefe und nur von Vogelkrallen verzierte Schneeschicht ins Feld 61, der Trauerzug bog hinter mir endlich nach rechts ab, und dann verklang auch das Geläut der Glocken.

Der Grabstein Fausers und seiner Frau Gabriele Oßwald, ein langer Naturstein – vielleicht aus griechischem Arosat, vielleicht aus Füssener Marmor –, war mit einer grünbraunen Moosschicht überzogen. Er wurde von zwei Bambussträuchern links und rechts eingerahmt, im Schnee steckten vertrocknete Rosen aus längst vergangenen Jahreszeiten. Die Steine, die das Grabbeet eingrenzten, standen krumm und schief im gefrorenen Boden, das Erdreich wollte sie einsaugen, manche waren schon halb abgetaucht.

In einem Text zu Fausers zwanzigstem Todestag erinnert sich der *Bild*-Kolumnist und frühere Chefredakteur der *BZ* Franz Josef Wagner an dessen Beerdigung: Etwa hundert Leute waren gekommen, und er rauchte Zigaretten und soff mit Reinhard Hesse, dem späteren Redenschreiber von Gerhard Schröder, einen schönen silbernen Flachmann leer. Bezeichnenderweise zitiert er auch einen der letzten von Fauser verfassten Sätze im nicht zu Ende geschriebenen Roman *Die Tournee*: »Schreiben war gut. Besser als die Gemeinschaft mit Menschen war, über sie zu schreiben und dann nicht an ihnen haften zu bleiben, sondern weiterzuhüpfen wie die Kugel im Roulettekessel, sieben, ätsch, dreiundzwanzig, ätsch, siebzehn, money.«

Ich lief, wie die sich selbst in den Schwanz beißende Schlange, gegen den Uhrzeigersinn um den Grabstein herum und hinterließ einen in den Schnee gestampften Kreis um das Grab Fausers und Oßwalds. Wenn noch jemand kommen würde, bevor der Schnee geschmolzen war – was ich bezweifelte –, würde er sich an den Kopf greifen und vielleicht an ein unheimliches Ritual denken, das hier vor sich gegangen war.

Mir wurde schnell schwindelig vom Im-Kreis-Gehen, überall waren die Krähen um mich herum. Zu Hunderten hüpften sie über den Schnee, über die Grabsteine und die Bäume. Sie hatten sich versammelt, um mich zu betrachten, während ich vor Fausers Grab stand. Plötzlich spürte ich eine seltsame Zuneigung zu ihnen, ihre Augen waren kohlrabenschwarz und blickten mich an, und das verursachte in mir das Gegenteil einer abergläubischen Angst.

Links von mir stieg über den Bäumen plötzlich starker Rauch auf, das war das städtische Krematorium. Im Oktober 1946 waren dort Lastwagen der US-Armee vorgefahren, um die Leichen der elf in Nürnberg verurteilten und hingerichteten Hauptkriegsverbrecher zu verbrennen. Um kein Aufsehen zu erregen, behauptete man, es befänden sich verstorbene US-Soldaten in den Särgen. Die Asche füllte man nach dem Kremieren in Aludosen und streute sie vom Garten einer weißen Villa in München-Sölln aus in den Conwentzbach, einem Isar-Zufluss. Die Dosen wurden mit Äxten gespalten und platt getreten und mögliche Kultstätten damit für immer verhindert.

Ich verließ den Friedhof und gelangte nach ein paar Minuten ausgerechnet an das Ufer der Isar. Mir lief wegen der Asche der Nazikapitäne ein Schauer über den Rücken. Ich dachte so intensiv an komplett verschwundene Menschen, dass ich fast einen Herzinfarkt bekam, als mich ein joggender Spieler vom FC Bayern München im Vorübergehen streifte. Ich glaubte, ganz im Ernst (und war mir sicherer als im Fall Thomas Bernhard), dass mich an diesem kalten Nachmittag im Januar der unglückliche Renato Sanches beinahe von hinten umgerannt hatte.

Ich kam nach einer knappen Stunde zum Friedhof Bogenhausen, der genau genommen kein Fried-, sondern ein Kirchhof ist: Also ein die Kirche umgebender Hof für Gräber. Der Kirchhof in Bogenhausen ist klein und hat nicht viele Liegeplätze, trotzdem wurde hier ein Großteil des Stolzes Münchens begraben: zum Beispiel Helmut »am Ende wollen alle eine lichtdurchflutete Altbauscheiße« Dietl, Bernd »Glück spielt sich in Sekunden ab« Eichinger und Oskar Maria »Europa ist zweifellos die Wiege der Kultur, aber man kann nicht sein ganzes Leben in der Wiege verbringen« Graf.

Der Kirchhof war ein Konglomerat aus bedeutenden Schriftstellern, Schauspielerinnen, Filmproduzenten und Bildhauern, er war aber gleichzeitig auch ein Erinnerungskonservierungsmittel. Die Gräber waren hier, ähnlich denen der Juden auf dem Jüdischen Friedhof Rossau in Wien, Gräber mit Ewigkeitsanspruch – wer hier lag, der war bekannt und hatte den Nachkommen die Mittel hinterlassen, bekannt und für immer dort liegen zu bleiben. Aber es waren kaum noch Plätze frei, vielleicht sogar – ich schaute mich um – nur noch einer, da hinten rechts, an der Mauer der Kirche. Auch deshalb redete die gesamte Ü-80-Schickeria Münchens über Bogenhausen und darüber, wer ins letzte noch freie Grab durfte.

Ich war dort ganz alleine. Der gesamte Kirchhof lag unter einer dicken Schneedecke, und fast fühlte ich mich wie auf einem einsamen Allgäuer Bergfriedhof, aber in der Nähe stand ein Konservatorium, in dem eine Bläserklasse gerade zaghaft die Bayernhymne probte – beim genauen Hinhören glaubte ich allerdings, dass die Klasse versuchte, das Lied »Die weißen Tauben sind müde« von Hans Hartz zu spielen, aber das war einerlei.

Ich ging wieder mehrere Runden gegen den Uhrzeigersinn um die Kirche herum, genau wie um Fausers Grab. Ich sah die Gräber von Helmut Dietl, Bernd Eichinger und Annette Kolb und gelangte endlich an das von Erich Kästner. Es lag unter einer dicken Schneeschicht, nur ein einziger Fußabdruck war im tiefen Schnee zu sehen, als hätte sich jemand von dort aus, mit einem Bein, hinauf in den Himmel geschossen.

Dass der Steinmetz den Namen der Frau – wie im Falle Luiselotte Enderles, der Lebensgefährtin von Kästner –

häufig unter den Namen des Mannes setzte, lag wohl daran, dass die Frau länger lebte. Aber warum dann in kleinerer Schrift? Dieses ewige Rätsel wird die Menschheit wohl noch eine Weile beschäftigen, und es würde noch länger dauern bis zum Vergessen und Verzeihen.

Enderle litt so sehr darunter, dass sie weder mit Kästner verheiratet war noch Kinder mit ihm hatte, dass sie Briefe trotzig mit Luiselotte Enderle-Kästner unterschrieb. Und ihn zum Arzt schickte, der dann feststellte, dass jetzt genug Teetassen mit Whiskey getrunken und Camel-Zigaretten geraucht worden waren.

»Der Erich und ich – wir haben ganz schön was weggesüppelt«, sagte Enderle, und manchmal rutschte sie selbst auf einer Champagnerflasche aus und lag »bedudelt parterre«, wie es von den Haushältern hieß.

Am Ende nahm Kästner nur noch Suppe, Fleischbrühe, Tartar und Obstsäfte zu sich und ging nicht mehr zum Arzt. Dann wurde er zu den Klängen des Walzers aus dem *Rosenkavalier* beerdigt.

Siebzehn Jahre später starb Enderle.

Ganz in der Nähe, weil hier alles nah war, lagen die letzten Knochenstückchen von Rainer Werner Fassbinder unter der Erde. Während seiner Trauerfeier hatte sich eine ganz besondere, geradezu auf ihn zugeschnittene Tragik entwickelt: Nachdem die Bildhauerin Karin Mai ihm die Totenmaske abgenommen und man seine Leiche im Krematorium des Südfriedhofs eingeäschert hatte, wurde er – allerdings erst später – hier auf dem Bogenhauser Kirchhof bestattet. (Viele Münchner schimpften und sahen die Erde ihres Prominentenfriedhofs durch den drogensüchtigen Schwulen verseucht.) Vorher allerdings feierte man auf dem Südfriedhof seine Trauerfeier, während derer man versuchte, die Totenmaske Fassbinders, die still in den Reihen der aus aller Welt angereisten Freunde und Wegbegleiter des Autors und Regisseurs in einer Plastiktüte herumgereicht wurde, meistbietend zu versteigern. Auch wurde irgendwann allen klar, dass Fassbinders Leiche noch nicht freigegeben war und gar nicht im Sarg, sondern noch auf dem Obduktionstisch lag. Die Nachricht drang aber nicht bis zu Hanna Schygulla, Ingrid Caven und Juliane Lorenz durch, die sich da schon auf dem Sarg wälzten und ihre schauspielerische Trauerkraft den anwesenden Gästen darboten.

Inzwischen hat aber auch Fassbinder mit dem Vergessen zu kämpfen, in Deutschland versucht man, ihn (genauso wie andere manische Künstlerinnen und Künstler) aus dem kulturellen Gedächtnis zu verbannen.

Auch jetzt wunderte ich mich wieder über die selbstzerstörerische Art, wie der Neid auf den Mut der anderen den für alle Ewigkeit gelten müssenden Ruhm der Toten verhindert.

Nachdem ich den Prominentenfriedhof verlassen hatte, setzte ich mich in ein Restaurant am Wiener Platz und aß Spiegeleier mit Spinat, um verlorene Kräfte wiederzuerlangen. Auf Friedhöfen befindet man sich in einer wunderbar zwanglosen Gesellschaft. Da kann man die Schickeria schon verstehen: Wenn schon verscharrt werden, dann auf dem Bogenhausener Friedhof, dachte ich.

Am späten Abend verließ ich das verschneite München in Richtung Frankfurt.

Im Zug rief ich den Mainzer Totengräber Alfred an, der jetzt im Hafen der Wassersportfreunde Budenheim im Vereinshaus hinter der Theke stand.

»Was gibt's?«, wollte er wissen.

»Alfred, kann ich dich mal besuchen kommen. Ich muss was von dir wissen. Über deine Zeit als Totengräber.«

»Da kannst du mich alles fragen, ich hab dreißigtausend Tote unter die Erde gebracht. Das ist die Einwohnerzahl von Weil am Rhein.«

16
MAINZ, KÖNIGSKLINGER AUE

Hinter dem Industriegebiet von Mainz-Mombach, durch den Ort Budenheim hindurch und an Kleingartenanlagen vorbei liegt das Gelände des Vereins der Wassersportfreunde an einem Seitenarm des Rheins vor der Königsklinger Aue.

Ich kam mit dem Auto und musste aufpassen, dass ich nicht zu viel Staub auf den Gehwegen aufwirbelte, denn diese Staubschwaden würden sich in dünnen Schichten auf die Autoscheiben der Rentnerautos im nahegelegenen Campingclub Uhlerborn oder dem Wassersportverein Neptun legen – und die Mitglieder dieser Clubs wollte ich nicht am Hals haben.

Es regnete in diesen Teilen des Landes auch im Winter nicht mehr, und der Staub wurde zum Problem. Schnee fiel sowieso nicht, und vielen hatte dieser Wandel genauso tiefe und trockene Risse in die tiefbraunen Gesichter getrieben, wie die Sonne sie auf den Gehwegen und Straßenbelägen hinterlassen hatte. Diese Gesichter schauten mich an, sie gehörten zu den Männern, die hinter den Gartenzäunen standen, sie hatten weiße Haare, und manchmal winkte einer – meistens aber nicht.

Hinter dem Damm, ein wenig noch vom Wasser entfernt, lag auf meterhohen Stelzen das Vereinshaus der Wassersportfreunde aus Budenheim mitten im Naturschutzgebiet.

Zum ersten Mal auf meiner Reise war ich mit dem Auto unterwegs, ich stellte es tief in ein Brombeergestrüpp hinein, sodass ich Probleme beim Türöffnen hatte und über die Beifahrertür ausstieg.

Ich schaute auf die Uhr, aber es war egal, Alfred würde da sein.

Über eine Treppe erreichte ich das Clubhaus, ich öffnete die Tür, und da stand er. Er war alleine hinter dem Zapfhahn, noch waren keine Jacht-, Sport- oder Segelbootbesitzer hier, die sich unter der Woche hinaustrauten, die die Zeit dafür hatten, die vor irgendetwas hierher fliehen wollten.

Alfred stand dort, vom karierten Flanellhemd abgesehen, in Wassersportfreunde-Budenheim-Look, er hatte sich einen blau-gelben WSF-Budenheim-Schal umgebunden, und auf dem Kopf trug er eine Budenheim-Schirmmütze. Sein weißer Bart war mehr als drei Tage alt, und ob er sich darüber freute, mich zu sehen, das wusste ich nicht – noch hatte er nicht gelacht.

»Hallo, Alfred«, sagte ich.

Wir gaben uns die Hand.

»Hast du überhaupt Zeit für mich?«, wollte ich wissen, schwang mich auf einen Barhocker aus Eichenholz und lehnte mich mit den Ellbogen über den Tresen.

»Ai, natürlich.«

Alfred hielt mir eine große Flasche Bitburger hin, ich nahm sie ihm aus der Hand. Er begann mich sofort hemmungslos (so, wie ich es mir gewünscht hatte) mit Details seiner Arbeit zu überschütten. Ich musste gar nicht nachfragen, alles floss, vielleicht hatte er nur darauf gewartet, dass mal jemand wie ich kam und nachfragte.

»Wie gesagt«, er holte tief Luft, »ich weiß ja, warum du da bist, und ich kann dir gerne was erzählen. Es waren circa dreißigtausend, die ich unter die Erde gebracht hab. Ich sag's gleich, da bin ich das los: Am schlimmsten war die Angst davor, dass dir die Ofentür im Krematorium entgegenfliegt und dich köpft, weil das Bestattungsunternehmen vergessen hat, den Herzschrittmacher aus der Brust der Leiche zu entfernen. Auch schlimm war die Beerdigung von Kindern und außerdem die Umbettung von Leichen, wenn die noch kein Jahr beerdigt waren.«

Ich nahm mehrere Schlucke aus der eiskalten Flasche und hustete dann.

»Doppelbeerdigungen waren auch schlimm, nach einem Autounfall zum Beispiel.«

Er überlegte. Ich wollte ihn schnell unterbrechen, denn ihm würden noch mehr Dinge einfallen, die schlimm waren. Aber das kalte Bier verschlug mir die Sprache.

»Und dann noch was Generelles: Es wird nicht *mehr* gelogen als auf einer Beerdigung, o. k.?«

»Das glaube ich«, sagte ich.

Er hatte es an sich, den Schluss seiner Sätze mit einem kurzen »o. k.« zu versehen, das weder ruppig noch belehrend wirkte oder wirken sollte, sondern einfach nur kontrollierte, ob wirklich alles »o. k.« war, ob ich mitkam.

»Und geprügelt wird sich auch oft, o. k.?«, sagte er und nahm selbst einen beherzten Schluck von seiner in einem WSF-Budenheim-Glas schwappenden Weißweinschorle. »*Die Sau ist sowieso fremdgegangen; warum hat das Schwein DIR alles vererbt?*, und so weiter.«

»Aber noch mal von vorne«, sagte ich, um den Fluss ein

wenig zu stoppen und ins Detail zu gehen. »Wie ist das, wenn man erst ein Jahr unter der Erde liegt und dann umgebettet wird?«

»Da musste ich meinen Männern erst mal eine Flasche Schnaps hinstellen, o. k.? Die haben wir dann ausgetrunken. Und sind irgendwann zum Grab und haben angefangen, die Leiche auszugraben. Ich weiß nicht, ich kann's nicht anders beschreiben als mit den Worten: Das war ein *Schlammbambuli*. Der Sarg meist schon halb eingefallen und dann mit Handschuhen die Reste in einen neuen Sarg geschafft, das war keine schöne Arbeit.«

Es verging ein wenig Zeit, in der sich der Raum füllte. Manche schauten nur zur Tür rein und grüßten, um dann über den Steg hinunter zum Hafen zu gehen und mit einem kleinen Nachen auf ihr Boot zu fahren.

Alfred machte sich eine neue Mischung, ich bekam noch ein Bier aus dem Kühlschrank.

»Alla hopp!«, rief er, und wir stießen miteinander an.

»Und wie ist das mit dem Alkohol so gewesen?«, wollte ich wissen.

»Das war nicht zu unterschätzen, du. Dass das an die seelische Substanz gegangen ist, ist auch klar, oder?«

Er schaute mich eindringlich an, diesmal kein »o. k.«.

»Oder?«, fragte er noch einmal.

»Jaja«, sagte ich, »ich glaube alles, was du sagst, jedes Wort.«

»Jedenfalls: Da haben wir auch immer mal einen gepfiffen. Der eine mehr, der andere weniger. Mein Alvis – mein Mitarbeiter –, der ist während der Betriebsversammlung zum Thema ›Wenn Alkohol Probleme macht‹ leergedreht und hat geschrien: Sie haben recht, Sie haben recht! Und dann musste ich mit dem Alvis in die Beratungen, die wollten mit seinem Hausarzt telefonieren und so weiter.«

Alfred holte Luft und fuhr dann fort.

»Und am meisten haben die Redner gesoffen, die freien Redner. Da kam einer immer mit seinem Sportwagen aus Idar-Oberstein, der hat für eine Trauerrede anderthalbtausend kassiert. Aber vorher ist er erst mal unten zu uns ins Büro gekommen und hat 'ne Flasche Bier leer gesoffen und 'ne Schachtel Zigaretten geraucht, und dann ist er hoch und hat sich über die Kränze und den Prunk der Beerdigung beschwert und dass ...«

»Welche Berühmtheiten liegen da eigentlich?«, unterbrach ich Alfred.

»In Meenz? Ai, der Ernst Neger, o. k.? Oder der Jockel Fuchs. Die liegen da alle!«

»Karnevalisten?«

»Ai, na klar.«

Karnevalisten, das waren natürlich meist Büttenredner, also auch Autoren. Aber wenn ich am Grab von Dachdeckermeister und Sänger Ernst Neger stand, war das nicht vielleicht zu weit entfernt vom künstlerischen Schaffensprozess des Schreibens? Es war doch nicht alles, was geschrieben wurde, Literatur. Das muss man, neben so vielem, auch erst mal begreifen.

»Da liegen aber auch die Gräfin Hahn-Hahn und die Schriftstellerin Kathinka Zitz-Halein«, sagte ich.

»Ach, die sind doch von sellemols!«

»Von was?«

»Schon uralt!«

Ida Hahn-Hahn war schon seit hundertvierzig Jahren tot, Kathinka Zitz-Halein seit über hundertvierzig Jahren – das hielt sich eigentlich alles in Grenzen, dafür, dass sie fast vergessen waren.

Zitz-Halein wurde 1801 im damals französischen Mainz geboren, sie schrieb Dutzende Bücher unter den Namen K. Th. Zianitzka, Theophile Christlieb, Emeline, Eugénie, Auguste Emilie, Doktor Schmitt, Rosalba Stephanie, Tina, Viola, Auguste und Pauline. Ihren Grabstein zieren die Worte:

> *Alle, die ihr mich hienieden*
> *Oft gekränkt so tief und schwer,*
> *Gönnt mir nun im Tode Frieden*
> *Und verleumdet mich nicht mehr.*
> *Freudlos machtet ihr mein Leben,*
> *Kalt zertratet ihr mein Glück.*
> *Meine Rache war Vergeben*
> *Keinen Groll ließ ich zurück.*

Ihre Eltern und ihre Schwester starben, und ihr Mann Zitz plagte sie mit seinen Affären. Dann gründete sie den Frauenverein Humania, mit dem Ziel, Männer durch das mitfühlende Wesen der Frau zu zivilisieren. Am Ende ihres Lebens schrieb sie von der männlichen Kritik zerstörte Werke über Heine, Goethe und Lord Byron.

Und dann wurde sie vergessen.

Ein wenig Nachruhm gab es für Kathinka Zitz-Halein dann ironischerweise in Arno Schmidts Erzählung »Tina«, in der sie als »Tina« den Ich-Erzähler durchs Schriftsteller-Elysium begleitet. Ausgerechnet in diesem Zwischenreich quälen sich die Literaten damit, »da oben« noch gelesen zu werden – also nicht aus dem Zwischenreich befreit werden zu können, solange irgendwo auch nur ihr Name in irgendeinem Schulaufsatz auftaucht.

Alfred begrüßte gerade neue Gäste: Jürgen und Uschi von der *Domus meus*, Albrecht vom Segelschiff *Emma* und den »kleinen« Wolfgang vom umgebauten Polizeischiff *Patrol*. Alle waren sie hier draußen, die Sonne schien spärlich durch die halb zugezogenen Spitzengardinen, die Heizung war aus, wir saßen in unseren Jacken am Tresen, es war vor zwölf Uhr.

»Was ist das bekannteste Lied vom Ernst Neger?«, fragte ich in die Runde, und wie aus der Pistole geschossen kam nicht nur ein Vorschlag, sondern mehrere:

»›Es gibt kein Bier auf Hawaii!‹«

»›Ich stemm' die Fleischwurst mit einer Hand!‹«

»›Hier am Rhein geht die Sonne nicht unter!‹«

Und so weiter.

Parallel dazu stimmten einige auch schon das Lied »Heile, heile Gänsje!« an, das Ernst Neger während Fastnachtssitzungen zu interpretieren pflegte, und nach wenigen Minuten war der gesamte Bewirtungsraum von einem leichten vormittäglichen Schunkeln erfüllt, so als sei das Clubhaus hinaus auf die Haderaue in Richtung Rheinstrom geschwommen: »Heile, heile Mausespeck / In hunnerd Jahr is alles weg.«

Alfred sang mit. Er hatte in seinem Leben nicht nur dreißigtausend ihm unbekannte Menschen unter die Erde gebracht, sondern auch seine Eltern, seinen Bruder, seine Tochter und sein *Bärchen*, seine Lebensgefährtin.

»Meinst du, das war es für deine Dreißigtausend gewesen?«, wollte ich wissen. »Meinst du, da kommt nichts mehr? Oder kommt da noch was, nach dem Krematorium? Sind die irgendwo alle gemeinsam, der Ernst Neger und der Jockel Fuchs und die Gräfin Hahn-Hahn?«

»Ich glaube, es gibt noch was, viel weiter weg und nach uns«, sagte er nachdenklich. »Vor ein paar Wochen hab ich meinen Schlüsselbund ins Wasser fallen lassen und bin zwei Tage lang getaucht und hab mit Rechen und Magneten an Bindfäden versucht, ihn rauszuholen. Irgendwann hab ich einen Zorn gekriegt und mit den Toten geschimpft. Als ich dann den Magnet rausgeholt hab, da hing der Schlüssel am Seil. Also, an irgendetwas muss man glauben. Der Rudi vom Verein jedenfalls sagt: Ich habe einen Glauben, ich glaube, ich habe Durst.«

»Ich glaube auch, dass wir unsterblich weiterexistieren werden«, sagte ich. »Nur eben nicht *wir*, sondern einzelne Gedanken und Motivationen von uns, aber in anderen Menschen. Ich meine, man erinnert sich doch. Du erinnerst dich ja an deine Eltern und deine Tochter und dein Bärchen. Und ihre Handlungen und das, was diesen Handlungen folgte. Auch wenn sie tot sind und sich daran selbst nicht mehr erinnern.«

»Aber wenn auch die Menschen mit den Erinnerungen an die Toten sterben, also wir?«, warf Alfred verständlich ein, und ich sagte nichts mehr.

Alfred öffnete den Kühlschrank unter sich. Der Verschluss einer neuen Flasche Rümmelsheimer Steinköpfchen knackte beim Aufschrauben. Ich stand auf, um zur Toilette zu gehen. Draußen schaute ich über die Brüstung auf den Steg, der hinunter zu den Liegeplätzen führte, da lagen die Boote, noch immer hatte sich der Pegelstand auf dem Rhein nicht normalisiert. Der Chemiekonzern BASF hatte aufgrund des Wassertiefstands eine Viertelmilliarde Euro Verlust gemacht, auf den freigelegten Kiesbänken waren Tomaten und Melonen gewachsen, und den Tankstellen am Rhein war der Sprit ausgegangen. Die wirklich schwerwiegenden Folgen würde man wohl frühestens in ein paar Monaten zu untersuchen beginnen. Europa war vertrocknet, ein unbewässertes Grab.

Ich kniff die Augen zusammen und schirmte sie dann vor der Wintersonne ab. Alfreds Boot, der *Zander*, er lag dahinten still im Wasser.

Was ich Alfred eben gesagt hatte, das *glaubte* ich nicht wirklich. Ich konnte es nicht glauben, weil ich keine sinnvolle Begründung dafür hatte. Ich hatte mir in dieser Hinsicht, und obwohl meine Reise sich langsam ins letzte Quartal neigte, noch kein richtiges Bild machen können. Es konnte sich, und das war das Gute, in dieser Hinsicht ja jeder seine eigene Wahrheit zusammenbauen – Wahrheiten, zusammengefügt aus unterschiedlichsten Ritualen: Beten, Yoga, Tarot, Fingerkreuzen. Aber wenigstens einen Glauben haben, das tat schon gut.

Ich schaute auf das Wasser. Ich erinnerte mich, dass Alfred hier, an den Ufern, im Laufe seiner vielen Jahre im Wassersportverein zu allem Überfluss nicht nur verlorene Gegenstände, sondern auch mehrere in die Haderaue getriebene Wasserleichen ans Ufer ziehen musste, deren Überreste er mit keinen anderen Worten als »das war ein Schlammbambuli« beschreiben konnte.

Ich erinnerte mich an die Hochwasser, die es hier vor ein paar Jahren noch gegeben hatte. Und an die treibenden Eisschollen und das Tor zur Hölle (einem normalen Eisentor, das zu den Nachen führte), an dem mein Vater und mein Bruder vor fünfzehn Jahren in ihren Hochwasserstiefeln fast ertrunken wären. Das letzte Jahr war ausgerechnet das Jahr, in dem sich die Leute wirklich zu fürchten begannen, weil sie wussten, dass vieles nicht mehr so sein würde, wie es einmal war. Sie fühlten sich durchs Wetter persönlich angegriffen, aber weil sie selbst schuld waren, wollten sie da lieber nicht ins Detail gehen. Wahrscheinlich wird der nächste Sommer wieder feucht werden, und dann war sowieso wieder alles vergessen. Bei solchen Dingen dauerte es eben keine »hunnerd Jahr«, bis die Erinnerungen gelöscht waren, sondern höchstens die Periode zwischen An- und Abtuckern, dem Beginn und dem Ende der offiziellen Saison der Wassersportfreunde.

Ich schlich zurück ins Vereinshaus.

»Alfred, noch eine Frage«, sagte ich. »Meinst du, ich soll mal zwei Tage als Totengräber arbeiten, um genau herauszufinden, wie das so ist?«

»Kannst du machen«, sagte er, »aber die Jungs sind clever. Die werden dir sagen: Wenn du schon schreibst, musst du auch die Schippe in die Hand nehmen. Und dann werden sie dich als Tintenbub beschimpfen.«

»Tintenbub?«

»Ai, natürlich.«

»Hmm.«

Es war Zeit, mich von Alfred zu verabschieden.

»Ich fahre jetzt zum Mainzer Hauptfriedhof und schaue mir das alles an«, sagte ich.

»Willst du nicht noch einen nehmen?«, fragte er erstaunt. »Das Date hast du mir eh versaut.«

»Welches Date denn? Du hast ja nichts gesagt.«

»Tja. *Tralala, hopsasa.* In die Kneipe nach Gonzenheim wollte ich, da machen ein paar ansehnliche Personen rum.«

»Ich komme mit«, scherzte ich. Aber in Wahrheit war ich zutiefst erschöpft.

»Du bleibst zu Hause«, rief Alfred. »Ich bin selbst dabei, mir ein Image aufzubauen.«

Er schaute mich ernst an, und ich versuchte, gütig zu lächeln, um ihn zu besänftigen.

»Mach dir nichts draus«, sagte er. »Es wird sehr bald mal wieder ein Date stattfinden, denke ich.«

Der Mann dachte trotz allem gar nicht daran, irgendwo einen Strich zu ziehen. Außer auf meinem Bierdeckel.

»Drei Euro.«

»Stimmt so.«

»Danke. Und schreib das schön auf, ich finde gut, dass du das machst«, sagte er.

Beim Rausgehen zitierte ich, noch immer im Wahn der vergangenen Reise ans Schwarze Meer, Ovid:

»›Tatsachen will ich verkünden, doch wird es immer welche geben, die behaupten, ich hätte alles bloß erdichtet.‹«

Bevor ich die Tür hinter mir schloss und ins helle Januarlicht hinausging, rückte Alfred seine Budenheim-Schirmmütze zurecht und lachte.

17
PRAG UND DUCHCOV

PRAG QUÄLTE SICH IN DEN SCHLAF. Eine Freitagnacht, und die Stadt war selbst dran schuld. Für die Prager Altstadt müsste man, wie in Venedig, einen Eintrittspreis verlangen, aber einen hohen, keinen lächerlichen von drei Euro pro Person. Das europäische Mausoleum sollte seine Gäste gefälligst bluten lassen, sonst würde es, wie hier, immer mehr Zentren des stummen Starrens, des Herumstehens, des Tippelns und hemmungslosen Saufens geben.

Ana, Leon und ich standen nebeneinander im Nachtclub *Atelier*, einem Club, der in seinen Schaufenstern zur Straße hin große Flachbildschirme befestigt hatte, die Videoaufnahmen von gefüllten Räumen zeigten, auch wenn drinnen nichts los war.

Die Männer hier waren widerwärtig, sie konnten es nicht verstehen, wenn wir behaupteten, Ana sei mit keinem von uns beiden zusammen und wir nur drei Freunde – es war ihnen unvorstellbar, wie zwei Männer mit einer Frau unterwegs sein konnten und gemeinsam in den Urlaub fuhren. Wir bekräftigten mehrmals, dass es sich bei unserer Reise um eine Recherchereise handelte, aber da waren sie mit den Gedanken schon wieder woanders. Vor allem einer der

Deutschen, die hier in unanständig großen Gruppen ihre Junggesellenabschiede feierten, ließ uns nicht mehr in Ruhe und verfolgte uns auch nach draußen zum Rauchen. Wir wimmelten ihn ab und versteckten uns im Club zu dritt hinter der Schwingtür, die zu den Toiletten führte. Leon und ich schauten durch jeweils eins der Bullaugen der Tür nach draußen auf den Dancefloor. Der Tresen lag mitten im Raum, und wir konnten sehen, wie dahinter der uns nicht in Ruhe lassen wollende Mann entlangschlich und nach uns Ausschau hielt. Wir zuckten furchtbar zusammen, als der Kopf nach einer Weile plötzlich von rechts auftauchte und durch eines der Bullaugen schaute – genauso wie der Velociraptor in *Jurassic Park*, und wir kippten beinahe nach hinten um vor Schreck.

Das war gleichzeitig der letzte Akt an diesem Abend, wir saßen zwar noch lange am Tisch unseres Lofts und starrten die Cover irgendwelcher Bücher an, die wir peinlich fanden, aber dann gingen alle in ihre Schlafzimmer und warteten darauf, dass der Mond Abdrücke auf die Fußenden unserer Betten warf und wir von Krähen träumten, die an Steinen herumpickten, die sie für Fettstücke hielten.

Durch die Fenster vor meinem Bett schauten die gelben Wände der Prager Altstadt. Ich wusste, dass ich die ganze Nacht nicht würde schlafen können, dass ich zwar kurz einnicken, dann aber von einer qualvollen Unruhe heimgesucht werden würde.

So erging es mir auf Reisen seit den Nächten nach Constanța. Der fehlende Schlaf erzeugte langsam schwache Formen einer Paranoia.

Es war April, im März hatte ich nach England fliegen wollen, um die Gräber von Bram Stoker, Virginia Woolf und

Malcolm Lowry zu suchen, aber der Brexit war verschoben worden, und ich dachte, dass diese Landstriche ohne den Brexit zu dieser Jahreszeit einfach zu wenig Substanz hatten. Schade, denn Lowry hatte sich sein eigenes Epitaph geschrieben – die Briten noch nicht, aber sie könnten sich an Lowry bedienen –, und das ging wie folgt: »Here lies Malcolm Lowry, late of the Bowery, whose prose was flowery, and often glowery. He lived nightly, and drank daily, and died playing the ukulele.«

Später begann sogar Notre-Dame zu brennen und ich mich vor den Heucheleien der Europäer zu ekeln. Ich wollte sowieso nie wieder nach Westeuropa reisen, also war ich über Frankfurt und Nürnberg mit dem Auto – einem roten Renault Kangoo – nach Prag gefahren, um dort meine Freunde Ana und Leon zu treffen.

Es war der erste Roadtrip dieser Forschungsreise. Im Kofferraum flogen ein Kasten Apfelwein der Marke ›Blauer Bock‹ herum, eine Matratze, ein Schlafsack und eine vernickelte Schreckschusspistole mit Griffschalen aus Mahagoni. Mein Vater hatte sie mir ins Auto gelegt, und ich fühlte mich damit unsicherer als jemals zuvor.

Jetzt suchten wir in Prag nach dem Golem, dem jüdischen Urmythos von der Erschaffung des Menschen – einerseits. Andererseits suchten wir einen aus Staub und Schlamm geschaffenen Menschen, ein jüdisches Monster Frankensteins. Wo lagen seine Überreste? Auf dem Dachboden der Altneu-Synagoge? An den Ufern der Moldau? Und wie war er vernichtet worden?

Wir hatten mehrere Theorien zur Auswahl:

Der erste Golem der jüdischen Geschichte war Adam. Er wurde von Gott aus einem Klumpen Erde geschaffen. Die späteren Golems wurden den Mythen nach von jüdischen

Gelehrten zum Leben erweckt. Erfährt ein Rabbi den geheimen Namen Gottes und baut aus Lehm eine Menschengestalt, die er mit diesem Namen Gottes anspricht, wird die Gestalt zu Leben erweckt und nennt sich Golem. Vernichtet werden kann der Golem nur, indem das auf seine Stirn geschriebene Wort EMET (das Wahrheit bedeutet) in MET (Tod) geändert wird. Diese Legende ist die populärste und ist die des Rabbi Judah Löw, dessen Grab wir besuchen wollten. Rabbi Löw ging mit seinem Schüler und seinem Schwiegersohn am 5. Adar 5340 (17. März 1580) an die Ufer der Moldau, ein wenig außerhalb Prags, und baute aus dem Lehm des Flusses einen Menschen. Alle drei gingen Formeln sprechend siebenmal im Kreis um die Figur herum – der Schwiegersohn symbolisierte das Feuer, der Lehm wurde gebacken; der Schüler war das Wasser, dem Golem wuchsen Haare; Rabbi Löw schließlich war der Wind und blies ihm den »lebendigen Atem in die Nase«. Rabbi Löw nannte ihn Joseph und zerstörte ihn, nachdem er Amok gelaufen war, auf die oben beschriebene Weise auf dem Dachboden der Altneu-Synagoge in der Altstadt von Prag.

Die weiteren Legenden vom Golem und dessen Zerstörung sind weniger verbreitet: In einer wird der Golem von Magiern erschaffen, anschließend zu einem Rabbi geschickt, doch der Golem spricht nicht. Das ist dem Rabbi Beweis genug für seine Herkunft aus Magierlaboren, also befiehlt ihm der Rabbi zurückzukehren – der Golem zerfällt am Boden zu Staub. Einer anderen Legende nach entsteht der Golem, geschaffen von vielen Schülern, mit einem Dolch in der Hand. Sofort bittet er seine Schöpfer darum, ihn zu töten, damit er nicht als Götze verehrt werden kann. Und weil der Götzendienst sowohl im Judentum als auch im Protestantismus eine Sünde ist, vernichten sie ihn.

Geschaffen worden war der Golem damals, um als Schutzpolizist gegen Verleumdungen des jüdischen Volks in Prag vorzugehen. Nicht wenige glaubten nämlich, die Juden würden sich am Blut von Kindern bedienen und sogar Ritualmorde vollführen.

Ana, Leon und ich schlichen am nächsten Morgen durch Flecken aus Licht, aber die Wolkendecke war geschlossen.
Schon wieder war die Stadt vollkommen überlaufen. In Cafés saßen holländische Frauengruppen, die sich riesengroße und mit Puderzucker bestreute Quarktaschen von der Seite quer in den Mund schoben. Die ersten »Deutschis« standen schon wieder auf den Balkonen der Hostels und zogen an Vaporizern mit New-York-Cheesecake-Geschmack. Im Geiste sah ich sie abstürzen und auf dem Prager Kopfsteinpflaster zerschellen.
Ich musste an berühmte Deutsche denken, die im Ausland begraben waren. An die regelmäßig geschändete Gruft von Karl Marx auf dem Highgate Cemetery in London. An die Särge von Nelly Sachs und Peter Weiss auf dem Nordfriedhof in Stockholm und die Grabplatten von Lotte und Stefan Zweig in Petrópolis.

Mit verächtlichen Mienen liefen wir die Dlouha hinunter, wo wir auf zwei türkische Armenier aus Istanbul stießen, die so verzweifelt waren, dass sich bei beiden zwischen Augenbrauen und Nasen eine Triangelform bildete. Sie suchten die armenische Kirche. Ana sprach natürlich Armenisch, es ging eine ganze Weile lang hin und her, während Leon und ich verdutzt zuhörten. Die Dreiecke auf den Stirnen der beiden verschwanden aber nicht, und wir wunderten uns über das, was Ana mit den beiden besprach.

»Was ist los?«, wollte ich wissen.

»Es geht gerade um das Foto-Festival hier in Prag, warte mal kurz«, sagte Ana und machte Wischbewegungen in unsere Richtung.

Ich zeigte Leon meine Zähne, er atmete tief aus und legte den Kopf in den Nacken.

»O. k., hier lang«, sagte Ana schließlich, und wir gingen alle zusammen zu einem gotischen Kirchenbau, der ganz in der Nähe stand.

»In Prag sind Frauen übrigens noch Thema«, sagte Ana, als wir auf dem Weg in die Kirche an einer Werbeanzeige vorbeiliefen, die eine unbekleidete Frau zeigte.

Im selben Moment, in dem wir die Kirche betraten, sie leer vorfanden und ich mich fragte, was für ein Wochentag heute war, wurde ich sehr traurig. Schon wieder so ein schlechtes Gefühl, dachte ich. Mir wurde bewusst, dass heute Samstag war, der jüdische Feiertag, Schabbat – und dass wir heute keine Chance haben würden, auf irgendwelche jüdischen Friedhöfe zu kommen.

Während sich die Gesichter bei den andächtig betenden Armeniern langsam aufhellten, verdunkelte sich bei mir alles, aber noch wollte ich der Reisegruppe nichts von meinen Befürchtungen mitteilen.

»Zwei seltsame Typen«, sagte ich, als wir die Kirche verließen. »Diese Mimik, die haben mir wirklich leidgetan, die beiden Kerle.«

»Was erzählst du da?«, fragte Ana. »Das waren Frauen.«

Ich schaute Leon an, und er nickte.

In dem Moment dachte ich, dass irgendetwas nicht stimmte, dass meine Wahrnehmung getrübt war, dass irgendetwas einen Vorhang über meine normalerweise uneingeschränkte Wahrnehmungskraft gelegt hatte.

Als wir vor den verschlossenen Toren des Alten Jüdischen Friedhofs standen, wurde aber auch Ana mit einem Schlag so unglücklich, dass ich mich zutiefst für meine Unkenntnis und Dummheit zu schämen begann. Diese armen Menschen, die ich nun schon seit fast einem Jahr über die Friedhöfe mit mir herumschleppte, bei Gluthitze, im Schnee, durch schlammige Pfützen und vom Waldbrand bedrohte Dörfer – und dann waren diese Suchen auch noch so selten von Erfolg gekrönt. Ich hatte meinen Vater über die öden und vertrockneten Friedhöfe an den Hängen des Taunus geführt, Marius und Pascal bis ans pechschwarze Meer und Maria an den Rand des Wahnsinns. Und jetzt meine Freunde Ana und Leon bis nach Prag, wo wieder alles nicht funktionierte, weil uns gleichzeitig bewusst wurde, dass wir auch Kafkas Grab auf dem Neuen Jüdischen Friedhof nicht besuchen durften.

Wir standen also an den viel zu hohen Mauern, die ich schon per Räuberleiter zu überschreiten bereit war, denn ich wollte diesen nur einen Hektar großen Friedhof sehen, auf dem mehr als 12 000 Grabsteine und über 100 000 Tote in bis zu zwölf Schichten übereinanderlagen und -standen. Aber es waren zu viele Touristen um uns herum, Abschlepp- und Polizeiwagen schlichen an uns vorbei, aus den Fenstern der Gebäude betrachteten uns mehr Lebende, als hinter den Mauern Tote lagen. Und wenn Touristen schon nicht durch ihre Unwissenheit und Trampeligkeit störten, taten sie es durch ihre Klugscheißerei. Wir würden niemals über diese Mauer klettern. Und ich würde nie mehr nach Prag zurückkehren.

»Nein! Nein!«, sagte ich verbissen und kratzte mit meinen Fingernägeln an der Mauer entlang. »Hier liegen so viele Kabbalisten, Rabbiner und Ausleger des Pentateuch und so viele Magier und der Rabbi Löw selbst, vielleicht auch der Staub des Golem, alles auf diesem Fleckchen hinter dieser Mauer, das darf nicht sein, dass wir da jetzt nicht reinkommen.«

»Wenn wir da jetzt drübersteigen und festgenommen werden und die deine Arminia-Schreckschusspistole in deiner Jackentasche finden, dann ist eh alles vorbei«, sagte Leon, halb in der Erwartung, ich würde mich seiner Mahnung widersetzen und mit Anlauf über die Mauer springen.

Er hatte recht, ich betastete die Schreckschusspistole in meiner Jackentasche. Mein Vater hatte sie mir gegeben mit dem Hinweis, man dürfe sie dort nur ungeladen und in einem Kasten mit Verschlusssicherung mit sich führen.

Als ich nicht versuchte, über die Mauer zu springen, war Leon, glaube ich, ein wenig enttäuscht und rückte seine Schildkappe zurecht.

»Und wir werden für immer verflucht sein, wenn wir da jetzt versuchen drüberzuklettern«, sagte Ana.

Neben dem Friedhof stand das geschlossene Jüdische Museum, das bekanntlich das »Eichmannreferat« einrichtete und wiedereröffnete, um den Deutschen das Bild einer »untergegangen Rasse« zu vermitteln. Die erste Ausstellung trug den Titel »Jüdisches Leben von der Wiege bis zum Grab«. 1944 konnte die fünfte Ausstellung nicht mehr ausgeführt werden, da zu diesem Zeitpunkt die jüdischen Mitarbeiter des Museums beinahe vollständig inhaftiert oder deportiert worden waren.

»Wir gehen zur Altneu-Synagoge, da muss der Staub des Golems auf dem Speicher liegen«, sagte ich und wollte meinen Freunden die Arme um die Schultern legen, aber traute mich nicht.

Wir schlugen uns durch eine Wolke aus extrem vornehm gekleideten Japanerinnen und Japanern in Richtung Altneu-Synagoge, aber auch Synagogen hatten samstags geschlossen.

Unser Weg führte uns einmal um diesen seltsamen alten Magierturm herum. An der Rückseite sahen wir mehrere Tritte aus gekrümmtem Eisen, die aus einer kleinen Dachluke nach unten führten und mitten auf der Wand einfach aufhörten, so als sei dort eine Tür, die sich nur öffnen ließ, indem man den geheimen Namen Gottes aussprach.

Über diese Eisenklammern war der Prager Journalist Egon Erwin Kisch, nachdem er sich von Herrn Zwicker, dem Hüter des Hauses, die Schlüssel zum Dachboden mit den Worten »Von mir aus« aushändigen ließ, ins Dachgestühl geklettert, um dort die Überreste des Golems zu finden.

Vor ihm war der Rabbiner Ezechiel Landau dort gewesen, der mit ehrfurchtsvollem Blick zu seinen Schülern zurückkehrte, um ihnen zu sagen, dass ab jetzt der Golem nicht mehr gestört werden dürfe.

Aber Kisch kletterte über die Stufen nach oben, betrat den Dachstuhl und fand dort kein mystisches Düster, sondern nur ein altes Kaminrohr, das Gerippe eines Vogels, eine Fledermaus und Schwämme, die sich auf dem alten und feuchten Holz ausgebreitet hatten.

Wir betrachteten stumm die Luke, durch die der Journalist gestiegen war. Dann drehten wir uns um und gingen davon. Noch einmal blickten wir zurück und sahen einen Flammenbogen vom Dach aufsteigen und sich in den Augen der Touristen spiegeln.

Wir holten unser Gepäck und nahmen die Straßenbahn zum Neuen Jüdischen Friedhof. Ganz in der Nähe der Universitätsklinik hatte ich am Vortag das Auto geparkt. Wir luden unsere Taschen in den Kofferraum und tranken zusammen eine Flasche Apfelwein. Dann gingen wir hinauf zu den Olsany-Friedhöfen, einer sogenannten kommunalen Nekropole aus zwölf aneinanderhängenden Einzelfriedhöfen. Wir überquerten die Straße, die die Friedhöfe in der Mitte teilte, und gingen an der Mauer lang, wo der abgesperrte jüdische Teil lag.

Durch den Zaun sahen wir ein Schild, das die Richtung und die Entfernung zu »Dr. Kafkas Grab« anzeigte. Wir folgten dem Schild in die ausgewiesene Richtung, immer an der Friedhofsmauer entlang. In diese waren Tore eingesetzt, die man ebenfalls verschlossen hatte. Rechts von uns tauchte das Gebäude von Radio Free Europe auf, einem Bau, der ein moderner Abguss der Mietskaserne in Kafkas *Prozess* war, und durch eine weitere Auslassung in der Friedhofsmauer, die dem Eingang des Gebäudes direkt gegenüberlag, konnten wir Kafkas Grab sehen.

Die Sonne, die den ganzen Tag über nicht aufgetaucht war, kämpfte sich jetzt endlich durch die Wolken und wärmte unsere Rücken. Ana sagte, dass sie jetzt wieder glücklich sei. Und Leon zeigte auf einen goldenen Bockkäfer, der sich auf den Zaun gesetzt hatte und sich sonnte – der nur noch seine Fühler bewegte und uns zu betrachten schien.

Ich konnte im Nachhinein nicht sagen, wie lange wir dort gestanden hatten. Alles schien stillzustehen, auch der Portier von Radio Free Europa sah von seinem Monitor auf, schaute in unsere Richtung und schloss die Augen. Vielleicht verinnerlichte er die Adresse des Radiosenders, Izraelská 3333/4, und sah dadurch seine Existenz bröckeln.

Neben Kafka liegen der Ölfabrikant Adolph Levy und seine Frau Ernestine. Und mit Kafka zusammen seine

Eltern, Julie und Hermann. Unter dem Obelisk, der ihr Grabstein ist, liegt eine Gedenktafel für Kafkas Geschwister: Elli, Valli und Ottla; alle drei sind in Vernichtungslagern ums Leben gekommen.

Außer uns war niemand hier. Auf den Friedhof durften sie heute nicht, die Degenerierten von den Drunken-Monkey-Pub-Crawl-Drinking-Tours. Wir sagten nichts, wir betrachteten nur, aber unsere Wut war überall.

An den Pissoirs der Medos-Tankstelle, die an den Mauern des Friedhofs lag, spielte ich mit dem Gedanken, das Grab von Egon Erwin Kisch auf dem Friedhof Vinohrady zu besichtigen, aber dann stellte sich ein Mann neben mich, der auf seltsame Art und Weise die Haut seines schlaffen Penis nach vorne und hinten schob und ihn damit fast abzureißen drohte. Ich versuchte, so still wie möglich zu stehen und mich nicht zu rühren. Dann betätigte der Mann die Spülung und verschwand.

Ich erzählte Ana und Leon nichts davon. Aber ich wollte Prag so schnell wie möglich verlassen.

Wir gingen zügig zum Auto zurück, drehten die Klimaanlage hoch und machten es uns gemütlich. Auf halber Strecke in die nordböhmische Stadt Dux, in der Casanova auf Schloss Dux die letzten Jahre seines Lebens verbracht hatte, bremste ich in einem Tunnel einen Fünfzehntonner aus, dessen Fahrer mir wild gestikulierend den Stinkefinger zeigte. Ich geriet in Panik und drückte das Gas voll durch. Ich betastete die Schreckschusspistole, bei der ich immer Angst hatte, sie könnte in meiner Jackentasche losgehen. Warum hatte sie mir mein Vater nur mitgegeben?

In Dux liefen wir durch die Innenstadt, an leer geräumten Schaufensterläden vorbei, an verschlossenen Kneipen und

Häusern, die nur noch Kulisse waren. Dux war wie eine mit der Arminia getroffene Konservendose mit Tomaten, die ausgeblutet war und deren Fruchtfleisch langsam anfing zu schimmeln – die Zeche hatte geschlossen, und eigentlich war nichts mehr übrig außer dem Schloss. Wir quartierten uns im einzigen Hotel der Stadt ein, im Hotel Casanova.

Nachdem wir im letzten geöffneten Restaurant zu Abend gegessen hatten, nahm ich – auf dem Weg zurück zum Hotel – am Barbora-See endlich die Arminia HW-88 Airweight, den fünfschüssigen 9-mm-Trommelrevolver mit Griffschalen aus Mahagoni, aus der Tasche meines Anoraks und schoss nach ein paar Fehlversuchen Schwarzpulver in den nordböhmischen Nachthimmel, damit auch er ausbluten konnte.

Ana sagte nur: »So etwas macht man normalerweise nicht.«

Die ohnehin schon unruhigen Wasservögel, wahrscheinlich Lappentaucher, verstärkten ihr Geschrei und hörten auch dann nicht damit auf, als wir schon lange mit unseren Zahnputzbechern, in die ich uns Apfelwein eingeschenkt hatte, in unseren Hotelbetten lagen.

Am nächsten Morgen zog ich die Vorhänge zur Seite und blickte vom Bett aus verschlafen aus meinem Fenster auf die Svaté-Barbory-Kapelle. Leon hatte uns die ganze Nacht Erzählungen von Tschechow vorgelesen, so lange, bis wir eingeschlafen waren.

Daraus bestand unser Leben. Den ganzen Tag herumlaufen und nach etwas suchen, von dem man nicht genau wusste, was es war, und dann abends mit Apfelwein im Bett liegen und Geschichten über Menschen lesen, die genau dasselbe taten.

Ich lag noch eine ganze Weile mit weit geöffneten Augen

da, bis ich geräuschvoll ins Bad ging, um die anderen zu wecken.

»Guten Morgen«, sagte Ana.

»Guten Morgen«, sagte Leon.

Und dann gingen wir ins einzige geöffnete Café der Stadt, das Café Casanova.

Das Wetter war nicht gut. Schnüre aus Regen hingen wie Spinnfäden über den Gebäudefassaden, über den dorischen Pilastern, den Brunnenparterres und Wasserspielen. Vom Café Casanova aus betrachteten wir, eingefärbtes Marzipan essend, den Eingang des Schlosses. Goethe war hier gewesen, Schiller und Beethoven und Chopin, aber wir ja auch, also wunderten wir uns kaum darüber.

Endlich, im wenig gepflegten Garten des Schlosses, suchten wir zwischen regennassen Sträuchern nach dem Grab Casanovas. Leon blieb vor einer Statue stehen und zeigte auf sie.

»Das müsst ihr euch mal anschauen, die hat Mumps, die Figur.« Und dann begann er in der Nähe eines Wasserspiels die sechste Version von C. F. Meyers »Der römische Brunnen« zu zitieren.

Durch die Lautstärke geweckt, stand plötzlich eine weiße Gestalt im ersten Stock des Gebäudes, klopfte gegen die Fenster und bildete danach mit den Händen eine Brille um die Augen. Dann blieb sie so stehen, also hauten wir ab.

Casanova wurde vom Grafen Waldstein, den er bei einem Diner des venezianischen Botschafters Foscarini in Wien kennengelernt hatte, damit beauftragt, auf Schloss Dux einen Bestand aus 55 000 Büchern in eine Bibliothek zu verwandeln. Er nahm den Auftrag an und wurde vom Abenteurer zum böhmischen Einsiedler.

Die Bediensteten des Schlosses machten es ihm schwer, allen voran der Haushofmeister Feldkirchner, zusammen mit Inspektor Stelzel und dem Boten Wiederholt. Die Folge waren nicht nur vollgeschissene Porträts Casanovas, sondern auch die Anschuldigung, die Tochter des Schlosspförtners geschwängert zu haben. Man lachte über ihn, aber er interessierte sich nicht dafür. Nur die zu kalt servierten Makkaroni konnten Wut in ihm hervorrufen.

Der größte Verdienst in Casanovas Leben war sicherlich, dass er sich auch an dessen Ende auf Schloss Dux nicht zu langweilen schien. Er kümmerte sich um seine Hündinnen Mélanpyge I + II und arbeitete acht Jahre lang an seinen Memoiren, der viertausendseitigen *Geschichte meines Lebens*, die in ihrer Vollständigkeit erst 1960 der Öffentlichkeit zugänglich gemacht wurde, nachdem das Originalmanuskript stark gekürzt auf Deutsch übersetzt worden und dann wieder in einem Bunker des Leipziger Verlegers Brockhaus verschwunden war. Im Zweiten Weltkrieg entging es einem Bombenangriff, wurde dann mit Fahrrädern in die einzige intakt gebliebene Leipziger Bank in Tresore gestellt und später nach Wiesbaden überführt. 2010 wurde das auf Schloss Dux entstandene Werk von der Pariser Bibliothèque Nationale für sieben Millionen Euro gekauft.

Natürlich nahmen wir auch an der Führung durchs Schloss teil, die nur auf Tschechisch angeboten wurde, aber wir bekamen beim Bezahlen des Eintrittspreises eine Mappe mit der Übersetzung der Tour, es gab also gar keinen Überraschungseffekt für uns. Wir wussten schon vor den anderen, wann die Gags kamen.

Wir liefen mit zwei tschechischen Familien durch das Schloss, alle diese Tschechen waren riesengroß. Als wir in

Casanovas Arbeitszimmer an einem Stuhl vorbeikamen, auf dem der angeblich gestorben war und der jedem, der sich auf ihn setzte, nicht vorstellbares Liebes- und Verführerglück bescherte, sah der einstudierte Text der Führerin vor, das Anhängsel »ohne Garantie« ans Ende zu hängen, also lachten wir schon, als wir den Sessel sahen. Alle schauten uns an, und dann, nur eine Minute später, lachten auch sie, und alle waren glücklich.

Wir blieben ein wenig länger als der Rest der Gruppe und betrachteten den schmutzigen Sessel. Hier hatte er sich am Ende nur noch von Suppen und Quellwasser ernährt, bis sein »Leib wie eine Trommel« geworden war.

Am Ende der Tour standen Ana, Leon, ich und die großen Tschechen in Casanovas Bibliothek. Die Führerin betätigte eine Taste in einem der Regale, und eine Geheimtür öffnete sich in der Bücherwand. Wir wussten, dass sie: »Wollen wir doch mal sehen, ob er nicht zufällig zu Hause ist«, gesagt hatte, aber wir wussten nicht, was das bedeutete, weil es im Text keine Regieanweisungen gab, also mussten wir uns gemeinsam mit den Tschechen gedulden. Nachdem die Wand endlich knarzend in der langsam peinlich werdenden Stille nachgegeben hatte, konnten wir sehen, dass sich dahinter eine kleine dunkle Kammer befand, in der an einem Schreibtisch ein unheimlicher Casanova-Pappmaché-Nachbau an einer flackernden Elektrokerze über seinen Büchern hing. Wir konnten die Frage also beantworten: Casanova war noch da.

Ana ging zuerst hinein und sagte: »Wie scheiße.«

Zur Erinnerung an die vergangenen Tage kaufte ich jedem von uns im Museumsshop noch ein kleines zusammenfaltbares Kärtchen in Form eines Marienbildchens für Gesangsbücher. Vorne konnte man einen Kupferstich von Casanova sehen, und wenn man es aufklappte, eine pornographische Szene im Schloss, mit vier Beteiligten – alle befriedigt.

»Eine Frage noch.« Ich klopfte an die Scheibe des Museumsladens.

»In der Führung eben hieß es, man findet an der Mauer einer Kapelle den Grabstein Casanovas. Können Sie uns sagen, welche Kapelle das ist?«

»Das ist die Kapelle Svaté Barbory«, sagte die Frau vom Shop auf Deutsch.

Wir besuchten also noch einmal die Kirche, die direkt neben dem Hotel Casanova stand – die Kapelle, auf die ich die gesamte schlaflose Nacht geschaut hatte.

Vor dem Grabstein an der Außenfassade lag ein Pfefferminzteebeutel, den wir auf den Grabstein legten, weil er leicht aus der Mauer herausragte.

Die ganze verregnete nordböhmische Nacht hatten wir in unserem verrauchten Hotelzimmer also neben Casanovas Grabstein gelegen. Und wir waren uns sicher, dass uns nicht der dreckige Stuhl, sondern genau diese Nacht im Hotel unvorstellbares Liebesglück beschert hatte.

18
RÖCKEN, WEISSENFELS
UND WEIMAR

»STIMMT DAS EIGENTLICH? DIESE GESCHICHTE MIT dem Japaner?«, fragte ich den Pfarrer von Röcken, der nur schaute und fragte: »Welcher Japaner?«

Er strich sich das lange Haar hinters Ohr und ging mit seinen braunen Gummistiefeln voran, um uns die Kirche und das Museum aufzuschließen.

Es war ein verregneter Sonntag. Wir waren eine halbe Stunde zu spät gekommen und er gerade dabei, das Essen für die Familie zu machen. Seine Frau sei mit dem gemeinsamen Kind spazieren gegangen, hinten, wahrscheinlich am Ellerbach Richtung Michlitz.

Es war Sonntag, und die Wolken verpassten uns Kopfnüsse. Wir hatten sofort Plateaus aus Erde unter unseren Turnschuhen kleben und waren alle gewachsen.

»Welcher Japaner?«, fragte mich auch Leon, weil der Pfarrer nicht weiter darauf einging und uns erklärte, er würde später dann alles wieder abschließen, wir sollten uns nur ausreichend Zeit nehmen und dann einen Gruß im Gästebuch dalassen.

»Da hat angeblich mal einer auf dem Grabstein übernachtet, ein Fan. Habe ich in der *FAZ* gelesen«, sagte ich.

Nördlich und südlich des Langhauses der Röckener Dorfkirche lag jeweils eine Grabplatte von Nietzsche. Die nördliche war ein Nachbau, sie war Teil des Denkmals »Röckener Bacchanal«. Um die Metagrabplatte standen Skulpturen von Nietzsche herum. Zwei waren nackt und bedeckten mit einem Hut die Scham, eine davon trug Brille. Sie waren, wie wir auf dem Hinweisschild erfuhren, einem Traum Nietzsches nachempfunden, den er seinem Freund Jacob Burckhardt 1889 mitteilte: »... in diesem Herbst war ich, so gering gekleidet als möglich, zweimal bei meinem eigenen Begräbnis zugegen.«

Am oberen Ende des künstlichen Grabsteins steht Nietzsche, er trägt wieder den Hut, diesmal aber auch einen Mantel, und seine Mutter hat sich bei ihm eingehängt. Es ist die Nachbildung der bekannten Fotografie, die von Nietzsche und seiner Mutter existiert. Nietzsche war mit Lähmungen und fortgeschrittener Apathie (wahrscheinlich ausgelöst durch eine nicht ausgeheilte Syphilis) in die Heimat zurückgekehrt. Die Figurengruppe wurde zu Nietzsches hundertstem Todestag hier aufgestellt. Sie war aus Bronze, aber weiß angestrichen. Die wenigen Bewohner, die in der Nähe wohnten, sahen nachts diese Nietzsche-Armee im Licht der einsamen Straßenlaterne leuchten wie Möwen vor Gewitterhimmeln.

Wir gingen mehrmals im Kreis um die Kirche herum. Es nieselte, und es war der gemütlichste Tag, den man sich vorstellen konnte, wenn man nicht gerade im regenfeuchten Gras vor dem Familiengrab der Nietzsches stand: Elisabeth Förster-Nietzsche, seine Schwester, die im paraguayischen Dschungel mit ihrem Mann Bernhard Förster versucht hatte, eine deutsche Kolonie namens Nueva Germania zu errichten, sie lag hier neben ihrem Bruder und den Eltern Franziska und Carl Ludwig. Das Dorf Nueva Germania besteht immer noch, im Internet ist eine kurze Dokumentation zu finden, in der die zurückgebliebenen Bewohner des Dorfs zwischen Müll- und Scheißehaufen, inmitten von Ziegen und mit zwei oder drei übrig gebliebenen Backenzähnen ihr Leben fristen.

Vor über zehn Jahren war Röcken kurz davor gewesen, geräumt zu werden. Man wollte hier, wie überall in der Umgebung, Braunkohle abbauen. Und warum Nietzsche das gut gefunden hätte, das konnte ich vor Ort wirklich verstehen: das Neue, die Energie und der Fortschritt, niemals zurückschauen und Schulen und Kirchen und Bauernhäuser entweder auf Laster laden und verschieben oder sprengen, abreißen und neu bauen. Die Dekonstruktion Röckens, die Dekonstruktion der Kathedrale Notre-Dame, das musste das große Ziel sein! Denn wenn es die Ewige Wiederkehr gab, dann war alles Erhalten sowieso überflüssig. Und Europa durfte nicht zum Vergnügungspark werden! Nicht zum Museumsshop, nicht zur eintrittspflichtigen Totenhalle.

Im Garten des Pfarrhauses blickten wir uns um. In einer kleinen Scheune am Rand des Grundstücks donnerte es mehrmals. Das Krachen kehrte wieder, und es hielt einen gruseligen, weil nicht gleichmäßigen Rhythmus ein.

»Was ist das denn?«, fragte Ana.

»Kommt, wir hauen ab«, sagte ich.

Horror am Sonntagnachmittag. Wir schauten zum Haus, in dem der Pfarrer verschwunden war.

»Das ist ein Esel«, sagte Leon. »Das ist der Esel aus *Zarathustra*, die haben einen Esel da drin.«

Wir blickten uns um, auch vor der Scheune stand ein Esel aus Holz. Das war der Esel vom Eselsfest aus dem letzten

Buch von *Also sprach Zarathustra*, der dort als Gott verehrt wird.

»Ja«, sagten auch Ana und ich und bekamen Gänsehaut, weil alles zusammenpasste, weil sich alles wiederholte. »Das ist bestimmt ein Esel.«

»Das ist eine Ziege«, sagte der Pfarrer, der uns unbemerkt schon die ganze Zeit aus dem Fenster beobachtet hatte.

Im kleinen Nietzsche-Museum, das der Ziegenbaracke gegenüberlag, hängt eine große Fotografie des Dorfes, vielleicht von einem Weiher außerhalb aufgenommen, und es liegt ein großer dunkler Gewitterball über ihm.

»So sieht es jetzt auch aus, wenn man das Dorf von außen betrachtet«, sagte ich. »Das sind 1:1 die Wolken, die gerade hier drüberliegen, vielleicht sieht es hier immer so aus.«

Wir stellten uns vor das Gästebuch und schauten die Widmungen an, teilweise wirkten die Worte zutiefst verstört, so als hätte man die Personen hier zusammengepfercht, um mit ihnen ein Eselsfest zu feiern.

In einem Eintrag hieß es noch harmlos: *Increíble! Desde México. Jenny.*

Im nächsten aber schon: *Wir alle sind Nietzsches Söhne.* Und schließlich sogar: *Du bist der Schwache.* Manche schienen vollkommen aus der Spur und schrieben: *Ohne Nietzsche kein Arnold Gehlen, kein Rolf Peter Sieferle, die wie ein Geländer helfen, tastend Schritt für Schritt durch die Moderne zu gehen.*

Der Eintrag, der unserem vorausging, lautete: *Also hat Gott Nietzsche vergeben. Aus Mitleiden und Nächstenliebe.*

»Da hat mal wieder jemand gar nichts verstanden«, sagte Ana.

In einem Glaskasten hinter uns lag ein Kinderschuh, der auf dem Speicher der Kirche gefunden wurde. Staubig und zerfleddert, fast wie die Überreste des Golems in der Alt-neu-Synagoge in Prag.

Beim Verlassen des Museums nahm ich von einem Tisch eine kleine Visitenkarte eines Restaurants mit.

»Das ist unser nächstes Ziel«, sagte ich.

Wir fuhren über die Dörfer, und die Landschaft war hügelig und nass. Es nieselte und dämmerte heute schon den ganzen Tag, und wir konnten unmöglich sagen, welche Uhrzeit es war.

Als wir das Gasthaus betraten, wurden augenblicklich alle Gespräche unterbrochen, und es herrschte Totenstille. Nur einer der Herren, die zu zehnt an einem runden Tisch saßen, drehte sich langsam in unsere Richtung, indem er seinen Stuhl am Sitz packte und dann Zentimeter für Zentimeter über den Holzboden juckelte, bis er eine Position gefunden hatte, um uns über seine Schulter anzuschauen. Dann machte er eine Nickbewegung und juckelte wieder zurück in die Ausgangsposition. Das war gleichzeitig das Zeichen, die Gespräche fortzuführen.

Wir setzten uns in eine Ecke am Eingang und tranken große Biere, die nach Spülmittel rochen. Leon schaffte seine Portion Gröstl nicht, Ana aß Bratkartoffeln mit Brot, und ich sah neidisch zu ihr hinüber, weil das mein Lieblingsessen ist.

Irgendwann stellte sich der Wirt und Koch und Chef persönlich an unseren Tisch und trank mit uns dunklen Schnaps. Als Ehrerweisung trat ich wenig später auch an den Tisch der Bediensteten und zeigte ihnen die kleine Casanova-Pornographie. Nachdem sie kurz einen Blick auf die vögelnden Barocktänzer geworfen hatten, sahen sie lieber mich an. Draußen zog ein Nebelfetzen am Fenster vorbei und von den Wiesen dampfte es.

Ein Mann stellte sich mit Zigarette zu uns. Er hatte ein angeschwollenes Gesicht, die Augen hingen tief, und was er sprach, konnte ich nicht verstehen.

Ich drängte Ana und Leon zum Aufbruch, ich hatte Angst, über Nacht hier zu stranden, wir mussten noch nach Leipzig kommen und uns da bei Freunden und Geschwistern in die Betten legen, bevor wir am nächsten Tag die Gräber und Särge von Novalis, Goethe und Schiller anschauen wollten.

Mit uns zusammen brach auch der Mann mit der Zigarette auf. Er verabschiedete sich von uns und schritt über die Treppenstufen nach unten zur Straße, die er hochlief. Er war sehr langsam, aber wir verfolgten seinen Weg so lange, bis er zwischen einer Bushaltestelle und einem Bildstock einfach verschwand, einfach weg war. Wir konnten uns das nicht erklären, aber Ana hatte ihn sogar gefilmt, und auf dem Video war sein Verschwinden später genau zu sehen gewesen.

Wir fuhren schweigend durch einen Wald über das Dorf hinaus, vor uns lag eine Landstraße und im Westen noch immer der letzte Schimmer des Tages.

»Du weißt es wahrscheinlich«, sagte Ana vorsichtig, »aber wir sind heute an Radebeul vorbeigefahren.«

Ich zuckte zusammen. Karl May! Ich hatte Karl May vergessen, wir waren an Karl Mays Grab vorbeigefahren!

Nach einem langen Frühstück, während dem wir uns Tarotkarten legten, die uns bedeuteten, achtsamer zu sein, ernsthafter und viel demütiger, fuhren wir nach Weißenfels.

Wir parkten in der Innenstadt und schlichen umständlich um die Weißenfelser Bibliothek herum (wir dachten, dort das Grab zu finden, dabei befand sich im Gebäude nur der Literaturkreis Novalis e. V.), wir erklommen sogar im Vorhof einer Mietskaserne ein Trafohäuschen, um in den Garten zu schauen, merkten aber schnell, dass da kein Novalis lag und man außerdem von vorne das Grundstück ganz normal betreten konnte.

»Was machen Sie da? Hallo?«, rief eine alte Frau, die uns schon die ganze Zeit beobachtet hatte, die wir aber bisher unhöflich ignoriert hatten.

»Wir suchen das Grab von Novalis«, sagte Ana.

»Ist mir egal«, sagte sie, fast ohne den Mund zu öffnen, »hier ist's jedenfalls nicht. Oben auf dem Trafo auch nicht.«

Das eigentliche Grab von Novalis liegt im Stadtpark, gleich am Rand der Nikolaistraße. Wir liefen den Hügel hinauf, hoch zum Friedhof der Stadt. Wir fragten die alten Menschen, aber sie schienen es nicht zu wissen und schickten uns nur immer wieder hinauf. Dabei lag es am Parkeingang, gleich links an der Straße auf einer Art Balkon. Nur ein Mann, der alleine auf einer Bank saß und erst nicht mit uns reden wollte, konnte uns erklären, wie wir dorthin kamen. Als ob er plötzlich verstünde, warum wir hier waren, wollte er weiterreden. Weiter und weiter, aber wir liefen eilig davon, denn in weniger als zwei Stunden schloss in Weimar die Fürstengruft, und die Särge von Goethe und Schiller nicht zu besuchen würde einen weiteren unverzeihlichen Fehlversuch in der nun fast ein Jahr dauernden Expedition bedeuten.

Am Grab erwischten wir zwei Jugendliche beim Ficken. Zumindest hielt ich es für eine solche an diesem Ort sicherlich erquickende Tat. Später sollten mich Ana und Leon eines Besseren belehren, denn beide waren angezogen und hatten nicht mal annähernd das getan, was ich dachte.

Jedenfalls war es ein übergewichtiger Junge gewesen, der seine dicke Freundin fest und von hinten umklammert hielt und sich erst bei unserem stolzen Eintritt ins Gestrüpp aus dieser Umklammerung löste. Die Freundin strich sich das lange blonde Haar hinter die Ohren, und dann gingen beide davon. Am Boden waren aufgebrochene Hamburgerverpackungen mit Resten von Eisbergsalat und Mayonnaise. Bierdosen und Bierflaschen lagen hier herum, und das Grab von Novalis hatte jemand getaggt.

Ich machte ein paar Bilder mit meinem Telefon. Auf ihnen sieht man Ana und Leon mit tiefen Falten auf den Stirnen, fast Triangelformen bildend wie die Armenierinnen, die in Prag die armenische Kirche gesucht hatten. Wir schauten auf unseren Telefonen nach der Todesursache von Novalis.

»Was hatte er denn nun? Was denn nun?«, sagte ich.

»Er hat sich umgebracht, sage ich«, sagte Leon.

»Er hatte nichts«, sagte Ana. »Doch! Die Psyche.«

Aber Novalis starb an einem Blutsturz infolge von Tuberkulose. Er hatte sie sich wahrscheinlich während der Pflege von Schiller eingefangen.

»Schiller war schuld an seinem Tod«, sagte ich und packte mein Handy weg. »Mein Gott, war das ein dickes Pärchen.«

»Sag doch nicht dick, wenn du fett meinst!«, rief Ana.

Wir nahmen die McDonalds-Tüten und die Bierdosen, schmissen sie in die Mülleimer, die direkt danebenstanden, und verließen Weißenfels.

Trotz der Schrecken des Eises und der Finsternis in Constanţa war ich wohl erst in der Fürstengruft in Weimar am kargsten Punkt der Reise angelangt. Hier standen, wie im Geräteraum einer Grundschulturnhalle, im schlichtesten protestantischen Gewölbe die Särge von Goethe, Schiller und den Prinzessinnen und Herzögen aus den Häusern Sachsen-Weimar und Sachsen-Weimar-Eisenach.

Nietzsche missfiel angeblich, dass Goethe und Schiller in einem Atemzug genannt wurden. Wie sehr würde es ihm dann missfallen, dass man die beiden zusammen in dieser kargen Weimarer Fürstengruft nebeneinandergestellt hatte.

Nur vor Schillers Grab hatte jemand eine Rose niedergelegt. Dabei befanden sich in Schillers Sarg schon fast zehn Jahre keine Knochen mehr, er war leer. Eine DNA-Probe hatte ergeben, dass das dort ursprünglich eingesargte Skelett nicht Schillers war, sondern aus Knochenresten von drei verschiedenen Personen zusammengesetzt worden war. Nachdem der Jacobs-Friedhof in Weimar geschlossen werden musste, öffnete man das Gemeinschaftsgrab, in dem Schiller lag, und der damalige Bürgermeister wählte den größten Kopf und entschied (als Schiller-Experte), dass dieser zu Schiller gehören musste. Er wurde in die großherzogliche Bibliothek gebracht, wohin nach einer angeblichen Identifizierung auch die übrigen Knochen wanderten. Goethe nahm sich den Schädel ein halbes Jahr mit nach Hause und suchte im geblümten Hausrock nach den Zwischenkieferknochen seines Freundes.

1827 landeten die Knochen in der Fürstengruft, wo sie fast zweihundert Jahre später untersucht und mit Hilfe von Erbgut der jüngeren und älteren Schwester und Schillers Sohn verglichen wurden, aber obwohl der Schädel der

Totenmaske Schillers sehr ähnelte, stellten sich die Knochen nicht als die von Schiller heraus.

Verschwundene Leichen gibt es viele in der Literaturgeschichte: Zum Beispiel weiß niemand, wo sich die Asche des Schriftstellers Truman Capote befindet. Sie wurde während einer Auktion für 45 000 Dollar von einem unbekannten Käufer ersteigert.

Aber noch häufiger waren Gräber aufgelöst worden, zum Beispiel das des Schriftstellers und antifaschistischen Widerstandskämpfers Nordahl Grieg, der 1943 in seiner Lancaster über Berlin abgeschossen und dann auf dem Garnisonsfriedhof auf dem Gelände des olympischen Dorfs beigesetzt wurde. Die sowjetische Militärverwaltung ließ diesen aber schon 1952 einebnen.

Auch auf anderen Friedhöfen waren Gräber bekannter Schriftstellerinnen und Schriftsteller aufgelöst worden – von allen anderen sowieso.

Kein Problem mehr, wenn Gedenken, wie der Friedhofsverwalter aus Bad Oldesloe gesagt hatte, bald nur noch im Internet stattfinden würde.

»Das Internet wurde von der Natur geschaffen«, sagte ich, und wir verließen »Schiller« und Goethe. »Und das nur aus einem Grund: um sich wieder mehr Platz zu erobern.«

Alle nickten, oder niemand nickte. Ich habe es vergessen.

Wir fuhren nach unseren Ausflügen noch einige Tage mit dem Renault über die Dörfer und durch die Städte. An roten Ampeln oder während anderer Phasen der Langeweile schrie Leon aus dem geöffneten Fenster immer wieder Zitate aus Göttergedichten von Goethe. Nachts zum Beispiel rief er in Magdala in Richtung eines dunklen Heuschobers: »Bedecke deinen Himmel, Zeus!!« Morgens an einer

Ampel an der Schillerstraße in Jena schrie er: »Alles geben die Götter, die unendlichen, ihren Lieblingen ganz!!«, und einmal fiel eine Frau fast von ihrem Rad, als er in Umpferstedt, aber diesmal sanft und sich aus dem Fenster lehnend, »Denn mit Göttern soll sich nicht messen irgendein Mensch!!« sagte – »Mein Gott, haben Sie mich erschreckt«, antwortete die Radfahrerin.

Und dann, bevor ich die beiden in Jena-Paradies aus dem Auto schmiss, taten wir noch eine Zeit lang so, als seien wir selbst gottgleich, in einem roten Renault sitzend.

19
BARGFELD

VOR MIR LAG EINE DER BESCHWERLICHSTEN Etappen der Reise: Es war nämlich so, dass sich seit *Easy Rider* auf den Straßen nichts geändert hatte. Und eigentlich wollte ich mit meiner Piaggio Fly, einem leicht schwächlichen 50-ccm-Roller, die mühsame Reise ins nur knapp hundertzwanzig Kilometer entfernte Dorf Bargfeld in Niedersachsen unternehmen, um dort das Grab des Schriftstellers Arno Schmidt und seiner Frau Alice zu besuchen, aber dann bot mir Bernd, ein Freund meines Onkels, seine frisierte Vespa an.

»Die«, sagte er, »bringt es immerhin auf gute achtzig, neunzig oder sogar hundert Stundenkilometer, ich hab die noch nie komplett ausgefahren.«

Wir saßen auf der Terrasse in seinem Garten in Hamburg-Bahrenfeld. Bernd hielt mir eine Packung mit Fleischsalat hin, aus der Küche schallte Radiotechno, und ich glaubte, dass sich bei Bernd alles um Schnelligkeit drehte. In seinem Keller standen neben der frisierten noch eine unfrisierte Vespa, daneben zwei Motorräder, eine Maschine von BMW und ein Ducati Panigale, ein Teufelsgerät mit tausend PS.

Mein Onkel – derjenige Onkel, dem ich in den Feldern zwischen Taunus und Frankfurt begegnet war, als er seinen Hexenschuss kurierte – hatte mich vor ein paar Tagen noch vor seinem guten Freund gewarnt:

»Steig nicht mit Bernd auf die Ducati, sonst gibt es auf der Straße nur Bernd und hinten drauf einen Toten – dich.«

Bernd erzählte mir am Frühstückstisch, dass dreißig Stundenkilometer ausreichen würden, um mir trotz eines Helms das Genick zu brechen. Er erzählte mir von verstorbenen Freunden, von Straßenrennen in Südfrankreich mit kurzen Hosen und Flip-Flops und von seinem großen Ziel: endlich mal auf über dreihundert km/h beschleunigen.

»Mit dieser frisierten Vespa«, sagte ich, »bin ich doch auf der Straße geächtet. Ich bin der uneheliche Sohn von Fahrrad und Auto. Ich steh den Schnelleren im Weg rum, und die Langsameren nehmen's mir auch übel.«

Als ich mich dann später auf die Vespa setzte und beschleunigte, sah ich, dass es anders war: Die Autos wichen *mir* aus! Sie machte einen Höllenlärm beim Beschleunigen, aber ich war sofort Feuer und Flamme. Das Letzte, was Bernd sagte, bevor ich davonfuhr, war: »Ich fahre lieber meine anderen Dinger.«

Er sagte das und zeigte dann auf die Vespa unter mir.

»*Die* ist mir einfach zu zickig.«

Und das machte mir dann doch ein bisschen Sorgen.

Ich fuhr in Richtung Hafencity und verpasste dort die Freihafenelbbrücke über den Fluss. Stattdessen wählte ich die Autostraße, um aus Hamburg hinauszukommen, was mir ein wildes Gestikulieren der Lastwagen- und Autofahrer einbrachte. Wie alle anderen hasste auch ich seit kurzem Autofahrer und Autos sowieso.

Der Vollintegralhelm in Größe S, den mir Bernd geliehen hatte, drückte mir so schwer auf den Kopf, dass ich nach einer halben Stunde furchtbare Kopfschmerzen bekam und meinen eigenen Helm aufsetzte, eine Halbschale, die mir allerdings bei Geschwindigkeiten über sechzig Stundenkilometern vom Kopf zu fliegen drohte.

Mit zitternden Beinen verließ ich irgendwann die große Todesstraße. Der Irrsinn begann dann aber erst im Dorf Fliegenberg, das direkt hinterm Elbdeich lag, dort machte ich meine erste Pause.

Ich hatte den Traktor mit den Pfingstbäumen übersehen, und als ich die Kneipe hinterm Damm betrat, dröhnten mir die vollkommen überdrehten Stimmen junger Männer entgegen, die Stimmlagen der Besoffensten ragten schrill in den Knabensopran hinein.

Bevor ich mich aber umdrehen und die Wirtschaft verlassen konnte, versperrte mir ein riesengroßer Mann Anfang zwanzig den Weg, streckte mir die Hand entgegen und stellt sich mir als »Bamm-Bamm« vor. Er legte die Hände um meine Schulter und schob mich sachte, aber bestimmt auf eine schmale Sitzbank direkt am Tresen. Dann sagte er:

»Hier kommst du nicht mehr raus. Nicht nüchtern jedenfalls.«

Meine Hände zitterten und meine Stimmte zitterte auch.

Bamm-Bamms Freunde gesellten sich zu uns und betrachteten mich, manche mit geöffnetem Mund, das Pfingstwochenende war da, sie mussten noch mehrere hundert Birken über das langgestreckte Dorf am Deich verteilen. Und sie luden mich zur Fassam ein, einem parallel zu den südlichen Karneval-, Fassenachts- und Faschingsaktivitäten stattfindenden, sechs Tage dauernden Besäufnis.

Ich nippte an meinem Jever und schaute immer wieder auf die Uhr, vor den Fenstern saßen die Fliegen im Licht. Wenn sie wüssten, dass sie in Fliegenberg waren.

Kurz bevor ich mich gezwungen sah, mein zweites Bier zu bestellen, fuhr draußen der Traktor mit den Pfingstbäumen vor und hupte. Alle liefen hinaus, nur Bamm-Bamm blieb neben mir sitzen, und erst als ich ihn darauf aufmerksam machte, dass draußen der Pfingstbaum-Lastzug ohne ihn abfuhr, stürzte er, Kleingeld für mein Bier auf den Tresen schmeißend, hinaus und dem Traktor hinterher, auf dem lachend seine Freunde saßen und ihn von oben mit kleinen Zweigen beschmissen.

Als ich die Kneipe verließ, sah ich, dass sie mir an Bernds Vespa mit Kabelbinder einen Pfingstbaum gebunden hatten.

Darüber freute ich mich bis Uelzen.

In Uelzen fuhr ich zu schnell. Zu spät bemerkte ich den Polizeiwagen hinter mir, ich dachte an den Pfingstbaum und ärgerte mich furchtbar – nicht über mich, sondern darüber, dass es Regeln gab.

Nach kurzer Zeit überholte mich der Wagen, scherte vor mir ein, und dann erschienen zwischen den Blaulichtern auf dem Dach die Worte, die ich nicht zum ersten Mal in meinem Leben sah: *BITTE FOLGEN*.

Zusammen bogen wir auf eine Seitenstraße ab. Alles, was ich dachte, war: Bring sie zum Lachen.

»Moin«, sagte einer der Polizisten, und ich grüßte, vielleicht ein bisschen zu enthusiastisch und laut, zurück.

Meine Knie zitterten. Das Bier war längst verbrannt, der Pfingstbaum durfte nicht allzu viel Ärger bringen, aber dass die Vespa frisiert und unter falschem Nummernschild angemeldet war und ich eigentlich gar keinen Führerschein für dieses Gefährt besaß, das machte mir schon ein bisschen Angst.

Ich fischte zitternd die Papiere aus meinem Rucksack, die Münder der Polizisten waren so waagrecht in ihre halbrasierten Gesichter geschnitten wie das Land um sie herum. Einer von ihnen, der jüngere (derjenige, der nicht redete), sah aus, als würde er gleich zu weinen beginnen.

»Haben Sie zuletzt Bong oder Joint geraucht«, versuchte es der andere mit einer Fangfrage, die ich lachend und lügend mit »Bong, aber zuletzt vor zehn Jahren« beantwortete.

Innerlich schlug ich drei Kreuze, als sie mich fragten, ob ich Waffen dabeihätte – ich dachte an die Schreckschusspistole, die ich gestern noch beim Packen in den Händen gewogen hatte.

Die Polizisten leuchteten mir mit einer Taschenlampe in die Augen und fragten mich, ob ich mit einem Drogentest einverstanden wäre.

Ich hatte nichts dagegen, versicherte ihnen aber, dass das ein wenig dauern könnte, weil ich erst vor zehn Minuten, hinten im Wald, kurz vorm Ortseingang auf Toilette gewesen war.

»Sie kennen sich aus mit Drogentests?«, fragte der eine.

»Das war vor ein paar Jahren«, sagte ich und holte weit aus. »Da habe ich mal beim Einsteigen ins Auto einen Kuchen auf dem Autodach stehen lassen. Mein Vater hatte Geburtstag, und da war viel übrig. Dann hab ich das Martinshorn nicht gehört, der Kuchen war auch noch auf dem Dach, als ich in Frankfurt drei Kreisverkehre hinter mir hatte, es war Januar und der Kuchen festgefroren. Und dann kam es, wie es kommen musste.«

Ich redete und redete. Ich redete so lange, bis die Mundwinkel der Polizisten nachgaben, nicht mehr waagrecht waren, sondern so wie aus der Ferne betrachtete Kämme eines Mittelgebirges; und dann ließen sie mich weiterfahren.

Inzwischen hatte sich am Himmel ein dunkles Feld aufgetan, deshalb verließ ich kurz hinter Uelzen die Straße und quartierte mich in einem Dorf, das zwischen weiten Feldern lag, in einem Gasthaus ein.

Dort saß ich im Garten, und zwischen den Mauern einer Scheune und einem Baum sah ich, durch diese schmale Lücke, immer einen der drei Flügel eines Windrades auftauchen.

Es wurde immer schwüler, alle zehn Minuten fuhr ein Auto auf der Straße entlang, die Menschen saßen mit freien Oberkörpern in ihren Gärten und tranken Bier.

Niedersachsen. Das dunkle Feld war näher gekommen. Die weißen Flügel des Windrades zerschlugen den Himmel, in einem Stall stöhnten die Schafe.

Als ich mich ins Bett legte, war ich froh, dass ich im ersten Stock schlief, denn die Regenmassen waren so gewaltig, dass ich mir sicher war, alle im Erdgeschoss würden ertrinken.

Am nächsten Tag erreichte ich am frühen Nachmittag Bargfeld. Der Sturm hatte sich noch immer nicht gelegt, aber die Straßen waren trocken, und die Sonne schien. Bargfeld ist komplett vom Rest der Welt abgeschnitten. Arno Schmidt war Ende 1958 hierhergezogen, weil das Wasser schmeckte, weil der Ort keine Kirche hatte und er durch das fehlende Geläut nicht vom Schreiben abgelenkt werden konnte und weil ihn Moorlandschaften umgaben, hier also keine Panzer aufkreuzen würden. Arno Schmidt fürchtete den

Dritten Weltkrieg und den atomaren Endschlag wie nur was.

Als Schmidt von seinem Mäzen Jan Philipp Reemtsma ein Betrag überwiesen wurde, der dem damaligen Preisgeld für den Literaturnobelpreis entsprach, baute er sich neben seinem Haus ein brand- und einbruchsicheres Archiv für seine Manuskripte.

Daneben, im mit Brettern verkleideten Fachwerkhaus der Schmidts, durch das wir (ein Ehepaar aus Hannover und ich) von Frau Rauschenbach geführt wurden, hatte man alles so stehen gelassen, wie es Arno und Alice Schmidt nach ihren Toden in den späten siebziger und frühen achtziger Jahren hinterlassen hatten. In der Küche stand der Wandkalender noch auf dem 31. Mai 1979, dem Tag, an dem Arno Schmidt ins Krankenhaus eingeliefert und von dort nicht mehr zurückgekehrt war. Flaschen mit Resten von Waldmeistersirup standen auf dem Tisch neben der Spüle, Apfelkorn und Brotmesser auf Schneidebrettern. Nur Spuren von Coca-Cola und Nescafé (deren Mischung sein Lieblingsgetränk war) fehlten. Die Durchreiche war zugemauert worden, weil man nichts zum Durchreichen hatte, dahinter befand sich Arno Schmidts Schlafzimmer, in dem in einem dunklen Raum nur ein Bett stand. Hier schlief er am Ende seines Lebens, maximal drei Stunden, danach wieder Nescafé-Cola.

Im Hausflur hing seine dunkelgrüne Lederjacke, daneben ein Regenschirm. Auf dem Schreibtisch die DIN-A3-Schreibmaschine, von denen er mehrere zerkloppt hatte, daneben Lupen, die er brauchte, um noch irgendetwas zu erkennen, und Karl-May-Gesamtausgaben und ein Telefon, das immer noch klingelte, wenn man im Dorf die Fünf-null-null wählte.

Wir gingen hinauf in den ersten Stock. Dort hatte Alice Schmidt gelebt, nachdem Arno Schmidt zu schwach war, um die Treppen zu gehen. Dort war der Wandkalender nicht weitergekommen als bis zum 1. August 1983, ihrem Todestag. In der Nähe des Wandkalenders war eine Gegensprechanlage installiert worden, mit der sie von unten ihrem Mann (als er noch oben wohnte) mitteilen konnte, dass die Post da war.

Alles in allem war dieser Ort, umgeben von dunklen Bäumen, kein wirklicher Ort. Ich musste daran denken, wie mir Pascal neulich erzählt hatte, dass sich Arno Schmidt manchmal an seiner Frau vergangen hatte, dass er am Ende nur noch Wörter ausprobiert und nicht mehr mit ihr gesprochen hatte und dass dieses Leben am Ende der Welt wie ein Untergang gewesen sein musste.

Draußen, im großen Garten, der an die Felder grenzte, hätte ich alleine sein Grab wahrscheinlich nicht gefunden. Es befand sich hinter einer Insel aus Bäumen, die neben dem Archiv und dem Haus stand, am Rand des Grundstücks auf einer großen Wiese. Dort lag aber nur ein Findling, an dem sich kein Steinmetz gütlich getan hatte.

Dann kam der Zaun, dann die Felder.

Aufgrund der Wasserknappheit und des stark gesunkenen Wasserspiegels waren die tausendjährigen Wacholderbüsche neben dem Grabstein eingegangen. Im Hintergrund lag der sechsundfünfzig Meter hohe Kronsberg, den Arno Schmidt »bestiegen« hatte, um von dort aus, in sich versunken oder auch nicht, sein Haus zu betrachten. Auf dem Feld zwischen Haus, Garten und Kronsberg hatte ein Landwirt eine Putenmastanlage für 10 000 Puten bauen wollen: zwei Ställe, vier Silos, eine Maschinenhalle und ein

Strohlager. Reemtsma, Schmidts Mäzen, konnte das verhindern, indem er den Acker pachtete.

»Eine Eibe würde hier doch passen, von der Atmosphäre jetzt«, sagte der Ehemann des Ehepaares am Grab der Schmidts.

Ich dachte an Schmidts Erzählung »Tina oder über die Unsterblichkeit«, in der der Erzähler ins Totenreich hinabsteigt, ins Schriftsteller-Elysium, in dem jeder so lange verweilen muss, bis ihr oder sein Name auf der Erde nicht mehr erwähnt wird und auch alle Bücher verschwunden waren, die seinen oder ihren Namen beinhalteten. Erst dann war eine Befreiung möglich.

Der Erzähler steigt zusammen mit den anonymisierten Schriftstellern Peter August Fischer (Christian Althing) und Kathinka Zitz-Halein (Tina Halein), der auf Alfreds Mainzer Hauptfriedhof beerdigten Schriftstellerin, hinab ins Schriftsteller-Elysium.

Dieses möchte Fischer gerne verlassen, allerdings gibt es ein Problem: »Den meisten Schaden hat mir Jean Paul getan, der mich in seiner ‹Vorschule› zitiert hat! Wenn *die* Stelle nicht wäre –: ich könnte 500 Jahre eher abschrammen!«

Auch schlimm: Ein »alter Bock« habe sich die Erstausgabe eines seiner Bücher gekauft, das deshalb wieder im Umlauf sei, aber immerhin habe es den Schutzumschlag schon in Mitleidenschaft gezogen, das sei immerhin *ein* Trost.

»Und Goethe«, erzählte ich dem neben mir stehenden Pärchen aus Hannover, »Goethe ist ja in der Hinsicht gar nicht mehr zu retten, der bleibt für immer in dieser Unterweltszwischenstufe gefangen. In ›Tina‹ steht, dass er allein am 24. November 1955 in einhunderteinundvierzig Zeitschriften, sechsundvierzig Büchern und einundachtzig

Rundfunksendungen zitiert wurde, dreiundneunzigmal auf Anschlagsäulen gestanden habe, eintausendvierhundertelfmal in Schulaufsätzen vorgekommen ist und sein Name achthundertviermal in privaten Briefen und über fünfhundertmal in Gesprächen gefallen ist.«

(»*Ja, der hat gar keine Chancen!*«, sagt auch Fischer in der Erzählung.)

»Arno Schmidt hat mal ein Efeublatt von Wielands Grab geklaut, das war sein Lieblingsautor«, sagte Frau Rauschenbach.

»Und ich von Arno Schmidts Grab nichts«, sagte ich. »Das unterscheidet uns. Ich habe bisher von KEINEM Grab irgendetwas mitgenommen.«

»Hier gibt es aber auch nichts«, sagte die Ehefrau.

Dann schauten wir »hinauf« zum Kronsberg und stellten uns vor, wie Arno Schmidt auf uns »hinab«schaute, weil er des Nachts wieder aus der Erde gestiegen war, hinaus aus dem Schriftsteller-Elysium, um zu versuchen, in sein eigenes einbruchsicheres Archiv einzubrechen, um sich einen schnellen Abgang zu ermöglichen.

Im Haus der Arno Schmidt Stiftung, das am Rande des Grundstücks zur Straße hin lag, betrachtete ich noch lange eine Karte, die der Ehemann auf einem Tisch ausgebreitet hatte, damit ich den Rückweg finden konnte, denn hier hatte man weder Netz noch Satellit, noch Empfang.

Später, auf meinem Rückweg nach Hamburg, beobachtete ich Motorradgangs, die sich gegenseitig mit ausgestreckten Händen auf der Höhe des Mittelstreifens berührten, um sich zu grüßen. Als ich es bei einer mir entgegenkommenden Gruppe ebenfalls versuchte, regte sich kein Finger.

Nach sechs Stunden war ich zurück in Hamburg, eine Woche später flog ich nach Rom, um meine Reise zu beenden.

20
ROM

MEIN COUSIN UND ICH SASSEN IN einem Café in Parioli und betrachteten Klone. Alle Frauen hatten sich die Lippen aufspritzen lassen, die Haare blond gefärbt, und die Männer waren tätowiert und sagten ständig »Top! Top! Top!« zu allem, was ihnen gefiel – sie sahen alle gleich aus, gescheitert in der Selbstoptimierung.

Wir warteten auf Giannis Frau Valentina, heute war der siebte Todestag ihres Vaters, wir würden sein Grab auf dem Campo Verano besuchen.

Ich hatte kurz vor meiner Abreise nach Rom Schatten und Gegenstände gesehen, die zu solchen Zeitpunkten immer auftauchten. Sie erschienen in meinen Erinnerungen, und sie erschienen mit geöffneten Augen, in meinem Zimmer, das dann plötzlich keine Decke mehr zu haben schien.

Ich hatte mich schon immer vor dieser Stadt gefürchtet. Als mein Vater und ich die erste Reise dorthin planten, fiel ihm eine Rohrmontage auf den Fuß, und die Knochen seiner Zehen schauten kreuz und quer aus dem Schlamm hervor, der sein Fleisch war. Seitdem trägt er Sicherheitsschuhe. Während meiner ersten Rom-Reise war ich dann, durch ein plötzliches Traurigkeitsgefühl überwältigt, weinend über einem Hühnchen mit Tomatensoße im Restaurant *Il Pomodorino* in der Via Campania zusammengebrochen. Ein anderes Mal, im *Marriott*-Hotel und nach einem Spiel der Boston Celtics gegen die Toronto Raptors, war ich nackt und nur mit einer Badekappe bekleidet vom Laufband im Fitnessraum gefallen (wer auch immer mich dorthin gebracht hatte). Und in einer Augustnacht vor über zehn Jahren hatte ich, zusammen mit meinem alten Schulfreund Barbarossa, auf das zweieinhalb Jahrtausende alte Grab der römischen Familie der Horatier gepinkelt.

Seltsam war auch mein dreitägiger Aufenthalt gewesen, währenddessen Gianni zum Ritter des Malteserordens geschlagen wurde und er deshalb mit Kardinal »Cornelia« zur nächtlichen Waffenwacht musste. Er war im Anschluss so verwirrt gewesen, dass er mich dazu zwang, einem amerikanischen Pärchen zu erklären, dass wir das italienische Turmspringerduo für die Olympischen Spiele in London seien.

Gianni führt in seiner Villa an der früheren Handels- und Sklaven- und Friedhofsstraße Via Appia Antica einen Verlag für luxuriöse, großformatige Bücher über Napoleon, Cäsar, Lamborghini und die ewige Stadt selbst.

Mein Cousin kämpft mit dem Herstellen dieser Bücher einen Krieg gegen die Sterblichkeit. Er betont selbst immer wieder, dass seine Bücher, wie die römischen Katakomben, niemals verschwinden würden, dass ein iPad unter der Erde schneller vergammelte als seine Bücher.

Valentina holte uns aus dem Café ab, und wenig später saßen wir im Land Rover, den Gianni ein Jahr zuvor gegen seinen BMW getauscht hatte, weil die Straßen in Rom so schlecht waren, dass er für den BMW bis zu viertausend Euro jährlich für neue Reifen ausgeben musste.

»Bitte versuche, kein Buch über Italien zu schreiben, *like your ancestors*. Du weißt doch, wie peinlich das ist.«

»Ich weiß das«, sagte ich.

Mein Cousin wohnte sein ganzes Leben lang in Rom, und jetzt sagte er:

»Sag ihnen einfach – deinen Lesern –, dass ich mir einen Land Rover gekauft und den BMW verkauft habe. Das reicht. Und sag ihnen noch, dass Rom am Vergammeln ist und die Jungen nicht arbeiten wollen und die Alten keine Veränderung benötigen, und das reicht dann wirklich.«

Er machte eine kurze Pause und überlegte.

»Und sag ihnen noch, dass ...«

Aber ich unterbrach ihn.

»Gianni, hör auf. Ich schreibe kein Buch über Italien und Rom, das langweilt mich doch selbst zu Tode.«

»Aber zitiere doch noch Lampedusa«, erwiderte er. »Schreib: ›Wenn wir wollen, dass alles so bleibt, dann muss sich alles verändern!‹«

»Nein, hör auf, Schluss jetzt mit dem Scheiß! Es geht nur um die Toten«, rief ich. »Eigentlich geht es nicht mal um die. Es geht um die Reise. Oder darum, wie Erinnerung funktioniert.«

Dass Rom ein einziger großer Friedhof ist, der nicht will, dass man über ihn schreibt, obwohl er das insgeheim eigentlich doch will, das ist ja klar.

Auf dem Weg zum Campo Verano sagte Gianni, um das Thema wieder in die richtigen Bahnen zu lenken:

»Wir sollten zusammen die Gräber von Alexander dem Großen oder Dschinghis Khan suchen. Deren Verbleib ist das größte übrig gebliebene archäologische Rätsel der Welt.

Dann werden wir unermesslich reich! Wenn ich in der Zeit zurückreisen könnte, dann würde ich mich zur Beerdigung von Dschinghis Khan beamen.«

Valentina stöhnte, wir hatten den Campo Verano erreicht. Draußen schlug uns die Hitze entgegen. Vor dem Tor, dem Haupteingang mit den vier Säulen, die sinnbildlich für Meditation, Hoffnung, Wohltätigkeit und Stille stehen, kauften wir Blumen für das Grab ihres Vaters.

Gleich nach dem Durchschreiten des Haupteingangs überlegte sich Gianni schon, welches Mausoleum ihm gerecht werden könnte. Er zeigte mit Fingern auf prunkvolle Marmorgänge und sagte: »Das würde reichen. Ist schlicht genug.«

Vorm Grab von Garibaldi brannte uns die Sonne so erbarmungslos auf die unbedeckten Köpfe, dass wir zum Land Rover zurückgingen und mit ihm über den Campo Santo die Strecke zum Grab von Valentinas Vater zurücklegten.

Der größte Friedhof Roms ist wie eine Stadt. Meterhohe Gänge mit Urnengräbern, Regale und Balkone und Türme. Teilweise ganze Plattenbauten und Blocks aus zusammenhängenden Totenwohnungen.

»Und überall die Zypressen«, sagte Valentina. »Die Wurzeln der Zypressen umgehen unterirdische Hindernisse und wachsen um sie herum. Sie werden auch Trauerzypressen genannt, sie sind sehr vornehm und vorsichtig.«

Es war erst das zweite Mal, dass ich auf meiner Reise jemanden dabeihatte, der einen Verwandten besuchen wollte.

Mir war es unangenehm, mit ihr zum Grab ihres Vaters zu gehen, bestimmt war ihr Schmerz noch zu groß. Gianni sollte mit ihr gehen, sie in seinen Armen halten. Ich würde so lange Bud Spencer suchen.

Dort, wo die Familie von Bud Spencer lag, glich der Friedhof ein wenig einem modernen zubetonierten Retortenstadtteil einer deutschen Großstadt. Weiße und hellgraue Wände, gekehrte Gehwege, keine Schatten. An einem langen Quergebäude waren in den Marmor Türen eingelassen, die mit Gittern versperrt waren, dahinter lag die Gruft der Familie Vasatura Amato. Ich schaute durch das Gitter, da lag Bud Spencer, der ja immerhin und unter anderem das Buch *Ich esse, also bin ich* geschrieben hatte.

Nach einer Weile standen Gianni und Valentina hinter mir. Sie wussten, dass ich erleichtert sein würde, wenn ich sie wiedersah.

Gianni und ich stellten uns mit dem Rücken vor Spencers Grab und posierten für ein Foto, für das wir unsere Fäuste gegeneinanderschlugen.

»Jetzt zu Natalia Ginzburg und zu Antonietta Klitsche de la Grange und Giuseppe Ungaretti«, sagte ich, und mein Cousin folgte wenig später mit dem Land Rover den gelben Markierungen der Busspur über den Friedhof.

»Am meisten regt mich auf, dass die Menschen das Leben nicht leben, als wäre es eine Strafe, sondern als wäre es ein Geschenk«, sagte ich, als wir am Grab der Modefamilie Fendi vorbeifuhren: einem Glaskasten, wie ein Noctarium, ein Nachttierhaus für Wüstenfüchse.

Zum ersten Mal auf dieser Reise fuhr ich mit einem Auto über einen Friedhof, und in Rom wollte ich über die Grabhügel und Friedhöfe rasen wie ein Verrückter.

Deshalb ging es gleich weiter: Wir schauten uns die Gräber von Ungaretti und Ginzburg und Klitsche de la Grange an, setzten Valentina im Quartiere Flaminio ab und holperten zum Vatikan.

In einer Seitenstraße fanden wir einen der seltenen Parkplätze und gingen im Stechschritt auf den Petersplatz zu, von allen Seiten betrachteten sie uns. Gianni trug ein blaues Sakko mit Einstecktuch, an seinem Revers haftete ein Anstecker mit der Aufschrift COLLEGIVM CVLTORVM MARTYRVM, der es ihm erlaubte, bis vor das Schlafzimmer des Papstes zu treten.

Gianni war das doppelte schwarze Schaf. Schon damals, während seines Ritterschlags, konnten die Mitglieder des Malteserordens nur bedingt glücklich sein mit der Wahl meines Cousins, da er der erste nichtadelige Amtsträger dieser Form in den letzten dreihundert Jahren war. Und auch die Päpstliche Akademie Cultorum Martyrum, deren Mitglied er seit kurzem war, beäugte ihn, als jüngstes Mitglied, kritisch, allerdings hatte er sich diese Positionen durch karitative Arbeit schwer verdient. Er führte in der Akademie, zusammen mit den anderen Sodalen der Kameradschaft, sozusagen einen Freiwilligendienst durch, um das frühe Christentum zu erforschen und zu verstehen: Man wollte wissen, wie die damals in Höhlen und Gräbern außerhalb Roms lebenden und für die Bewohner Roms wie Zombies, Kannibalen und Geister wirkenden frühen Mitglieder der Kirche den Weg aus dem Martyrium gefunden hatten.

Gianni wollte vor wenigen Jahren noch Präsident von Europa werden. Er rief täglich meine Tante an, die ihm klarmachte, dass es dieses Amt nicht geben würde, aber Gianni antwortete in diesen Telefonaten immer mit: »Noch nicht!«

Ich erinnerte mich an einen Abend in Rom, es war ungefähr zur Zeit des Ritterschlags, als Berlusconi meinen Cousin zum Essen einlud und ihm erklärte, er könne mit einer Begleitung kommen. Und weil sich meine Cousine und meine Tante nicht zerstreiten wollten, ging er alleine, ohne Mutter und ohne Schwester.

Von Berlusconi habe ich seit diesem Abend nie wieder etwas gehört, und ich bin traurig darüber, denn ich sah mich schon mit vielen Vergünstigungen durch diesen Kontinent tapern.

Ein Ausgang der Päpstlichen Akademie führt direkt auf den Campo Santo Teutonico, den deutschen Friedhof auf vatikanischem Staatsgebiet.

Die Schweizergarde war, ich hatte das noch nie gesehen, mit Maschinengewehren ausgerüstet. Sie ließen Gianni und mich, ohne dass wir dafür den normalerweise notwendigen deutschen Pass vorzeigten, nach ein paar Worten passieren, und nach wenigen Metern schlüpften wir durch die Öffnung einer Mauer und befanden uns auf dem einzigen Friedhof im Kirchenstaat.

Man stand sofort auf dem Grund eines leer gepumpten tiefen Swimmingpools, in dem über die Jahre Pflanzen gewachsen waren. Über uns gab es noch Stücke blauen Himmels, schon knapp darunter waren die Mauern im Quadrat mit alten Grabsteinen deutscher Romgänger tapeziert. Auch auf den Böden lagen die Grabplatten, und auf vier gleich großen Inseln, die wie mit Erde gefüllte Tanks waren und die man über Treppen erreichen konnte, lagen die jüngsten Verstorbenen, darunter die Schriftsteller Stefan Andres und Johannes Urzidil.

»Hier ist noch ein Platz frei«, sagte Gianni, der halb Italiener, halb Deutscher war. »Vielleicht können sie hier meine Haare beerdigen, das wäre wenigstens etwas Deutsches.«

Hermine Speier, Carl Brunner – nur Deutsche. Auch lebendige Deutsche waren um uns herum, Pärchen in ihren Zwanzigern, denn nur Deutsche durften den Totenstaat im Staat im Staat besuchen.

»Hier haben sie auch nach den Knochen von Emanuela Orlandi gesucht«, sagte mein Cousin. »Dem fünfzehnjährigen Mädchen, das im Vatikan verschwunden ist, vor über dreißig Jahren.«

Ein paar Wochen später würde man dort noch einmal nach ihr suchen. Man würde, unter der Teilnahme der Familie Orlandi, das sogenannte Engelsgrab öffnen, die Gruft der Prinzessin Sophie von Hohenlohe und der Prinzessin Carlotta Federica von Mecklenburg; aber jede Spur von Emanuela Orlandi würde fehlen und seltsamerweise auch die Überreste der toten Prinzessinnen.

Ich schabte mit meinen Turnschuhen ein wenig am Rande einer Grabplatte herum, bekam eine Gänsehaut und schaute dann wieder hoch in den blauen Himmel.

»Lass uns hier abhauen«, sagte ich, und wir verschwanden.

Über mit Neonfarben umrandete Schlaglöcher und an geschlossenen U-Bahn-Stationen vorbei fuhren wir zum Protestantischen Friedhof. Die Cestius-Pyramide war erst vor kurzem renoviert worden, den Leichnam des gleichnamigen römischen Politikers Gaius Cestius Epulo hatte man nie gefunden, man vermutete aber, dass er irgendwo in den Tiefen der Pyramide liegen musste. Vor dem über zweitausend Jahre alten Bauwerk standen die Touristen mit Schirmen auf dem Kopf und machten Fotos.

Dahinter lag der Protestantische Friedhof auf einem Hügel. Die Gräber zogen sich vom Eingang im Rechteck hinauf zu hohen Mauern, die ihn von der Straße abgrenzten.

Wir liefen den Friedhof hinauf, dort stand eine große italienische Touristengruppe um das Grab von Percy Bysshe Shelley herum.

Die Touristen gingen uns mit nur kleinen Schritten und unter den Sonnenbrillen geöffneten Mündern aus dem Weg, deshalb suchten wir zuerst die Gräber von Goethes Sohn August, dessen Grab hier überall mit den Worten »To GOETHE FILIUS« ausgeschildert war – und das von Malwida von Meysenbug (der Autorin von *Memoiren einer Idealistin*), die zum Glück nebeneinanderlagen.

Ich grüßte August von seinem Vater, vielleicht hatte niemand die beiden Gräber in letzter Zeit so kurz hintereinander besucht.

Oben wurde endlich Shelleys Grab frei. Wir betrachteten es, sahen die Inschrift »Cor Cordium« und ein Verbotsschild, das den Besuchern vorschrieb, hier nicht die Asche von verstorbenen Verwandten oder Freunden zu verstreuen, nur weil die- oder derjenige ein großer Fan des britischen Schriftstellers gewesen war.

»Das haben die hier oft gemacht, fremde Asche verstreut. Stand immer in der Zeitung«, sagte Gianni.

Shelley war nicht in Rom, sondern während eines Segeltörns an der Küste bei La Spezia mit seinem Freund Edward Ellerker Williams ums Leben gekommen. Erst ein Jahr zuvor war ein anderer Freund in seinem Haus, der »Villa Magni« in San Terenzo, gestorben: John Keats.

Wir stolperten eine Treppenstufe nach unten zum Grab des amerikanischen Beat-Poeten Gregory Corso. Auch er war nicht in Rom, sondern im sogenannten Poetenkrankenhaus (weil Dylan Thomas dort starb) St.-Vincent's-Hospital geboren und auch nicht in Rom gestorben, sondern in Robbinsdale, Minnesota, und auf seinem Grabstein stehen die Worte:

> *Spirit*
> *is Life*
> *It flows thru*
> *the death of me*
> *endlessly*
> *like a river*
> *unafraid*
> *of becoming*
> *the sea*

Vom Eingang aus links gesehen lag vor der Pyramide ein weiteres Friedhofsareal, wahrscheinlich ein aufgelöstes. Nur noch wenige Gräber standen auf den grünen Wiesen.

Vor uns lief ein junger blonder Italiener mit Ohrring den Weg entlang zu John Keats' Grab, der am Ende des Geländes neben seinem Freund Joseph Severn beerdigt wurde. Der Italiener trug Blumen bei sich, Gianni sagte etwas, an das ich mich nicht mehr erinnern kann, und der junge Mann drehte sich um. Gianni holte ihn ein und flüsterte ihm etwas ins Ohr, da war er beruhigt. Es war seltsam. Es war so, als hätte sich etwas verschoben oder mich überholt.

Wir setzten uns zu dritt auf eine Holzbank vor das Grab und betrachteten es eine Weile schweigsam.

Keats, dessen Mutter und Bruder an Tuberkulose starben, reiste mit dieser Krankheit an Bord der *Maria Crowther* nach Neapel, wo das Schiff wegen Verdachts auf Cholera an Bord tagelang in Quarantäne lag. Keats zog in die Villa seines Freundes Shelley an die Spanische Treppe. Aber im römischen November war auch dort keine Besserung in Sicht. Keats fühlte sich nicht mehr als Lebender, sondern sprach nur noch von seiner »posthumen Existenz« und fragte sich, wie lange diese noch dauern würde, vor allem weil ihm sein Freund Severn und der für ihn zuständige Arzt das Opium verwehrten.

Als er im Februar des nächsten Jahres starb, wurde der Grabstein so aufgestellt, wie von ihm gewünscht: ohne Namen, ohne Todesdaten und mit den Worten:

This Grave / contains all that was Mortal, / of a / YOUNG ENGLISH POET, / Who, / on his Death Bed, / in the Bitterness of his Heart, / at the Malicious Power of his Enemies, / Desired / these Words to be / engraven on his Tomb Stone: / Here lies One / Whose Name was writ in Water.

Geschriebene Worte in Wasser, das ist wie ein unter der Erde verfaulendes iPad. Wie lange würde Keats noch aushalten, bis er sich auflöste? Der junge Italiener an seinem Grab durfte ihm Hoffnungen machen.

Das Sterbezimmer von Keats jedenfalls wurde nach seinem Tod entkernt, es wurde wie ein in die Luft gegangener Atomreaktor behandelt, die Gesundheitsbehörden wiesen an, seine Möbel zu verbrennen, sie legten einen neuen Boden aus und setzten neue Fenster und Türen ein.

Der junge Italiener, der sich später als Philosophiestudent aus Belluno herausstellen sollte, weinte. Und wir schwiegen.

»Tourismus ist eine Sünde«, sagten wir dann aber doch, als in der Ferne die Herde anholperte, die wir schon am Grab von Keats' Freund Shelley beobachtet hatten.

Aber sie waren alt, und wir hatten genug Zeit zu beobachten, wie sie in Zeitlupe immer näher durch die Hitze und das Licht mit ihren hellen Klamotten, dicken Brillen und schwarzen Umhängetaschen auf uns zukamen.

Der Philosophiestudent legte weiße Lilien auf das Grab von Keats und schwieg wieder.

Dann sagte er: »Das ist das mindeste, was du tun kannst. Die Toten ehren und ihnen etwas auf das Grab legen.«

In mir zog sich kurz alles zusammen. Ich hatte innerhalb des letzten Jahres Dutzende Gräber besucht und auf kein einziges etwas gelegt, keine Grabbeigaben, keine – wie der Friedhofsverwalter von Bad Oldesloe gesagt hatte – Abladementalität hatte sich bei mir im Laufe des letzten Jahres sichtbar gemacht.

Und jetzt war das das Ende meiner Reise, und auch wenn Gianni später Späße mit mir über diesen Moment machte, ich werde ihn nicht vergessen, bis zum Ende meines Lebens.

Am Abend waren wir wieder zu dritt. Gianni zeigte uns geheime Akten und Fotos aus Angola, Straßencafés in Luanda, der teuersten Stadt der Welt – und Fotos von ihm, wie er in Peking in einem Tesla Model 3 sitzt, eines seiner goldenen Bücher über Gott im Schoß.

Wir saßen in der Pizzeria *Remo* im südlichen Rom und vermaßen gedanklich die politischen Schlaglöcher dieser Stadt. Ich zitierte Keats aus meiner schmalen Insel-Taschenbuchausgabe:

Die Stadt, der Kirchhof und das letzte Licht,
Die Wolken, Bäume, Hügel überm Wald:
Sie kommen schön, doch traumhaft fremd und kalt,
Geträumt vorzeiten, abermals in Sicht.

Nach dem Tiramisu fuhren wir im goldenen Licht an fahl schimmernden Kneipen und Radfahrern auf GIOS-Rädern zurück zur Via Appia Antica.

Wir fielen in unsere Betten, und draußen brannten durch die faulenden Seelen toter Nazis und römischer Sklaven ausgelöste Irrlichter.

21
ROM, VIA APPIA ANTICA

ICH WAR ES IHNEN NICHT WIRKLICH schuldig, dachte ich, als ich am nächsten Tag nach zehn Minuten im Schatten der Zypressen wieder aufstand, hinunter zu Giannis Land Rover lief und der Kallistus-Katakombe den Rücken zukehrte. Durch meine einjährige Reise hatte ich den Toten in ihrer seligen Unterwelt doch genug gehuldigt. Es würde sich nicht lohnen, hier den Kreis zu schließen und mich für irgendeinen Lachanfall von vor zehn Jahren bei ihnen zu entschuldigen.

Gianni war noch da, er saß im Auto und telefonierte, und ich ließ mich wortlos auf den Beifahrersitz fallen.

Er hauchte ein paar Worte ins Handy, dann steckte er es in die Innentasche seines Sakkos und beschleunigte den Wagen auf der verschlungenen Via Appia Pignatelli auf knapp einhundert Stundenkilometer.

»Wir müssen nicht mehr zum Bahnhof«, sagte ich, und Gianni bremste leicht ab.

Eigentlich hatte ich nach Ligurien gewollt. Dorthin, wo Shelley mit seinem Segelboot gekentert war, wo Nietzsche gewohnt und der deutsche Meeresbiologe Christian

Sommer 1988 beim Schnorcheln in der Bucht von Rapallo die *Turritopsis dohrnii* gefunden hatte. Ich glaubte, dass es sich um eine magische Küstenregion handelte.

In einem Artikel der *New York Times* hatte ich gelesen, dass die von Christian Sommer gefundenen Quallen bei Gefahr oder nach schwerer Verletzung genetisch identische Polypengenerationen bilden konnte und dadurch potenziell unsterblich waren (so wie Perry Rhodan mit seinem Zellaktivator).

In der Bucht von Rapallo schrieb Nietzsche außerdem die ersten Kapitel von *Also sprach Zarathustra*. In einem Brief an Heinrich Köselitz heißt es: »Seine Entstehung war eine Art Aderlaß, ich verdanke ihm, daß ich nicht erstickt bin. Es war etwas Plötzliches, die Sache von 10 Tagen.«

Es musste also ausgerechnet der Gedanke an die Ewige Wiederkehr (»Die ewige Sanduhr des Daseins wird immer wieder umgedreht«) dort entstanden sein, wo die unsterbliche Qualle und die große Erzeugerin des unendlichen Kreisens gefunden wurde.

»Du möchtest nicht mehr nach Ligurien?«, fragte mich Gianni mitleidig, und ich fühlte mich wie ein geschlagenes Kind. Ich schüttelte den Kopf, und dann schwiegen wir.

Nach dem Abendessen liefen wir im Licht einer vor kurzem untergegangenen Sonne über Giannis weitläufiges Grundstück, an Säulen toskanischer Ordnung und Zitronenbäumen vorbei.

Schon lange vermietet er das überflüssig große Grundstück an eine Firma, die Hochzeitsfeiern ausrichtet. Im Sommer finden hier jedes Wochenende drei Hochzeiten statt: Feuerwerk, Jubel, Bands, Tänze unter ohrenbetäubenden *canzoni italiane*.

Auch an diesem Samstagabend schwirrten Dutzende

Hochzeitsplaner in weißer Kleidung durcheinander, deckten Tische und schleppten schwere Edelstahlwannen mit Eis durch die Gegend. Ein Pyrotechniker stand mitten auf der weiten und zur Via Appia Antica leicht ansteigenden Wiese und verkabelte mit zwei Mitarbeitern und am Laptop sitzend das große Feuerwerk.

Wir verließen das Grundstück über den Hinterausgang. Eine Schafherde machte sich dort auf einer Koppel zum Schlafen bereit, in der Ferne bellten Hunde, und man sah die Lichter Roms angehen. Tausende kleine Laternen begannen auf der parallel zur antiken Ausfallstraße verlaufenden Via Appia Nuova zu leuchten.

Wir gingen einen schmalen staubigen Feldweg entlang und gelangten nach ein paar Metern, von Fahrrädern und einer Handvoll römischer Sommerfrischler begleitet, auf die berühmte Straße.

Vor der Villa der Quintilier begannen wir ein Gespräch über die Unsterblichkeit von Büchern und Menschen.

Die Überreste eines 150 n. Chr. in der Villa beherbergten Nymphenheiligtums brannten und knisterten im orangefarbenen Licht, wir drehten uns um, machten mehrere Fotos von einem Pärchen, das uns darum bat, verlangten als Scherz zehn Euro dafür, lachten wie Cousins zusammen lachten und kletterten dann auf einen der zwei Grabhügel der Horatier – der ältesten Familie Roms, direkt gegenüber des Villengrundstücks.

Auf dem obersten Punkt des Grabhügels, auf den Barbarossa und ich gepinkelt hatten, genau in der Mitte, befand sich eine kleine Öffnung, durch die Hunderte Ameisen hinein und hinaus wanderten, sie transportierten weiße Seelenstückchen der seit zweitausendfünfhundert Jahren ausgestorbenen Familie.

Nachdem wir sie eine Zeit lang beobachtet hatten, setzten wir uns auf das vertrocknete Gras des Grabs, und Gianni erzählte mir von Zentralasien.

Vor mehreren Jahren hatte ein turkmenischer Geschäftsmann und Milliardär ein goldenes Buch bei ihm in Auftrag gegeben. Es hatte sich bei der Produktion dieses Buches um eine heikle Angelegenheit gehandelt, denn es hatte ausschließlich die liebsten Schätze des Mannes zum Thema: seine Greifvögel und ihn selbst.

Gianni war mehrfach in die turkmenische Hauptstadt Aşgabat gereist, die einer Geisterstadt glich und die – laut meinem Cousin – für mehrere Millionen Einwohner konzipiert worden war, aber in der niemand wohnte. Sie stand dort, vollkommen vertrocknet und ausgesaugt in der Wüste, drumherum wohnten die Nomaden in Zelten. Er selbst nächtigte in Zimmern verwaister Luxushotels, Kameraaugen hatten dort im Dunkel geleuchtet und ihn sogar im Bad beobachtet. Der Milliardär organisierte Flugshows für ihn, und eigentlich wollte der Geschäftsmann nur eins: unsterblich werden. Er klammerte sich an die Macht und hatte furchtbare Angst, sie zu verlieren. Er wollte über den Tod hinaus unvergessen bleiben, er konnte den Tod vor der Unsterblichkeit nicht riskieren, also musste er jetzt handeln. Und weil Gianni immer wieder betonte, dass seine Bücher, wie die römischen Katakomben, niemals verschwinden würden, erhoffte sich dieser Mann auch, für immer am Leben zu bleiben – und sei es durch sein Vogelbuch. Denn mit einem Platz in irgendeinem Paradies durfte er nicht rechnen.

Gianni und ich erinnerten uns an ein längst zurückliegendes Zusammentreffen mit dem Bildhauer Adriano.

Das war vor fast zehn Jahren gewesen, und Adriano hatte vor der Nationalgalerie für Moderne Kunst gewartet, in Mussolinis Stadtteil EUR, und einen Probeguss für das Cover des Milliardär-Buchs unter dem Arm getragen. Wir begrüßten uns, und er stellte den Guss ein wenig von uns entfernt auf eine kleine Mauer. Gianni nahm aus einer Ledermappe eine turkmenische Illustrierte heraus, und dann standen wir zu dritt nebeneinander und verglichen die Nasen miteinander – die echte, die im Magazin, und die von Adriano gestaltete auf dem Gipsrelief.

Mein Cousin und Adriano betonten wiederholt, dass ich ihnen mit meinen »fresh eyes« helfen müsste zu erkennen, ob der Milliardär gut getroffen war. Ich war mir nicht sicher und entschied, dass sich wohl die Ohren ein wenig vom Original unterscheiden würden, aber da unterbrach mich sofort Adriano, mehr oder minder wütend, und sagte, die Ohren seien vollkommen in Ordnung, ich sollte mich entspannen.

»Außerdem müssen wir ihn idealisieren, wir müssen!«, brüllte er laut in meine Richtung, und ich zog die Schultern zusammen und beschloss, gar nichts mehr zu sagen und Gianni lehnte das Angebot des Milliardärs letztlich würdevoll ab.

Heute, Jahre später und auf dem Grab der Horatier sitzend, ekelte ich mich furchtbar vor dem turkmenischen Geschäftsmann und seinem egozentrischen Wunsch nach Unsterblichkeit, der ja eigentlich nur auf einer tiefsitzenden Angst basierte. (Außerdem vermutete ich, dass mit der Unsterblichkeit das Erzählen von Geschichten abgeschafft werden würde, weil alle genug Zeit hätten, alles selbst zu erleben. Und dann käme die große Langeweile.)

Irgendwann würde man auch ihre Namen vergessen, und wenn der Mensch durch die Erforschung der *Turritopsis dohrnii* nicht zur Unsterblichkeit gelänge, dann würde er sich selbst und die gesamte Natur auslöschen und verschwinden. Danach aber würden alle Ozeane aus dieser Qualle bestehen, ein einziges großes Gelee-Weltmeer würde sich über der Welt ausbreiten. Oder, um es mit Italo Calvino zu sagen: »eine endliche Zahl von ewigen Schwämmen wird die Welt besitzen; das Meer wird getrunken werden von ihren Poren, wird in ihren dichtverzweigten Kanülen pulsieren – *sie* werden für immer leben, nicht wir, die wir vergeblich warten, von ihnen gezeugt zu werden.«

Die Natur würde über alle siegen und uns hinabziehen ins endgültige Reich der Toten. Der Wunsch nach Unsterblichkeit ist lächerlich, und ich dachte an alle Menschen, die ich an ihren Gräbern besucht hatte und die sich mehr oder weniger darüber einig waren, was diesen Wunsch anging.

Ächzend erhoben wir uns und rollten herunter vom Grab der Horatier. Wir streckten uns. Der Mond war längst aufgegangen und hing jetzt schwer im leichten Nebel über den Pinien.

Wir kehrten auf das Gelände der Villa zurück. Im großen Haus am Ende der Senke leuchteten die Lichter, dort feierten schon Hunderte Gäste im Überschwang der römischen Nacht Hochzeit.

In den elektrischen Laternen am Eingang hingen wie stille Glücksbringer Geckos. Eine lange Reihe mit Paraffinlampen, die auf dem Kiesweg hinunter zur Villa führten und gegen die Mücken dort aufgestellt worden waren, hüllte die gesamte Umgebung in einen dichten Geruch von Citronella.

Auch auf dem großen Grundstück waren Überreste von Gräbern zu finden. Wir gingen langsam durchs vom Rasensprengen nasse Gras zu einer nur wenige Zentimeter aus der Erde herausragenden Mauer.

»Das ist der Hintereingang von Senecas Grab«, sagte Gianni demütig.

»Der römische Philosoph Seneca?!«, rief ich.

»Ja, wir sind vorne auf der Appia daran vorbeigelaufen, weißt du noch? Das ebene Viereck aus Stein, das Deltoid? Wenn es regnet, werden hier viele kleine Mosaiksteine aus Marmor frei geschwemmt, manche davon stammen aus Senecas Grabkammern. Wir können ja mal schauen«, sagte er und machte Licht mit seinem Telefon.

»Früher«, fuhr er fort, »habe ich oft in den Gräbern gespielt. Hier haben die Alliierten dann die letzten Verteidiger der Gustavlinie und der 14. Armee geschlagen. Ich bin nach dem Spielen in einem der antiken Gräber mal mit einem Stahlhelm und zwei Handgranaten zurück nach Hause gekommen, mein Vater hat einen Herzinfarkt bekommen. Und wenn ich Knochen gefunden habe, konnte man immer sehen, ob sie zweitausend Jahre alt und von einem christlichen Märtyrer stammten oder von einem Nazi, weil dann noch die Klamotten dran klebten.«

Ich kratzte mit den Fingern über die Erdschichten vor Senecas Grab.

»Wenn ich wirklich Glück hatte, habe ich Münzen gefunden«, sagte Gianni. »Weil, um über den Styx zu gelangen, den Totenfluss, brauchen die Seelen Geld, deshalb hat man ihnen Münzen auf die Augen oder in den Mund gelegt.«

Er schaute mich an und wunderte sich über mein zusammengefallenes Äußeres, das mein zusammengefallenes Inneres abbildete.

»Es müsste mal wieder regnen«, sagte er dann, weil wir noch nichts gefunden hatten.

Ich würde für jeden einen Mosaikstein ausgraben, beschloss ich, für jeden meiner Begleiterinnen und Begleiter, und ich würde sie in die Tasche meiner Jeans stecken, wenn man am Flughafen mein Gepäck durchleuchtete. Das war mein Ziel. Die Steine waren in Gedanken für meinen Bruder am Grab von Robert Gernhardt; für Maria und ihre Augen; für Moritz und seinen Großvater in Nienstedten; für Marius und Pascal und gegen das schlechte Gefühl; für Sergiu an der vertrockneten Donau; für meinen Vater und die Hoffnung auf einen Zellaktivator; für Ana und Leon und den bedeckten Himmel von Zeus; für Gianni selbst, wenn er keinen fand, und für Valentina und ihren Vater und das Seelentreffen mit Bud Spencer.

Ich machte, plötzlich überwältigt von der Dauer meiner Reise, eine Pause, stand auf und blickte hinunter zur Hochzeit, wo das Brautpaar gerade zum Lied »Il Cielo In Una Stanza« den Eröffnungstanz gab.

»Ah, ah, ah.« Mein Cousin lachte sein italienisches Lachen.

»Il cielo in una stanza. Der Himmel in einem Raum«, übersetzte er mir den Text.

»Hier, wo wir jetzt stehen, war auch mal ein Raum«, sagte er und zeigte mit den Fingern in die Bäume, »jetzt ist hier der Himmel.«

Wir beugten uns beide wieder hinunter zur Erde und suchten weiter.

»In einem Jahr bist du glücklich«, murmelte Gianni. »*Te lo giuro*, ich schwör's dir.« Dann sang er den Text auf Deutsch mit: »Wenn du hier mit mir zusammen bist, hat dieses Zimmer nicht viele Wände, aber Bäume, unendlich viele Bäume.«

Ich wusste nicht, ob er mit sich selbst sprach oder ob all diese Worte mir galten.

Nur kurze Zeit später fand ich in der Erde, nicht allzu tief, einen kleinen Stein eines antiken Marmormosaiks. Zeitgleich stiegen von dort, wo vor einer Stunde noch der Pyrotechniker hinter seinem Laptop gesessen hatte, Schweife auf, die den Nebel durchschnitten und unter dem Gejohle der Hochzeitsgäste bunt explodierten. Wir standen auf, unsere Knie knackten, und dann lachten wir so, wie wir seit unserem Lachanfall in der Kallistus-Katakombe nicht mehr gelacht hatten.

Nach einer Viertelstunde endete das Feuerwerk mit drei großen Schlägen, und noch dickere Schlieren hängten sich über den Vollmond. Gianni und ich richteten unseren Blick vom Himmel zurück zur Erde und suchten weiter im Licht meiner Lampe nach Überresten von Seneca.

Nach einiger Zeit schaute ich wieder hinunter zur Hochzeitsfeier. Das Brautpaar saß Schulter an Schulter an einem Tisch und beobachtete uns. In ihren Gläsern schwamm rötlich der Carpano-Wermut.

Ich hob meinen Arm und winkte. Dann ließ ich ihn wieder sinken. Nach einer Weile – seltsam zeitversetzt, als ob mein Gruß auf der Oberfläche der Wiese erst durch Tausende Seelen hindurchwandern musste – winkten sie zurück.

Ich löschte das Licht meiner Taschenlampe, und wir verschwanden in der Dunkelheit.

Kurz lachten wir gemeinsam über den Kitsch und die Rituale, denen sich die Menschen hingaben. Aber dann dachten wir wieder an die Schwämme, die schon bald das Meer austrinken würden.

Ich danke Moritz Müller-Schwefe, der über meine Ideen zwar lacht, aber nicht *lacht*.

Ich danke meiner Mutter, meinem Vater und meinem Bruder.

Ich danke Lena Klein, Maria Ebner und Lena Brasch.

Ich danke Maria, Flexi, Carl, Marius und Pascal, Ebbee, Moritz, Sergiu und Mircea Dinescu, Alfred, Thomas, Leon und Ana.

Ich danke Ana und Andrei, Nick und Sophia, Tanita, Elisabeth und Lutz, Philipp und Christian, Vincent, Hans, Roxy, Vince und Bärbel, Margit, Joshua, Birgit, Corinne, Marie, Charlott und Robin.

Dieser Roman entstand zwischen Sommer 2018 und Sommer 2019 in Europa.
2018 war das zweitheißeste Jahr in Europa seit Beginn der Wetteraufzeichnungen.
2019 war das heißeste Jahr in Europa seit Beginn der Wetteraufzeichnungen.

ZITATE

S. 25
aus Oliver Maria Schmitt: Die schärfsten Kritiker der Elche.
Die Neue Frankfurter Schule in Wort und Strich und Bild.
Copyright © 2001 Oliver Maria Schmitt, Frankfurt

S. 42/43
aus Harry Rowohlt: Und Tschüs. Nicht weggeschmissene Briefe III.
Copyright © 2016 by KEIN & ABER AG Zürich–Berlin

S. 55
aus Wolfgang Herrndorf: Bilder deiner großen Liebe.
Copyright © 2014 Rowohlt · Berlin Verlag GmbH, Berlin

S. 161
aus Jörg Fauser: Die Tournee. Roman aus dem Nachlaß.
Copyright © 2017 Diogenes Verlag AG Zürich